탈인신행

최현강 新무협 판타지 소설
FANTASTIC ORIENTAL HEROES

탈인신행 1

최현강 新무협 판타지 소설

초판 1쇄 찍은 날 § 2007년 11월 23일
초판 1쇄 펴낸 날 § 2007년 11월 30일

지은이 § 최현강
펴낸이 § 서경석

편집장 § 문혜영
편집책임 § 서지현
편집 § 유혜림

펴낸곳 § 도서출판 청어람
등록번호 § 제1081-1-89호
등록일자 § 1999. 5. 31
어람번호 § 제2-1351호

주소 § 경기도 부천시 원미구 심곡1동 350-1 남성B/D 3F (우) 420-011
전화 § 032-656-4452 팩스 § 032-656-4453
http://www.chungeoram.com
E-mail § eoram99@chollian.net

ⓒ 최현강, 2007

ISBN 978-89-251-1043-1 04810
ISBN 978-89-251-1042-4 (세트)

도서출판 청어람

脱人神行

FANTASTIC ORIENTAL HEROES

최현강 新무협 판타지 소설

탈인 신행

1

나는 탈출한다, 고로 존재한다

目次

玄剛 白序

　모든 면에서 검소하셨던, 때문에 할 말은 물론이고 웃음까지도 아끼셨던 아버님께서 돌아가신 지 보름이 지났을 무렵 출판사에서 연락을 받게 되었고, 그것이 계기가 되어 독자 여러분 앞에 작품을 선보이게 되었다.

　본 작품인 '탈인신행(脫人神行)' 은 말뜻 그대로 인간의 한계를 벗어나 신의 경지를 지향하는 강호 사람들의 이야기로 이 년 전에 구상하여 준비해 왔지만, 난산을 겪는 산고처럼 좀처럼 그 끝을 종결짓지 못해 전전긍긍했던 작품이다.

　결국 해가 바뀌기 전에 마무리 져야겠다는 조바심과 본능이 집중력을 낳았고, 탈고라는 기쁨을 맛보게 되었는데, 마냥 기쁜 마음으로 있을 수만은 없었다.

　뭔가 빠진 것 같고 부족하다는 생각 때문일 것이다.

　늘 작품을 읽어주며 기대를 품어주는 독자 분들이 떠오를 땐 공연히 빚진 것 같기도 하고 죄를 지은 자 같은 기분까지 들어 송구함까지 느꼈다.

　그래도 글쓰기를 업으로 하는 나의 가장 큰 기쁨은 책을 통해 독자 여러분들을 만나는 것이기에, 염치를 불구하고 오늘도 강호의 세계를 그려보며 어려운 고비 때마다 은인이 되어준 상상력에 기대본다.

작품이 나오기까지는 제법 긴 시간이었음에도 믿고 기다려 준 사장님과 청어람 식구들에게 우선 깊은 감사를 드린다.

더불어 언제나 정확한 충고, 바른 판단, 옳은 선택으로 곁에서 가장 큰 응원자가 되어주었던 아내와 나의 영원한 독자들이자 늘 써야만 한다는 본능의 동기가 되어준 지수, 지인, 재훈. 세 명이 아이에게도 고마움을 느끼며 그들이 있으므로 늘 무한한 행복함을 느낀다.

독자 여러분에게는 더욱 정진하는 모습으로 감사함을 대신 하겠다.

아버지가 갑자기 그리워졌다.

지나칠 정도로, 그래서 사치스럽다 할 만큼 크게 웃으시는 아버님의 파안대소를 오늘은 꿈속에서라도 볼 수 있었으면 좋겠다.

—남양주 평내에서 玄剛 拜上.

탈인신행

"그는 어떻게 죽었나요?"

질문에 대한 답변은 조금 시간이 걸린 후에 나왔다.

"그가 죽었다고 생각하시오?"

여인의 눈빛이 잠시 격동으로 일렁거렸다.

"하면, 죽지 않았다는 말씀인가요?"

사내가 또 뜸을 들였다. 신시(申時)의 태양이 서산으로 기울기 시작했다.

"그대도 알고 본인도 알고 있듯이 그는 신인(神人)이오. 하여 우리는 그의 죽음을 논할 자격이 없소. 대신……."

서산의 하늘빛이 붉은 노을에 한없이 잠식되어 가고 있었다.

"어떻게 살아왔는지를 말씀드리겠소."

第一章

아탈고존(我脫故存)

탈인 신행

一

"잡아라!"

"저쪽이다!"

중무장한 경비무사들이 요란하게 달리며 지르는 고함 소리와 발자국 소리가 평온하게 잠들어 있던 청운산(靑雲山) 중턱, 환앙성(幻央城)의 고요한 밤하늘을 찢어발기듯 깨웠다.

"헉헉헉!"

소문성(素文星)은 자신을 쫓는 구름 떼 같은 경비무사들을 뒤에 둔 채 숨을 몰아쉬며 달리고 있었다.

그 아이의 이마 위쪽에는 오래된 흉터 하나가 흐릿하게 보였다.

눈에는 또래와 같은 장난기가 가득 들어 있었으며, 소녀 같은 감수성을 발산하고 있었는데, 사람을 끌어당기는 강렬함에다, 어찌 보면 뭔가 나이를 뛰어넘는 집념 같은 것도 배어 있었다.

달리는 소문성 앞에는 오십 장 정도의 거리를 두고 마지막 성곽이 어둠 속에서 아른거리며 보였다.

저 성곽의 담장만 넘으면 마을이다. 다닥다닥 붙어 있는 집들과 좁은 골목은 도주하는 소문성에게 숨을 돌릴 수 있는 기회를 제공할 것이다. 최소한 지금처럼 무방비로 자신을 드러낸 채 도망치지 않아도 된다.

하지만 상황은 좋지 않게 돌아가고 있었다.

일천 명의 경비무사가 일제히 튀어나와 소문성의 뒤에서 쫓고 있었으며, 곳곳에 매복을 하고 있던 매복조들도 불쑥불쑥 일어나 그 아이의 앞을 가로막고 있었다.

"비켜요!"

소문성은 갑자기 땅속에서 불쑥 빠져나오며 앞을 가로막는 매복무사를 향해 있는 힘을 다해 어깨로 들이박았다.

"……!"

매복무사는 중심이 흐트러지며 몸이 몹시 출렁거렸다.

소문성의 행동이 매우 당돌한 행동인데다 의외적인 반응이었기에 무사는 당황하기까지 했다.

자신이 나타났다는 것만으로 놀라 엉엉 울 열두 살의 어린 아이가 아니던가. 한데 달려오는 탄력 그대로 자신을 들이받다니.

"이익!"

매복무사는 방금 나타난 소문성이 보통내기가 아니라는 걸 금세 감지하고 흐트러진 중심을 빠르게 잡았다. 동시에 섬전투(閃電投)의 수법으로 전광석화처럼 손을 뻗었다. 그러나 소문성은 날다람쥐처럼 빨랐다.

벌써 저만치 물러나 달리고 있었던 것이다.

마침내 성곽이 소문성의 코앞까지 다가왔다.

소문성의 손이 빠르게 움직이더니 능숙하게 성곽의 돌출한 돌과 파인 홈을 잡고 위로 올라가기 시작했다.

매우 민첩하고 익숙한 동작.

오랜 숙련을 통한 손놀림이었다.

"저, 저런! 어린 놈이 성을 넘는다!"

"막아야 해!"

"제길! 벌써 몇 번째야!"

"저 꼬마 놈 하나 때문에 동문로(東門路)를 책임지던 곽수사(郭首士)가 이십 년이나 입고 있던 때묻은 옷을 벗었는데, 그게 불과 몇 달 전이었다고!"

"니기미! 이러다간 우리도 그 꼴을 당할지도 몰라!"

모든 무사들의 얼굴에는 당황과 분노가 교차하고 있었다.

"으! 저걸 잡아 죽일 수도 없고! 마음 같아선 당장이라도 시위를 당겨 그 자리에 고꾸라지게 하고 싶건만!"

두이(斗二)는 달리는 무사들 틈에 끼어 콧김까지 씩씩 불어내며 불만을 터뜨렸다.

그도 그럴 만한 것이 손만 뻗으면 등에 차고 있는 활 통의

활을 뽑아 보기 좋게 명중시킬 수 있는데도, 그저 닭 쫓는 개마냥 담을 넘어가는 어린 꼬마를 속수무책으로 바라보며 쫓기만 할 수밖에 없었기 때문이다.

"성문을 열어라! 소문성이 담을 넘었다!"

들리는 목소리에 두이는 빠르게 성문 쪽으로 달려갔다.

그그궁.

성문은 둔중한 소리를 내며 이미 열리고 있었다.

"잡더라도 절대 다치게는 하지 마라! 상부의 지엄한 령이니라!"

빠르게 성문 밖으로 달려나가는 무사들을 보며 녹황색 무복을 입은 무사 한 명이 계속 고함을 질러댔다.

그가 걸치고 있는 복장이나 빛깔로 보아 몇 달 전 옷을 벗은 곽수사를 대신하여 동문을 지키고 있는 최고 책임자 한용석(韓用石) 동문수사(東門首士)가 틀림없어 보였다.

두이는 다시 한 번 이를 갈았다.

잡아서 쳐죽이면 이런 고생은 다시 하지 않아도 되건만, 한결같이 수사라는 놈들은 고생의 원흉에게 상전을 들먹이며 손끝 하나 건드리지 말라 말하고 있는 것이 아닌가.

쿵—!

성곽의 담 위에서 아래로 뛰어내린 높이는 눈으로 가늠하는 것보다 훨씬 높았다.

소문성은 겨우 발로 땅을 딛고 착지하기는 했지만, 떨어진 높이의 여파로 무릎을 지나 허리까지 충격이 강하게 전달되었다.

몸이 휘어지더니 몇 번이나 지면을 데굴데굴 굴렀다.

"저쪽이다!"

"횃불을 밝혀라!"

순간, 성문을 빠져나온 무사들의 외침이 들려오자 소문성은 고통이고 뭐고 무작정 몸을 일으켜 어둠을 뚫고 희미하게 보이는 아랫마을 쪽을 향해 뛰기 시작했다.

성곽에서 이백오십여 장 정도 떨어진 거리에 놓인 마을 초입은 사력을 다해 뛰어 달려도 그 거리가 좀처럼 좁혀지지 않았다.

다행인 것은 성곽을 넘은 자신과 성문을 방금 빠져나와 뒤쫓는 경비무사들과의 거리도 그쯤은 벌어져 있다는 것이다.

소문성은 그 점이 안도되었다. 게다가 소문성에게는 무엇보다도 집념이 있었다.

오로지 오늘만을 위해 성곽을 디디고 오를 수 있는 홈을 파두었고, 추적을 따돌리기 위해 성문과 가장 거리가 먼 성곽을 택했으며, 심지어는 하늘의 별자리와 기상까지 살피며 달조차 없는 무월광(無月光)의 야심한 밤을 택하지 않았던가.

소문성의 집념 어린 눈빛은 추호의 흔들림도 없이 더욱 활활 타오르고 있었다.

백여 호의 가옥이 늘어선 마을은 소문성의 기대대로 오밀조밀하고 복잡하게 뒤엉켜 있었다.

문제는 당장 눈앞에 펼쳐진 저잣거리였다.

저잣거리를 무사히 통과해야만 마을로 진입할 수 있다.

하지만 너른 대로에다가 워낙 늦은 밤이라 저잣거리를 달리는 물체는 오로지 자신 한 사람뿐이었다.

쫓는 자들에겐 좋은 표적이 되어줄 것이다.

"이놈! 게 섯거라!"

쩌렁쩌렁 울리는 고함이 금방이라도 소문성의 뒷덜미를 잡아챌 것만 같았다.

소문성은 가슴이 터질 것 같은 가쁜 호흡을 몰아쉬면서 빠르게 뒤돌아보았다.

무사들은 어느새 거리를 좁혀 고작 열 장 거리만을 유지한 채 사정없이 달려오고 있었다. 돌아보는 그 순간에도 한 장 정도의 거리가 더 좁혀지는 것 같았다.

소문성의 달리는 속도나 보폭으로는 곧이어 들이닥칠 포획을 벗어날 길이 없었다.

잡히는 건 오로지 시간문제로만 보였다.

팟!

소문성이 돌연 갑자기 방향을 틀어 저잣거리의 상점들이 복잡하게 늘어선 골목으로 뛰어들어 갔다.

몇 발자국 앞에 세 갈래 길이 나타났다. 즉시 오른쪽 길로 뛰어들었다. 들어선 골목 전역에는 지독히도 불쾌한 냄새가 코를 찌르고 있었다.

"길이 세 갈래로 갈라져 있다! 각자 흩어져서 쫓아라!"

소문성은 지척에서 또다시 고함 소리가 들리자 문 닫은 상

점과 상점 사이의 비좁은 골목길을 발견하고 빠르게 그쪽으로
달려들어 갔다.

냄새는 참을 수 없을 정도로 더욱 고약해졌다.

상점 뒤로 접어들자 앞이 터진 창고 건물이 보였고, 창고 안
에는 흙으로 빚어 만든 항아리들이 가득 놓여 있었다.

단순한 흙이 아니라 특수한 유약까지 발라 튼튼하게 만들어
놓은 항아리인데, 높이가 소문성의 턱밑까지 닿을 정도였으며
항아리 안에는 짐승의 벗겨진 겉가죽들이 들어 있었다.

소문성은 그제야 냄새의 실체가 무엇인지 알아차렸다.

짐승의 뻣뻣한 가죽을 부드럽게 하려면 피혁수(皮革水)에
넣어두어야 하는데, 피혁수의 강한 독성과 짐승의 가죽 냄새
가 혼합될 때면 코가 타는 듯한 냄새를 일으킨다. 게다가 주위
에 떨어져 나간 살점들의 부패되는 냄새까지 더해져 참을 수
없는 고통을 유발하고 있는 것이다.

하지만 지금 소문성에게 중요한 건 냄새의 고통보다 탈출이
었다.

숨 쉴 새도 없이 코를 잡고 달려가서 항아리 뒤에 몸을 숨기
고 사태를 관망했다. 피혁수에서 뿜어 나오는 독성 때문에 눈
이 타는 것만 같았다.

우르르르르.

요란한 소리가 들리자 소문성은 고통을 참으며 관심을 전방
의 골목길로 돌렸다.

경비무사들이 무리를 지어 달려가며 주위를 날카롭게 살피

더니, 이내 발걸음 소리가 빠르게 멀어져 갔다.

그들도 고약한 냄새가 역겨운 것만은 틀림없는 듯했다.

소문성은 멀어지는 무사들을 보며 뿌듯해지는 걸 느꼈다.

지금까지 소문성은 도합 다섯 번의 탈출을 시도했지만 다섯 번 모두 첫 번째 성곽 근처도 가기 전에 발각되어 잡히고 말았었다.

그러나 여섯 번째는 분명히 달랐다. 보란 듯이 성곽의 마지막 담을 넘었고, 자신을 쫓던 경비무사들까지 따돌렸다. 성공이 눈앞에 펼쳐져 있었다.

소문성은 낮추고 있던 몸을 일으켰다. 뒤를 돌아보니 작은 울타리가 보였다.

저것만 넘으면 완전한 자유가 그 아이에게 주어질 것이다.

소문성이 막 한 걸음 떼었을 때였다.

"놈이다! 저기 숨어 있다!"

갑자기 쩌렁한 고함이 들려왔다.

급히 돌아보자 무사 한 명이 자신을 발견하고 빠르게 달려오고 있었다.

그는 두이였다.

사라졌던 무사들의 발자국 소리도 다시 골목 안을 점령하며 요란하게 들리고 있었다.

두이는 무사들 모두가 골목을 빠져나갈 때 홀로 남아 주위의 동태를 살폈었다.

그의 경험으로 보아 소문성이 특별한 신법을 성취하지 않는 한 그렇게 신속하게 골목 안에서 사라질 수는 없을 거라 판단했기 때문이었다. 그리고 그의 예상은 적중했다.

"이놈! 너 오늘 제대로 걸렸다!"

소문성은 당장이라도 자신을 채어 잡으려는 듯 손을 뻗고 달려오는 두이를 바라보았다. 그런데 놀랍게도 소문성의 표정은 당황 대신 미소가 번지고 있었다.

"좋아, 누가 제대로 걸린 건지 한번 해보자구요."

텅! 텅! 텅!

소문성은 가죽과 피혁수가 들어 있는 여러 개의 항아리를 연속으로 세차게 발로 걷어찼다. 바닥에 쓰러진 즉시 항아리가 깨지며 가죽과 피혁수가 다가오는 두이에게 흘러갔다.

두이의 표정이 경악으로 바뀌고 있었다.

치이이익.

피혁수는 워낙 독성이 강해 바닥에 닿자마자 부글부글 거품을 일으키며 땅을 녹였다. 그럴 정도라면 사람 살가죽을 태우는 건 일도 아닐 것이다.

"어허헉! 이… 이게 뭐야?"

두이는 크게 한 걸음 물러나더니 이내 빠르게 몸을 돌려 급히 골목 밖으로 달려나갔다.

으르렁거리며 노도처럼 되돌아와 골목을 차지한 무사들도 당황하기는 마찬가지였다.

"낄낄낄……."

아이는 불난 집 불구경하듯 웃음을 흘리더니 빠르게 울타리
로 몸을 날렸다.

아이의 앞을 가로막을 것은 더 이상 없을 것 같았다. 그런데
거침없이 달리던 아이의 발걸음이 울타리의 정상을 코앞에 두
고 갑자기 우뚝 멈춰 섰다.

"고얀 놈! 점점 수법이 느는구나."

육 척 거구에 참마도(斬馬刀)을 움켜 쥔 사내 한 명이 일신에
걸친 청색 무복을 펄럭이며 아이의 눈앞에 우뚝 서서 굽어보
고 있었다.

그는 담대호(湛大狐)란 자로 오십 근(斤)이나 나가는 참마도
를 젓가락처럼 다룬다고 해서 모두들 경외의 시선으로 우러러
보는 환앙성 경비대 총대장이었다.

놀란 소문성의 등 뒤 쪽에서도 금속성 같은 카랑카랑한 음
성이 들려왔다.

"이번에는 훈방조치로만 끝나게 되진 않을 거다, 소문성."

소문성이 뒤돌아보았다.

경비대 총대장 담대호가 가장 신임한다는 심광섭(宋光燮)이
차가운 눈빛으로 자신이 서 있던 창고 옆에 우뚝 서 있었다.

심광섭은 스물다섯밖에 되지 않는 나이였지만, 발굴의 검예
와 신법을 가지고 있어서 환앙성에서는 호법이라는 높은 직분
을 갖고 있었다.

이번에도 그는 분명 표홀한 신법을 사용하여 그곳에 착지해
있는 것이 분명했다. 그렇지 않다면 전역에 흐르고 있는 피혁

수에 발바닥이 타고 말았을 것이다.

소문성이 심광섭을 보며 갑자기 씨익, 웃었다.

"훈방 조치로 끝나지 않는다고요? 그럼 상이라고 주실 겁니까?"

"뭐라고?"

심광섭의 표정이 딱딱하게 굳어졌다. 굴곡이 날카로운 얼굴 윤곽 때문에 거칠고 위험한 느낌이 풍겨 나왔다.

당장이라도 일수를 뻗으려는 듯 손끝에 힘이 모아졌으며, 손끝에서는 불그스름한 잔상이 먹이를 노리는 노련한 사냥꾼처럼 슬금슬금 일어나고 있었다.

소문성의 미소가 짙어졌다. 그런 따위의 잔상은 관심도 없는 미소였다.

"제 덕분에 수시로 경비무사님들이 비상 훈련을 하니까요. 심 호법님의 할 일을 매번 대신해 주고 있으니 제가 상을 받는 건 마땅한 일이 될 수밖에요."

쒸에엑.

마침내 손끝에 모아둔 심광성이 분노가 표출되었다.

맹호탐조(猛虎貪操).

사나운 호랑이도 일수만으로 제압한다는 강력한 수법이 소문성을 향해 거침없이 쏘아져 나갔다.

쩌엉.

소문성은 심장이 떨어져 나가는 것만 같은 충격을 느꼈다.

입 밖으로 피가 터져 나왔으며, 몸은 떠오르더니 바람 빠지는 풍선처럼 급격히 뒤로 날아갔다.

두이는 최고의 기분이 되었다.

십 년이나 앓던 이가 마침내 빠진 것 같아서 입이 찢어졌다. 고통과 공포 속에서 막심하게 후회하고 있을 어린 놈을 생각하니 신바람까지 나서 즉시 소문성을 보았다. 그런데 아이의 얼굴에는 어떤 고통도, 공포도 없었다. 하물며 비명 소리조차 내지 않았다.

소문성은 슬프게 미소 짓고 있었다.

밤하늘에는 자신이 뱉어내 번지고 있는 붉은 선혈 속으로 자신이 살아왔던 과거의 세계가 펼쳐지고 있었다.

눈 덮인 옥룡설산(玉龍雪山).

늦은 봄, 망종절(芒種節:6월초)이 되어서야 겨우 눈이 녹기 시작했던가.

그때쯤이면 꽁꽁 얼어 있던 아이의 마을인 운남성(雲南省) 리장[麗江] 마을도 움직임이 부산해져 겨울을 난 튼튼한 말들에게 신선한 풀을 먹이고 색색의 장식에 딸랑거리는 소리가 요란한 방울을 단 다음, 수확한 약초를 싣고 일만 리나 되는 멀고 험한 여정의 길을 떠났었다.

청명한 하늘에 코끝까지 아려오는 신선한 공기.

끝없이 펼쳐진 청장고원(青藏高原)과 운귀고원(雲貴高原)의 풍광.

한여름에도 발을 담그면 뼛속까지 한기가 전해지던 금사강(金沙江).

수도 헤아릴 수조차 없던 칼끝 같은 날카롭고 높은 산들과 눈보라.

새나 쥐가 다닐 수 있다는 조로서도(鳥路鼠島)의 좁은 협곡.

모든 열악한 조건에도 불구하고 용감한 리장 마을의 전사들과 마방(馬房)은 불굴의 행렬을 이루며 기꺼이 긴 여정을 선택했다.

그리고…….

항상 마방의 선두에서 서서 그들 모두를 이끌며 믿음과 의지가 되어주었던 사내, 마궈토[驅夫] 소야송부(素爺送夫) 소룡산(素龍山).

아버지였다.

'이번만큼은 환앙성을 빠져나가 고향 마을로 갈 수 있을 거라 생각했는데…….'

허공을 가르며 날아가던 소문성이 내동댕이치듯 바닥에 떨어졌다.

아이의 슬픈 얼굴에 회한이 덧칠해져 있었다.

소문성에게 있어서 탈출은 늘 현상에 불과했고 본질은 언제나 과거에 두고 온 리장의 고향 땅이었던 것이다.

二

심광섭의 맹호탐조에 맞아 혼절한 소문성은 석 달 동안 독방에 수감되었다.

　고작 열두 살밖에 안 된 아이에게 내린 벌치고는 석 달이란 기간과 독방은 매우 무거운 형량에 속했다. 게다가 치료도 제대로 받지 못했기 때문에 가슴의 상흔은 출감할 때까지도 욱신거리게 만들어서 숨 쉬는 것조차 고통이 되었다.

　그럼에도 아이의 집념을 꺾을 수는 없었다.

　과거를 향하는 집념.

　소문성은 독방에 수감되는 즉시 탈출이 실패한 이유를 면밀히 분석하는 작업에 들어갔으며, 독방을 나오기 무섭게 청운산 중턱을 휘감고 있는 환양성 성곽을 둘러보며 하루도 빠지지 않고 틈새를 찾았다.

　"꼬마 놈! 또 무슨 짓을 하려고 이곳에서 얼쩡거리느냐!"

　두이가 성곽을 물끄러미 바라보는 소문성에게 빽 고함을 질렀다.

　그는 성곽 근처에 서 있었는데, 손에는 커다란 통 하나가 들려 있었다.

　두이뿐만이 아니라 족히 백 명은 되어 보이는 무사들이 한결같이 통을 들고 있었다.

　통 안에는 미끄러운 기름이 가득 들어 있었다.

　두이는 커다란 붓을 통에 넣더니 곧장 붓을 움직여 성곽에 척척 발라갔다.

　"우리가 지금 무엇을 하는지 아느냐?"

　두이가 싸늘하게 웃으며 소문성을 쳐다보았다.

"성곽 전체에 매끄럽게 기름을 바르고 있는 거다. 개미조차도 기어오르지 못하도록. 왜 이런 짓을 사서 하는지 네놈이 제일 잘 알겠지?"

경비 총대장 담대호는 소문성이 마침내 환양성의 마지막 성곽까지 넘어 아래 마을로 진입하자 두 번 다시는 누구도 담 위로 오르지 못하도록 기름칠을 하라는 명령을 내렸다.

그것은 실로 대단한 효과가 있어서 벽호공(壁虎功)을 연마한 자라 할지라도 몇 발자국 움직이지 못하고 미끄러졌으며, 성 전체를 유심히 살피는 계기가 되어 소문성이 손쉽게 오르려고 남몰래 박아 돌출시킨 디딤돌과 파놓은 홈까지 발견하게 되는 성과까지 올렸다.

모두가 뛸 듯이 기뻐했지만, 소문성에게는 보통 우울한 일이 아니었다.

소문성은 자신이 그리도 그리던 청운산 아래의 저 건너편 세계, 두고 온 고향 땅 리장이 모호하고도 아득한 곳으로 물러나는 것만 같았다. 그러나 그렇다고 해서 절대 포기할 소문성이 아니었다.

'방법을 달리해야 돼. 담을 타지 못하게 하면 담 아래 땅속을 이용하면 될 거야. 내가 지난번 탈출할 때는 그 방법으로 네 번째의 성곽까지 무사히 빠져나왔고, 마지막 성곽을 넘어 거의 성공할 뻔하지 않았던가?

환앙성의 규모는 매우 크고 방대해서 다섯 개의 성곽으로 둘러쳐져 있다.

위에서 보면 다섯 개의 계단이 아래를 향해 차례로 뻗어 있는 것처럼 보였는데, 성곽과 성곽 사이의 실제 거리는 이백 장이 넘어 웬만한 장정은 하나의 성곽만 달리더라도 가쁜 호흡이 번져 나올 정도였다.

소문성은 자신을 애써 위로하기라도 하듯 중얼거리며 성곽을 등 뒤에 둔 채 산 위로 오르기 시작했다.

저만치 위에 커다란 삼층 규모의 전각 하나가 햇빛을 받아 반짝이고 있었다.

'아니지. 완벽하게 눈을 속이는 재주 같은 게 있으면 정정당당하게 성문을 통해 나갈 수 있을지도 몰라. 그러려면 환술(幻術) 같을 걸 익혀야겠군. 비밀 통로를 발견하게 되면 더욱 유용할 거야. 어떤 성이든 만일의 사태를 대비하여 비밀 통로 같은 걸 반드시 만들어놓는다고 했으니까.'

백여 장쯤 오르자 마침에 삼층 규모의 전각의 소문성의 눈앞에 나타나 웅장한 규모를 뽐내고 있었다.

안으로 들어서는 문 입구에는 편액 하나가 걸려 있는데 '환경당(幻經堂)' 이란 글씨가 승천하는 용처럼 꾸물거리며 양각되어 있어서 전각의 신비로움과 상서로움을 더욱 확연하게 보여주었다.

"저거 소문성 아냐?"

"어머! 정말이네?"

"웬일이람? 수업 시간에 스스로 모습을 보이다니!"

"혹시 쉬는 시간으로 착각하고 나타난 거 아냐?"

일층에서 수업을 받던 아이들이 창밖에 소문성이 나타나자 일제히 시선을 돌리며 바라보았다.

그 아이들은 모두 오십 명 정도 되어 보였는데, 소문성 또래이거나 두 살 정도 나이가 더 많은 아이들로 대부분 비웃는 표정들이 역력했다.

오로지 모용수(慕容秀)라는 동갑내기 어린 소녀와 나이가 두 살이 더 많은 광보(廣甫), 그리고 연미림(延美林)이라는 광보 또래의 소녀만이 소문성에게 반가운 눈짓을 보내줄 뿐이었다.

살집이 오동통하게 오른 몸 위에 어울리지도 않는 값비싼 비단 옷을 걸친 서원호(徐元昊)란 아이가 누런 데다 심할 정도로 벌어진 이빨을 드러내 보이며 졸고 있는 사부에게 일러바치듯 고함친 건 그때였다.

"사부님! 밖에 소문성이 있다구요!"

족히 육십 살은 되어 보이는 주름 많고 인자하게 생긴 사부 송일환(宋日宦)이 끄덕끄덕 졸다 서원호의 소리에 게슴츠레하게 눈을 떴다.

"응? 음냐… 음냐… 뭐가 있어?"

"소문성이라구요! 환경당에 입당한 이래 단 한 번도 제대로 수업을 받지 않는 놈 말예요!"

서원호는 아예 신이 났다.

"혼내주세요, 사부님!"

서원호가 눈길을 소문성에게 던졌다. 그 아이의 눈길에는 경멸과 멸시, 그리고 질투 같은 감정이 가득 담겨 있었다.

"저 녀석 하나 때문에 우리가 얼마나 큰 고역을 당하고 있는 줄 아세요?"

사부 송일환은 입이 찢어지도록 하품을 하는 바람에 그의 눈꼬리에는 눈물까지 맺혔다.

"그래야겠지. 혼 구멍을 내줘야 해. 근데 지금 시각이 얼마나 되었지?"

멀대처럼 키가 큰 광보가 기다렸다는 듯이 나섰다.

서원호와는 달리 목소리에는 소문성에 대한 호의가 묻어 있었다. 어떡해든 위기를 넘기게 해주고 싶어 가능한 크고 빠르게 말을 했다.

"오시(午時)에 접어든 지 한참 되었습니다, 사부님!"

"그래? 점심때가 되었구나, 벌써."

송일환이 다시 한 번 늘어지게 하품을 하며 몸을 일으켰다.

"으하함. 그럼 혼 구멍은 배를 채운 후에 내도 상관없겠지?"

광보는 그제야 안도의 미소가 입가로 번졌다. 반면, 서원호는 표정이 가득 일그러졌다.

늙은 사부 송일환은 휘적휘적, 몸을 흔들며 사라지고 있었다.

본래 그는 환경당에서 공부를 가르치는 사부들 중 가장 연로한데다 인자한 성품을 지니고 있어서 웬만해선 회초리를 들지 않는 사부였다.

　그가 맡고 있는 과목 또한 건축과 토목 분야인지라 다른 과목보다는 비중이 낮아 열흘에 하루만 배속되어 있었고, 가르치는 데에도 별 홍미가 없어 수업을 시작하기 시작하면 꾸벅꾸벅 조는 일로 대부분의 시간을 할애했다. 따라서 어느 과목 때보다 아이들은 자유로움을 누렸고, 송일환 자체가 조는 일이 전부였기에 소문성이란 제자가 있는지조차 알고 있을까 하는 것이 의문이었다.

　송일환의 모습이 완전히 사라지자 아이 하나가 벌떡 일어나며 고함을 질렀다.

　"와아! 점심 먹자! 오늘은 특식이 나오는 날이잖아!"

　"정말? 우아! 맛있겠다!"

　"어서 가자고! 빨리 가야 실컷 먹을 수 있어!"

　아이들이 펼친 서책을 정리하지도 않고 소란스럽게 자리를 박차고 일어섰다. 그만큼 특식이 주는 의미는 아이들에게 매우 컸다.

　"잠깐. 다들 그 자리에 도로 앉아."

　이때 누군가의 음성이 들려왔다. 낮은 음성이었지만 발음이 또렷하고 분명한데다, 위엄이 실려 있어서 명령처럼 들렸다.

　아이들이 몸을 즉시 멈췄다.

　저만치 문밖으로 내달았던 몇 명의 아이들까지 놀란 얼굴로 뒤돌아보더니 빠르게 자신들의 자리로 내달리기 시작했다.

　우당탕탕.

소란은 금세 제압되었다.

아이들은 누가 먼저랄 것도 없이 자리에 빠르게 착석했으며, 모두의 시선은 맨 앞줄 중앙에 허리를 꼿꼿하게 세운 채 앉아 있는 한 아이에게 집중하고 있었다.

마치 대장의 입에서 두 번째 명령이 하달되기만을 기다리고 있는 부하들의 긴장된 표정들 같아 보였다.

"아무리 특식이 좋아도 자기 자리는 정돈하고 움직여야 할 것 아니냐?"

남궁룡(南宮龍)은 항상 그래왔듯이 무표정한 얼굴로 자신의 서책을 정리하며 입을 열었다.

아이의 음성에는 오랫동안 모든 아이들을 지배해 온 자신감과 우월감이 가득 배어 있었다.

그도 그럴 만한 것이 남궁세가(南宮世家)라고 하면 중원을 다스리는 오대세가 중 하나인데다, 무림은 물론이고 관부에서도 차지하는 비중이 매우 컸고, 남궁룡 자신 또한 환경당에 입당한 이래 모든 면에서 두각을 나타내 단 한 번도 일등 자리를 내어줘 본 적이 없었기 때문이다.

아이의 세 번째 음성이 떨어졌다.

"자기 자기를 정돈했으면 소란스럽지 않게 일어나서 차례차례로 움직이도록."

역시 명령조였다.

"다들 알아듣겠나?"

"그, 그래! 암! 그래야 하고말고! 핫핫!"

서원호가 누구보다 재빠르게 정돈을 하더니 비굴하게 웃음을 지으며 낭궁룡을 바라보았다.

"다들 정돈했으면 어서 움직이자! 남궁룡이 앞장서면 우린 그 뒤를 따르면 돼!"

남궁룡보다 한 살이 더 많은데다 거만하기 이를 데 없는 서원호까지 한수 접어주자 모든 아이들이 일사불란하게 움직이기 시작했다.

아이들 중에는 왕무근(王戊根)이란 아이도 끼어 있었다.

왕무근이 환경당에 처음 입당했을 때는 특징없는 외모에 체구도 별 볼일 없고, 성격도 조용하고 순종적이어서 누구의 눈에도 띄지 않았다. 그런데 최근 들어 두각을 보이고 있었다.

왕무근은 계산이 빨라 수리(數理)에 능했으며 집중력이 강해 손으로 암기를 던지는 탈수표(脫手鏢)나, 암기를 가는 은사에 묶어 던졌다가 거둬들이는 승표(繩鏢), 철련화(鐵蓮花), 철원앙(鐵鴛鴦), 탈명추(奪命錘) 따위의 투삭병(投索兵)에 남다른 탁월함을 보였다.

하지만 그 아이는 결코 자신을 드러내는 법이 없었다.

던지면 언제나 백발백중시키는 투삭 솜씨를 지녔지만 일부러 몇 개는 표적을 빗나가게 하여 최고의 자리를 남궁룡에게 양보한 탓에 뭔가 은밀해 보이기도 했다.

특히 그 은밀함은 지금처럼 남궁룡의 말 한마디에 복종하듯 움직일 때 더했다.

실제로 그 아이의 내면에는 남궁룡에 대한 경쟁심과 그에 따른 시기심이 누구보다 강렬했으나 두터운 눈꺼풀과 과묵한 입술에 심상을 위장시키고 순응했다.

사실 그 누구도 모르는 일이겠지만, 왕무근은 어린 나이에도 불구하고 약육강식의 세계를 잘 알고 있었다.

태생이 그랬고 성장 또한 그랬기에 세상의 모든 것들을 경쟁상대로 삼아 이겨야 할 대상으로 여겼고, 환경당에 들어오기 바로 직전까지도 그렇게 길들어졌었다.

분명한 목적이 있음에도 자신의 재능과 진척을 감추는 아이.

뜻을 이루기 전까지는 항상 조심스럽게 비밀스러움을 유지할 것이다. 따라서 주목을 받기 시작할 때는 반드시 넘어서야 할 벽이라고 단정한 남궁룡을 앞서 있을 때일 것이다.

남궁룡이 마침내 몸을 일으켰다.

그 아이의 시선에는 창밖에 몸을 기대고 서서 그저 한가롭게 하늘만 바라보고 있는 소문성의 모습이 들어와 있었다.

소문성을 바라보는 남궁룡의 눈길은 진지하며 신중했다.

"너도 같이 먹는 게 어떨까, 소문성?"

남궁룡이 다시 입을 열었다. 명령조로 일관했던 그 아이의 음성에는 의외로 선택의 여지가 깃들여 있었다.

"오늘 식단이 괜찮아. 너도 들었다시피 특식이 나오는 날이거든."

소문성은 콧방귀를 뀌었다.

"흥! 복숭아 한 조각에다 고작 밤과 대추가 전부일 텐데 그

걸 특식이라 할 수 있어?"

광보가 웃는 얼굴로 끼어들었다. 음성에는 여전히 호의가 듬뿍 담겨 있었다.

"얼마나 맛있는데!"

좀처럼 남의 일에 상관하지 않던 모용수도 거들었다.

"그렇게 하자. 산채 나물도 있는데다, 국수까지 제공되잖아."

연미림도 가세했다.

"계란도 있어. 네가 좋아하는 거잖아, 소문성!"

"싫다. 난 관심없어. 차라리 산속으로 들어가 돌아다니는 들개 한 마리를 잡아먹는 게 백 번 천 번 낫다!"

모용수의 예쁜 얼굴이 찡그러졌다.

연미림은 놀라 소리가 터져 나오는 자신의 입을 손으로 막았다.

"개… 개고기를 먹는단 말야?"

환경당에서 공부하는 아이들은 모두다 환경당의 규율에 철저하게 맞춰서 살아가야 했다.

사부 송일환의 경우는 매우 특수한 경우이고, 대다수의 사부들은 매우 엄격했으며, 식사조차 산에서 도를 닦는 도인들처럼 벽곡(辟穀)을 해야만 했다.

벽곡이란 곡식과 담을 쌓는다는 뜻으로 곡식 대신 솔잎이나 밤, 대추 따위를 먹는 것을 말한다. 그러니 식사시간이 아니라 고문시간이라고 해도 과언이 아니었다.

하지만 이들이 아직 성장기에 있는 어린아이들이라는 것을 고려하여 이틀에 한 번씩은 신선한 과일과 닭고기 국물에 우려낸 국수, 그리고 계란을 제공했던 까닭에 모두가 특식이 제공되는 날이면 진수성찬을 대하듯 들떠 있었다.

광보가 소문성을 재촉했다.

"어서 가자, 소문성. 늦으면 배불리 먹을 수 없단 말이야."

"싫어. 어서 너희들이나 가."

소문성이 흰 이가 드러나도록 씨익, 웃었다.

"사실 난 경비대의 식당에서 벌써 점심을 해결했거든."

소문성의 웃음에는 아이들을 압도하는, 나아가 지배해 버리는, 하여 반박조차 할 수 없는 뭔가 알 수 없는 힘이 실려 있었다. 때문에 그나마 소문성과 가장 가깝다는 광보와 모용수, 연미림조차 더 이상 소문성에게 말을 붙일 수가 없었다.

남궁룡은 입술을 굳게 닫았다.

자신이 아니라 사부라 할지라도 그 밑은커녕 곁에서는 것조차 거부하는 아이, 소문성.

대단히 독자적인데다 독립적인 아이라고 생각했다.

남궁룡은 천천히 몸을 돌려 문을 향해 걸어가기 시작했다.

남궁룡의 표정에는 신중을 넘어 심각이 담겨 있었다.

'저런 아이는 매우 위험하다.'

아이들이 남궁룡을 따라 지하 식당 쪽으로 사라지자 그제야 소문성이 환경당의 창을 훌쩍 넘어 안으로 들어섰다.

오십 개가 놓인 책상들이 한눈에 들어왔다.

그 위에는 서책들과 문방사우가 가지런히 놓여 있었지만, 유일하게 광보 옆자리에 놓인 자신의 자리만은 그것들 대신 뿌연 먼지가 쌓여 있었다.

소문성은 피식, 웃었다. 쌓여 있는 먼지가 지난 오 년 동안의 외로운 투쟁에 따른 결과물이라는 생각이 들어서였다.

방금 전까지 송일환 사부가 앉아 있던 앉은뱅이 교탁 위에도 서책들이 쌓여 있었다.

아이들것과 차이가 있다면 모두 세 권이라는 것과 하나같이 두툼하고 오래된 낡은 양피지가 겉장을 덮고 있는 서책이란 것이었다.

소문성은 교탁으로 다가가 사부의 서책들을 펼쳐 보았다.

맨 위에 놓인 서책은 기관에 관한 내용이 담겨 있는 것으로 전국시대의 귀곡자(鬼谷子)나 한나라 때의 노반(魯班)이 저술한 기관술이 제법 체계적인 방법으로 잘 나열되어 있었다.

두 번째 서책은 진식에 관한 내용으로 제갈량(諸葛亮)의 진식과 강태공(姜太公)의 십이진법이 소상히 기록되어 있었으며, 특이한 것은 기문둔갑에서 이루어지는 음양, 삼재, 오행 등의 묘용이 열거되어 있다는 것이었다.

그때 소문성의 눈빛이 갑자기 번뜩거렸다.

다음 장을 넘기자 환술의 입문과 특징, 변화, 그리고 펼치는 방법이 체계적으로 정돈되어 있는 것이 아닌가.

의외였다. 그토록 염원하던 환술의 묘용이 낡은 양피지 책 속에 담겨 있다니.

소문성은 빠르게 읽어 내려가기 시작했다.

하지만 그 내용이 삼십 장도 넘는데다 빽빽하게 열거되어 있었고, 사용하는 초식도 매우 난해해서 단숨에 읽어 내려가기엔 무리가 따랐다. 더욱이 그냥 읽는 것이 아니라 토씨 하나 빠뜨리지 않고 머릿속에 주입시켜야 했기에 여간 집중하지 않으면 안 될 일이었다.

시간이 빠르게 흘러갔다. 평소엔 서책을 보면 일각(一刻)이 하루 같더니 지금은 하루가 일각보다 빠르게 지나는 것만 같았다.

우르르.

식사를 마친 아이들의 돌아오는 소리가 들리고 있었다.

소문성은 즉시 서책을 덮었다. 그리고 몸을 움직이기 시작했다.

"어……?"

남궁룡을 대동한 채 안으로 들어오던 서원호가 벌어진 누런 이를 드러내며 애매한 표정을 지었다.

다른 아이들도 의외라는 듯 얼떨떨한 모습을 하고 있었다.

탁탁.

소문성이 창을 넘어 밖으로 나가는 대신 자신의 자리로 돌아와 먼지가 쌓인 책상을 털고 있기 때문이었다.

서원호가 맨 먼저 입을 열었다.

"이… 이것 봐, 소문성. 너, 설마 거기에 앉으려고 하는 건 아니겠지?"

소문성이 히죽, 웃었다.

"앉으라고 있는 자리 아니었나?"

다른 아이들이 기다리고 있었기라도 했다는 듯 일제히 입을 열었다.

"넌 예외였잖아, 소문성."

"지난 오 년 동안 그곳은 늘 비어 있는 자리였다구!"

"무슨 사고를 또 치려고 그래?"

책상의 먼지가 사라지자 자리에 소문성이 턱하니 앉았다.

"킬킬. 요즘 내가 심취해 있는 건 자소화변(自消化便)이란 대법이지. 그것은 앉아서 단전에 내력을 일으키는 것만으로도 소변과 대변이 저절로 말라 사라지는 것인데, 불행하게도 아직 완성을 하지 못했거든."

아이들이 눈을 동그랗게 떴다.

"응?"

"그래서 말이지. 사람들이 많은 곳에서 하다 보면 부담도 되고 긴장도 되어서 잘될지도 모르잖아."

소문성이 다시 히죽, 웃었다.

"실패하면 좀 냄새가 나겠지만 말이야."

"에엑!"

"읍!"

"우에엑!"

서원호와 아이들의 얼굴빛이 새파랗게 질렸다.

막 안으로 들어오던 광보와 모용수, 연미림도 놀라 입을 딱

벌렸다.

하지만 그 아이들은 서원호와 그를 따라다니는 동료들의 놀람과는 또 다른 놀람이었다.

광보의 놀란 얼굴에 활짝 미소가 번졌다.

"소문성, 너 이제부턴 수업에 참가할 모양이구나?"

모용수와 연미림은 쪼르르 달려와 소문성 앞에 앉았다.

"그래, 잘 생각했어. 모두들 좋아할 거야."

연미림이 미소 띤 얼굴에 힘을 주며 말했다.

"벌써 광보와 모용수, 그리고 내 얼굴에 미소가 피어나잖니."

소문성이 연미림를 빤히 바라보다가 이내 비죽거리며 웃었다. 상대의 호의를 삽시간에 펌하시켜 버리는 기분 나쁜 미소였다.

"웃는다 이거지?"

소문성의 미소가 더 짙어졌다.

"낄낄낄… 앞으로 백 년은 더 재수가 옴 붙어 살겠군. 모처럼 수업에 들어온 날에 초장부터 계집의 웃는 얼굴이나 보게 되다니."

모용수는 크게 놀랐다.

여기저기서 소문성을 경멸하는 욕지거리 같은 것도 들려왔다.

광보는 당황스러워했다.

하지만 정작 당사자인 연미림은 여전히 따뜻하게 미소를 짓고 있었다.

"어디서부터 수업을 해야 하는 건지 모르지? 내가 서책을 펴줄게. 토목에 관해서 공부하는 중이었거든."

연미림은 소문성을 대할 때면 항상 충분한 눈빛과 따뜻한 배려, 더 많은 삶을 살아온 누이 같은 넉넉함으로 맞이했다. 실제로도 소문성보다 두 살이 더 많았다.

그 소녀는 따뜻한 동남쪽 절강성(浙江省) 항주(杭州)의 연가장(延家莊)에 내력을 두고 있는 탓에 이들이 기거하는 청운산에서는 가장 먼 곳에서 온 아이들 중 하나였지만, 적응은 오히려 가장 빨랐으며 누구보다 잘했다.

모든 아이들이 부모와 형제, 친구와 고향을 바라볼 때도 연미림만은 독특하게 선망의 눈길을 거부했다. 마치 청운산 중턱에 위치한 환경당에 그녀가 원하는 모든 것이 다 있다는 듯이 날이 가면 갈수록 더욱더 안정되어만 갔다.

특히 오늘처럼 소문성과 마주 대할 때면 더욱 그랬다. 그러나 소문성은 연미림의 따뜻함과 넉넉함, 그리고 안정감이 들어 있는 눈빛을 언제고 외면했다.

타인의 어떤 관심도, 배려도, 거부하는 독자적이고 독립적인 소문성.

늘 탈출만을 꿈꾸어온 탓에 스스로 고립을 추구하며, 고립에 익숙해져 버린 소문성.

그는 외딴섬이고 싶어했다. 그럼에도 연미림은 언제고 서슴없이 소문성이라는 외딴섬에 발길을 넣었다.

모용수는 그런 연미림이 잘 이해되지 않았다. 물론 자신도 소문성에게 관심이 없는 건 아니지만, 지금처럼 무시를 당하면서까지 친절을 베푼다는 건 도통 허락되어지지 않았다.

마음이 상했다. 한데 정작 심연에서 일어나고 있는 건 묘한 질투심이었다.

"어머, 그러고 보니 필사(筆徙) 도구가 없네? 내 걸 빌려줄게. 여기 갈아논 먹도 있어. 이걸 쓰도록 해."

모용수는 자신이 사용하는 붓과 먹을 소문성에게 나눠 주었다.

그것은 매우 이례적인 일이었다.

천하오대세가라는 명망이 항상 뻐근하게 따라다니는 모용세가의 출신답게 모용수는 누구보다 자존심이 강하고 도도한 아이이자 소녀였기 때문이다.

모용수에겐 그 나이에 어울리지 않는 당당한 아름다움이 있었으며, 감수성이 있었고, 자부심이 있었다. 때문에 그런 모용수가 유독 소문성에게 베푸는 친절은 모두에게 있어 의외성을 넘어서 시기심이 되어주기에 충분했다.

오늘도 자기 자리에 서서 저쪽의 모용수를 바라보는 서원호의 얼굴이 일그러지고 있었다.

어째서 모용수는 사고뭉치에겐 항상 친절을 보이면서 자신은 거들떠보지도 않는가에 대한 의문이 그 이유였으며, 그런 의문이 들 때마다 뜨거운 쉿물 같은 것이 가슴 저 밑바닥에서부터 끌어올라 와 훑고 지나는 것만 같았다.

뎅뎅뎅.

오후 수업 시작을 알리는 종소리가 울려 퍼지고 있었다.

남궁룡은 시선만으로 아이들을 제압하여 모두들을 자리에 착석하게 만들었다. 그러나 소문성과 시선이 닿을 때만은 남궁룡의 시선에도 의문이 담겼다.

위험한 아이가 돌아왔다.

규칙에 얽매이지 않은 아이, 소문성.

그 아이가 규칙의 세계로 돌아왔다면 규칙의 밖에 있을 때보다 훨씬 더 위험하다.

남궁룡은 실로 오래간만에 적수에게서나 느끼는 승부욕이 마음속에서 강하게 일어나고 있었다.

모두를 제압하고 있는 아이와 모두를 벗어나 있는 아이.

두 아이가 평행선상에 놓였으니 승부는 피할 수 없는 과제가 되어줄 것이다.

三

사부 송일환은 수업 시작을 알리는 종소리가 울린 지 꼭 한 식경(食頃:30분) 만에 제자리로 돌아왔다.

그는 여전히 졸린 눈을 하고 있었으며, 열의없는 발걸음을 옮겨 교탁 뒤에 앉았다.

하지만 아이들의 눈에는 뭔가 알 수 없는 긴장감이 가득 실려 있었다.

소문성과 남궁룡이 만들어놓은 팽팽한 세계.

그리하여 일시에 철없는 아이들까지 지배해 버린 어떤 의식.

숙명은 그렇게 시간이 지나면 지날수록 모두를 더욱더 타는 듯한 긴장 속으로 내동댕이치고 있었다.

"사부님!"

송일환이 나타날 때부터 뭔가 할 말이 있다는 듯 연실 쭈뼛거리고 있는 서원호가 일각쯤 지나자 더는 참지 못하고 정적을 깨뜨렸다.

사부 송일환은 눈을 감고 입만 우물거리듯 움직였다.

"그래, 무슨 일이냐?"

"왜 아무 말도 없으신 거죠?"

"말? 무슨 말? 공부 말이냐?"

송일환은 한 번 감은 눈을 좀처럼 뜨지 않았다. 우물거리던 그의 입이 하품을 하자 하마처럼 입이 쩌억, 벌어졌다.

"으하함……. 좋은 질문이다만, 공부는 내가 하는 게 아니라 너희들이 하는 것이야. 그러니 스스로들 서책을 펼치고 보다가 모르는 게 나오면 질문해라. 그것으로 수업을 대신하겠단 말이다. 으하하함……."

서원호가 미간을 찌푸렸다.

"그게 아니고요, 사부님. 사부님께선 오후 수업이 시작되면 소문성을 혼 구멍 내주시겠다고 말씀하셨습니다."

"응? 그랬나?"

송일환은 잠깐 눈을 떴다. 목소리에는 졸음과 귀찮음이 묻어 있어서 자신의 뱉은 말을 도로 되삼키는 것 같았다.

"맞아. 그랬지. 그랬던 것 같군……."

서원호의 입가에 싸늘한 미소가 만들어졌다.

"마침 소문성이 제자리에 앉아 있군요. 회초리는 제가 가져올까요?"

송일환이 게슴츠레한 눈으로 소문성을 보는 듯 마는 듯 바라보았다.

"그래? 정말 자리에 앉아 있군. 깊이 반성을 한 모양이다, 수업을 듣겠다고 저러고 있는 걸 보면."

서원호가 이맛살을 찌푸렸다.

"사, 사부님!"

송일환은 다시 눈을 감았다.

"어찌 스스로 반성하여 제자리로 돌아온 아이에게 회초리를 댈 수 있겠느냐. 서책이나 펼쳐 보거라."

그는 마침내 끄덕끄덕 졸기 시작했다.

"음냐, 음냐… 모르는 것이 있으면 어서 질문이나 하도록 해."

서원호는 낭패한 얼굴이 되고 말았다. 물러 터지기만 한 늙은 사부 때문에 자신의 자존심이 또 한 번 구겨지고 말았다고 생각했다.

서원호는 즉시 산동(山東) 땅 태안성(泰安城)에 있는 부친 서양호(徐洋昊)를 떠올렸다.

그의 부친 서양호는 본래 모자란 듯한 인물이었으나, 그와
는 외가 팔촌인 연왕(燕王) 주체(朱棣)가 정난(靖難:1399년 7월)
의 변(變)을 일으켜 황제였던 건문제(建文帝) 주윤문(朱允炆)를
제거하고 영락제(永樂帝)로 제위하자 일약 신분이 급상승하게
된 인물이다.

현재의 태안성을 하사받은 것은 고사하고라도 황제의 외척
이라는 특수 관계라는 것만으로도 웬만한 세도가들조차 허리
가 부러지도록 꺾어지게 만들었다.

특히 외아들인 서원호에 대한 사랑이 각별하여 태어날 때부
터 온갖 금칠을 다했으며, 그 아이의 말이라면 하늘에서 별이
라도 따다 주고 싶어할 정도였다.

서원호는 그런 부친이 떠오르자 의기양양해졌다.

'한심한데다 실력도 없고, 뻑 하면 졸며, 버릇 나쁜 제자까
지 제대로 통솔하지 못하는 사부가 자신을 업신여기고 있다는
사실을 부친이 알게 되면 무슨 일이 일어날까?'

서원호는 의기양양을 넘어 싸늘한 미소가 되살아나고 있었
다.

며칠 안이면 자신의 생각이 태안성에 있는 부친 서양호의
귀에 들어가리란 건 뻔한 이치인 때문일 것이다.

하지만 당장은 확실하고 또렷한 소문성의 음성이 사부 송일
환의 귀를 먼저 파고들어 가고 있었다.

"사부님!"

소문성은 보기 드물게 진지한 얼굴을 하고 있었다.

"중원의 건축 기술은 지난 삼천 년 이상 끊임없이 계승 발전된 것으로 알고 있습니다. 목조 건물은 그보다 한참 앞서는 육천 년 전부터 시작되었다고 하는데, 맞습니까?"

송일환은 귀찮다는 듯이 조는 얼굴로 귀를 후벼댔다.

"그래. 알면서 뭘 물어보느냐? 음냐, 음냐……."

"제가 질문하고 싶은 것은 환경당 아래 지어진 경비성인 환앙성이 언제 지어졌냐는 겁니다. 더불어 중원에 있는 성들 가운데 환앙성과 외관이나 내부의 구조가 비슷한 성이 있다면 무엇일까요?"

"음… 환앙성이 지어진 건 지금으로부터 이백 년 전이다. 건축양식은 순목조고상(純木造高床) 건축양식과 일통한다 할 수 있지."

소문성의 표정이 진지했다.

"순목조고상이라니요?"

"그건 내가 사부님을 대신해서 말해주지."

남궁룡이 송일환이 입을 열기 전에 빠르게 두 사람의 대화 사이에 끼어들었다. 눈에는 마치 기회를 포착한 사냥꾼 같은 날카로움이 담겨 있었다.

"순목조고상은 하남과 하북 지방에서 예로부터 발달된 건축양식으로, 지세가 가파른 곳에 토, 목을 혼용하여 건축을 지어 올리는 방법을 말한다. 기술적인 측면에서 보면 부재(部材)로 쓰는 나무기둥에 들보, 서까래, 두리, 두공 등을 사용하였고, 장부와 장부 구멍으로 결합하면서 차례차례 조립하여 정합성(整合成)이 뛰어나다.”

건축술에 관한 남궁룡의 지식은 매우 해박했다.

그 아이가 속해 있는 남궁세가는 본래 기관과 진식에 있어 타의 추종을 불허할 만큼 뛰어났기 때문에, 그 모체가 되는 건축학에 대해 남다른 지식을 가지고 있는 건 어쩌면 당연한 일처럼 보였다. 그러나 그 아이의 나이가 이제 불과 열두 살이라는 걸 돌이켜 본다면 천부적이거나 천재적이지 않으면 도저히 말할 수 없는 매우 전문적인 것들이었다.

“따라서 이와 같은 양식에 의해 건축물을 세우면 벽이 무너져도 지붕이 내려앉지 않는다. 대표적인 것들로는 시황제(始皇帝)의 아방궁전전(阿房宮前殿), 한나라 무제(武帝)의 미앙궁(未央宮)과 건장궁(建章宮), 수나라 때의 건원전(乾元殿), 당의 대명궁(大明宮)이 있으며 자금성 내성의 성곽과 성문, 그리고 태화전(太和殿), 건청궁(乾淸宮)들이 존재하고 있다.”

아이들의 눈에는 놀람이 가득했다. 반면, 남궁룡의 가슴은 뿌듯하게 힘이 들어갔다.

눈빛을 빛내며 자신에게 가득 시선을 던지고 있는 소문성 하나만 봐도 그랬다. 조금 전까지만 해도 반항기가 다분했으며, 무엇으로도 통솔이 안 되던 아이가 지금은 오로지 자신만을 주목하고 있지 않은가.

남궁룡은 이로써 환경당에서 자신의 유일한 맞상대였던 소문성의 기선을 제압했다고 생각했다.

그때 소문성이 남궁룡에게 질문을 던졌다.

"좋군. 남궁룡, 자금성까지 그 양식으로 건축했다면 너의 세가는 어떤가? 역시 같은 양식으로 지었나?"

"약간의 차이는 있지만 궁극적으로 같다고 볼 수 있지."

소문성이 다시 질문했다.

"차이란? 자금성보다는 떨어진다는 말이냐?"

남궁룡의 얼굴에는 자긍심이 넘쳐흘렀다.

"천만에. 자금성보다 뛰어나다는 뜻이다."

소문성은 픽, 웃었다.

"그럴 리가. 자금성보다 뛰어난 건축물은 없어."

남궁룡이 곧바로 말을 받았다.

"본 남궁세가는 중원의 뛰어난 건축물 대다수를 수천 년 전부터 건축해 왔다. 자금성을 설계할 때도 본 세가의 어른들이 참여했을 정도다. 그런데 어떻게 자금성보다 훗날에 새로 증축한 낭궁세가의 장원이 떨어질 수 있겠나?"

"그럼 예를 들어봐."

"네가 남궁세가에 올 기회가 있으면 보게 되겠지만 자금성과 똑같이 성벽 주위에 네 개의 성문이 있으며, 주위에 도랑을 파 인공호수를 만들어 성벽과 성문을 에워싸고 있다."

소문성이 다시 픽, 웃었다.

"웬만치 이름있는 세가들이라면 다들 그렇게 짓지. 외인이 함부로 성곽을 넘지 못하게 하기 위해 만든 일종의 기관 장치 잖아."

"그것뿐만이 아냐. 본 세가는 자금성의 태화전과 똑같은 정전(正殿)도 있다. 규모은 비록 자금성의 태화전보다는 작지만 그 안에 장치된 기관과 진식은 훨씬 더 뛰어나다. 또한 나는 자금성 뒤쪽 심처(深處)의 후원인 어화원(御花園)을 꼭 빼닮은 곳에서 이곳에 오기 전까지 뛰어놀았다.”

서원호가 큰소리로 거들었다.

“맞아, 나도 어화원에 가본 적이 있어! 어화원은 어린 황자가 뛰어노는 곳이라 웬만한 황족들도 함부로 알지 못하는 곳인데, 남궁룡이 알고 있다는 건 그의 말이 사실과 틀림없다는 걸 증명해 주는 거야!”

소문성이 자못 흔들리는 듯한 표정을 지었다.

“그렇다면 말이야… 비밀 통로도 있나? 견고하게 잘 지은 성은 건축물을 설계할 당시부터 만일을 대비한 비밀 통로부터 먼저 짓는다고 하던데.”

“물론이지.”

“어디 다 지었나?”

소문성이 한심하다는 표정을 지었다.

“아니야. 묻는 내가 바보지. 남궁룡, 너 같은 어린애가 그런 곳까지 알 리가 없어.”

남궁룡은 미소 짓고 있었다. 자부심이 가득 넘쳐흐르는 미소였다.

소문성의 부정을 긍정으로 바꾼다면 자신의 입지가 확실하게 굳어진다는 것은 두말할 나위도 없는 일 아닌가.

“후후… 모를 리가 있나. 비밀 통로는 가주(家主)의 침실이 있는 곳에 있어. 남궁세가가 건축한 모든 성에는 하나도 예외 없이 통용되는 일종의 법칙과 같은 거다, 소문성."

소문성은 빤히 남궁룡을 바라보았다.

항상 중심에 잡혀 있던 그 아이의 초점이 흔들리고 있었다. 마치 자신의 패배를 인정하듯이.

"하나만 더 물어보도록 하지. 환경당 아래에 있는 환앙성도 낭궁세가에서 지었나?"

"그렇다."

남궁룡은 눈에 힘을 넣었다.

이제는 끝내야 한다.

사냥감은 정곡에 화살을 맞아 흔들리고 있다.

누를 수 있을 때 확실하게 눌러줘야 한다.

"사부님 말씀처럼 이백 년 전에 지었지. 본래는 두 개의 성 곽으로 둘러쳐 있었는데 사십여 년 전에 세 개의 성곽을 더 구축해서 오늘날의 환앙성을 완성 지었다."

남궁룡의 대답은 막힘이 없고 정확했다.

아이들의 얼굴에 경탄과 부러움이 역력하게 담겨 있었다.

그때가 되어서야 비로소 소문성이 고개를 숙였다.

두 사람의 팽팽했던 승부는 한 사람이 질문으로 공격하고 한 사람이 대답으로 막는 방식으로 끝이 났고, 거침없는 남궁 룡의 탁월한 지식은 완벽한 예봉이 되어 깊이 파고드는 소문 성의 날카로운 질문을 완벽하게 막아냈다.

승자로서의 기분은 최고였다.

이제부터 누구나 그랬던 것처럼 소문성도 자신에게 존경과 흠모의 시선을 던지며 따라다닐 것이다.

주위에는 정적이 흘렀다.

반은 승리에 들떠 있는 남궁룡을 바라보고 있었고, 그 나머지 반은 패자처럼 고개를 숙이고 있는 소문성을 바라보고 있었다. 때문에 지금까지와는 달리 졸린 눈을 접고 또렷이 눈을 뜬 채 아이들 쪽을 주시하고 있는 사부 송일환의 모습을 발견할 수 없었다.

송일환은 한참 동안 소문성을 바라보고 있다가 소문성이 숙이고 있는 고개를 들쯤에 시선을 돌리며 본래대로 눈을 감았다.

남궁룡은 지기 싫어하는 아이이고, 누구보다 우수한 머리와 뛰어난 기질을 지녔기에 우두머리 자격이 있다. 그러나 소문성이 없을 때만이 가능하다.

남궁룡은 우물 안의 개구리지만 소문성은 몇 번이나 우물 밖으로 벗어났던 아이가 아니던가. 따라서 소문성이 고개를 숙였다는 건 패인을 인정하는 것이 아니라 목적을 달성했다는 이유일 것이다.

송일환은 한숨을 쉬었다.

소문성은 자신이 얻고자 하는 것을 얻었다.

문제의 본질은 더욱 커지게 될 것이다.

第二章

엽용환체(葉用幻體)

탈인신행

一

일은 그렇게 단순하지가 않았다.

소문성이 사부 송일환의 서책에서 눈동냥으로 얻어낸 환술의 묘용은 지난 일 년의 세월이 흐르는 동안 수없이 반복하며 노력해 보았지만 아무런 진전을 보이지 않았다.

마치 두드려도 열리지 않는 견고한 환앙성의 성문처럼 느껴졌다. 반면, 환앙성의 비밀 통로를 찾은 것은 그리 어려운 일이 아니었다.

소문성은 낭궁룡이 말한 '침실'이란 정답을 듣고 수십 차례나 경비 총대장 담대호의 방을 들락거렸다.

물론 담대호의 방을 들어가는 일은 쉬운 일이 아니었으나 매번 사부 송일환이 내준 건축기학에 대한 과제 때문이라는 이유를 대면 어렵사리 않게 들어갈 수 있었으며, 그때마다 침상의 모서리를 당겨보기도 하고 눌러보기도 하고 침실과 연결된 소청(疏廳)를 둘러보며 특이한 모서리나 문양, 도자기, 액자는 물론 기둥들까지 샅샅이 점검을 했다.

비밀 통로를 열 수 있는 기관 장치는 침실 벽을 장식하고 있는 호랑이 문양 중 턱 밑 아홉 치(尺) 아래, 앞가슴이 시작되는 천돌혈(天突穴)에 있었다.

그곳을 누르면 호랑이 문양이 반으로 갈라지며 비밀 통로의 둔중한 석문이 자동으로 열렸다. 그러나 환술만큼은 좀처럼 그 세계를 소문성에게 열어 보여주지 않고 있었다.

"무엇이 잘못된 걸까?"
고민의 나날은 길어져만 갔다.
일 년여의 세월 동안 하루도 빠짐이 없는 반복이었다. 식사를 거르는 건 기본이고 거의 대다수의 날들을 뜬눈으로 지내다시피 했다. 그럼에도 환술은 아무런 진척이 없었다.
소문성의 얼굴은 몰라보게 핼쑥해졌으며 몸은 야위어갔다.

청운산에 겨울이 찾아왔다.
겨울은 유난히 길고 추웠다.
칼바람을 동반한 눈보라가 퍼부어지는 것은 다반사이었기에 웬만큼 추위에 단련된 산짐승들도 얼어서 동사를 했고, 먹이를 구하지 못해 굶어 죽는 경우도 빈번했다.

"리장의 겨울도 여기만큼 길고 추웠지……."

소문성은 눈꽃이 핀 숲 한복판에 서서 꽁꽁 얼어붙은 것만 같은 하늘을 바라보았다.

저 아래로는 새하얗게 눈이 덮인 환경당의 모습이 보였다.

그러자 추위로부터 자신을 안락하게 보호해 주던 리장의 집과 따뜻한 부친의 품이 그리워졌다.

소야송부 소룡산.

그는 소문성의 부친이자 옥룡설산의 중턱에 백오십여 호의 군락을 이뤄 모여 사는 나시족[納西族]의 족장인 마궈토였다.

소룡산은 타고난 중원인이었음에도 불구하고 오랫동안 리장에 기반을 두고 살아온 나시족의 모든 토호세력을 물리치고 마궈토가 된 것은 높은 학식과 탁월한 무예, 위험을 마다치 않는 용맹성 때문이었다.

마적 떼라도 출몰하는 날이면 소룡산은 어김없이 맨 선두에 서서 맞싸웠고 퇴각할 때는 맨 뒤에 서서 물러났으며, 부드럽게 이야기할 때에는 대인의 관휴(寬厚)가, 힘주어 말할 때에는 어김없이 종사(宗師)의 위신(威信)이 한껏 풍겨 나왔다.

"네가 올해로 몇 살이냐?"

"여덟입니다."

소룡산이 지그시 미소를 지으며 소문성에게 다시 물었다.

"남자 나이 말고 사내 나이 말이다."

"……?"

“리장의 남자들은 차마고도(茶馬古道)를 넘어보지 않고서는 사내라 할 수 없지. 너도 이제 사내가 되어야 할 나이가 되었구나.”

소문성은 놀랐다. 그리고 기뻤으며 흥분되어졌다.

언제나 동참하기를 염원했지만, 어리다는 이유로 번번이 내침을 당했던 여정이 아니던가.

부친은 창가에 서서 창밖으로 펼쳐지는 눈 덮인 옥룡설산을 바라보며 계속 말을 이었다.

“설산에 눈이 녹기 시작하면 바로 여정 길에 오를 것이다.”

부친의 눈빛이 진지해졌다.

“리장을 출발해 더친[德欽], 하늘과 가장 가깝다는 주목랑마(珠穆朗瑪)를 넘어 서장(西藏)의 림지(林芝)를 통해 라싸[拉薩]로 들어가는 백여 일의 장정이다.”

부친이 소문성에게 다시 시선을 고정시켰다.

“알겠느냐?”

입가에는 어린 아들을 신뢰하는 짙은 미소가 깊숙하게 번졌다.

“너도 이제 사내가 되거라.”

소문성은 하늘에 부친 소룡산의 모습이 떠오르자 꽁꽁 언 동천(冬天)마저 녹여 버리는 훈훈함 같은 걸 느꼈다.

송충이처럼 굵은 눈썹, 사리를 꿰뚫어보는 침착하고 안정되어 있는 동공, 바른 입술, 단단한 어깨에다 너른 가슴, 그리고 어떤 경우에도 마지막 의지가 되어주었던 분.

소문성은 부친이 그리워지자 마음이 성급해졌다. 즉시 손에
힘을 가득 넣으며 말아 쥐었다. 그러나 반나절이 넘도록 설림(雪
林) 한복판에 서서 환술과 싸우고 한풍과 맞섰기에 언 손은 뜻대
로 접어지지 않았다. 발 또한 동상에 걸렸는지 감각조차 느껴지
지 않았다.

이를 악물었다. 메말라 갈라진 입술에서 피가 터져 흘러나
왔다. 그런 상황에서도 계속 환술의 초식을 읊었다.

무서운 집념이 일어나 그 아이의 몸을 활활 태우는 것만 같
았다.

휘유우웅.

갑자기 눈보라가 한풍과 함께 거세게 몰아쳐 왔다.

몸이 야위어진 아이는 금방이라도 휘말려 날아갈 것 같았지
만 의외로 잘 지탱하고 있었다.

아이의 집념이 한설의 혹독한 칼바람보다 훨씬 가혹하여 단
단한 버팀목이 되어준 것이다.

"저러다 정말 죽을지도 몰라."

광보와 연미림, 모용수는 시간이 나는 대로 소문성을 찾아
와 먼발치서 구경했다. 그때마다 걱정이 이만저만이 아니었
다.

아이들은 단벌로 사는 소문성과는 달리 하나같이 두툼한 솜
과 짐승 털로 만든 겨울옷으로 몸을 가리고 손과 발에는 체온

을 그대로 간직할 수 있는 수피와 당혜를 신고 있었는데, 수피를 낀 손에는 저마다 아껴 먹어 남긴 음식이 들려 있었다.

고작해야 대추와 밤톨 몇 개인 하찮은 음식들과 찐 계란 반 개 정도가 전부였지만, 환경당에서 한 번이라도 살아본 사람이라면 그 음식들이 결코 하찮은 음식이 아니라는 걸 잘 알고 있으리라.

특히 찐 계란은 더욱더 그랬다.

연미림은 계란을 반쯤 남길 때마다 식욕에 대한 본능적인 욕망 때문에 갈등을 했다.

갈등은 매우 집요해서 어떤 결심을 해도 매번 같은 갈등을 유발시켰다.

비록 여자 아이라고는 하지만 환경당에서의 생활은 남자 아이들과 별반 구분 지어지는 것도 아니었고, 한참 성장기에 들어선 몸인 탓에 먹고 싶은 유혹을 뿌리치는 건 무척 고단하기까지 했다. 그런데도 연미림이 유혹과 갈등을 이겨내고 손에 찐 계란 반 토막을 들고 항상 나타나 준 건 먹고 싶은 자신의 욕망보다 먹게 해주고 싶다는 타인에 대한 갈망이 더 컸기 때문일 것이다.

선망의 중심이 되어버린 타인에 대한 갈망.

하지만 연미림은 언제나 선뜻 계란을 소문성에게 내밀지 못했다.

모용수나 광보의 심정도 마찬가지여서 누구도 먼저 입을 여는 일조차 할 수 없었다.

수피를 파고들어 온 한풍에 손끝이 시려왔다.

연미림은 말없이 계란을 바닥에 내려놓았다. 체념이 담긴 조용한 동작이었다.

모용수와 광보도 계란 옆에 자신들이 들고 온 대추와 밤을 놓았다. 그리고 세 아이는 아무 말 없이 동시에 몸을 돌려 소문성에게서 멀어져 갔다.

방해하고 싶지 않았다. 아니, 방해할 수 없었다.

오로지 집념 하나로 대자연과 맞서 싸우고 있는 소년, 소문성의 세계.

그에 의해 탄생되고 그에 의해 창안된 세계는 너무 진지했으며 위험해 보였다. 손끝만 닿아도 그대로 와작 깨지며 무너져 산산조각이 날 살얼음판 같은 도사림이 난무했기에 범접(犯接) 대신 불범(不犯)을 택할 수밖에 없었다.

그것은 이후로도 주욱, 세 아이에게 있어서는 불문율과 같은 것이 되고 말았다.

말없이 가서 말없이 바라보다 말없이 돌아오는 무언무견무회(無言無見無回)의 불문율.

연미림은 둔덕을 다 내려와서야 소문성이 서 있던 곳을 동경의 시선으로 뒤돌아보았다.

자신이 내려온 둔덕에는 힘겹게 눈밭을 헤치고 올라갔던 발자국과 방금 미끄러지다시피 내려온 자국들이 어지럽게 뒤엉켜 있었다.

간밤에 눈은 또 내릴 것이다. 그렇게 내린 눈은 자신이 만들어온 소문성에 대한 접근의 흔적을 덮어버릴 것이다.

연미림은 그 점이 원망스러웠다.

소문성에게 매번 다가가지만 보기 좋게 지워지고 마는 그녀의 자취.

'소문성은 알고 있을까?

둔덕에 고정시키고 있는 연미림은 시선을 돌릴 줄 몰랐다.

'대보(大寶) 오빨 너무 닮았어. 널 처음 볼 때부터 난 알아보았지.'

하늘의 눈발이 점 더 심하게 날리기 시작했다.

'그 고집과 기질……. 그것이 날 네게로 하염없이 달려가게 해……'

二

오후부터 내리기 시작한 눈은 사흘밤낮 동한 사정없이 청운산 자락에 뿌려댔다.

환경당의 아이들에게는 폭설에 따른 외출금지가 떨어졌기에 그들 모두의 침실이 있는 환영헌(換英軒)에서 단 한 발자국도 밖으로 내딛을 수가 없었다.

언젠가부터 제설작업으로 요란을 떨었던 문밖, 사람들의 왁자함도 들리지 않았다.

연미림은 환영헌의 월형 창문을 통해 온통 설색(雪色)으로 뒤덮인 저쪽의 하얀 둔덕을 바라보았다.

쌓인 눈으로 인해 둔덕은 두 배쯤 더 높아진 것 같았다.

당분간은 발걸음 대신 눈으로만 소문성을 쫓아야 했기에 연미림의 마음은 산란했으며 불안했고 그리웠다.

그 그리움의 주체는 물론 소문성이었다.

자신의 친오빠이자 대사형(大師兄)이었던 연대보(延大寶)를 똑 닮은 고집과 기질을 가진 소년 소문성.

연대보는 연가장이 절강성 항주에 옹립한 이래 그들이 세상에 배출한 최고의 기재였다. 그런데 그 씨앗을 제공한 부친 연민태(延岷太)는 정반대였다.

서책은 눈에 둘 생각도 하지 않았고, 가전절기(家傳絕技)인 당랑권(螳螂拳)의 연성마저 보잘것없어서 당시 장주이자 연미림의 할아버지인 당랑왕(螳螂王) 연을성(延乙星)을 늘 실의에 빠지게 만들었다.

"못된 송아지는 엉덩이에 뿔이 먼저 난다고 하더니……."

연민태는 문무(文武)를 멀리하는 대신 주색잡기만은 열심을 기울였다.

코밑에 솜털이 날 때부터 기방을 출입했고, 그것도 모자라 인근 강나루에 춘선(春船)을 띄워 술과 여체를 맘껏 탐했다.

연을성은 자식의 행태를 더 이상 봐줄 수 없었다. 더욱이 연민태는 자신의 가문을 이어받아 대성시켜야만 할 외아들이 아니던가.

연을성은 보다 못해 큰 소리로 호통을 치기 시작했다. 그래도 안 되면 회초리를 잡았다. 그러자 연민태는 연가장으로 아예 들어올 생각을 하지 않았다.

"끌끌끌… 본래 호부(虎父)에 견자(犬子) 없다 했거늘, 어찌해서 내 팔자는 이리도 척박할꼬……"

연을성은 하늘을 보며 탄식했다. 그러나 그 이상 무엇을 더 어떻게 해볼 수는 없었다.

이젠 눈앞에서조차 사라져서 모습을 감춰 버린 외아들 연민태.

익히 그래 왔듯이 자신이 회초리를 꺾어버릴 때만이 어슬렁거리며 기어들어 올 것이다.

"아들 놈 하나만 더 있었었어도……"

그는 신세를 한탄하며 젊은 날에 저지른 자신의 한 가지 과오를 원망할 수밖에 없었다.

연을성은 그의 아내인 교연부인(嬌燕夫人)이 첫 아이인 연민태를 수태했을 무렵 역혈공(逆血功)을 연마하다 행공을 잘못 운영하여 큰 난관에 봉착했다.

역혈공은 정상적인 행공을 역으로 운영하는 내공으로 내력을 삽시간에 상승시키는 속성의 효험이 있는 대신, 부작용이 많아 사도마파(邪道魔派)의 좌도들에서나 유행하는 기공(氣功)이었다. 그럼에도 연을성은 욕심을 부렸다.

당랑권의 최후 절학인 당랑개천(螳螂開天)을 얻기 위해서는 지금보다 몇 배는 더 높은 상승 내공이 필요했지만, 그렇게 하기 위해선 오랜 수련이 필요했기에 조바심을 부린 연을성은 정상적인 내력 상승 대신 역혈공을 택하여 빠른 성취를 강행했다. 그런데 그 조바심이 결국 경을 치게 만들었다.

역혈공을 단전으로 몰아 일주천시킨 후 잘 갈무리하였다가 오장육부를 열어 혈맥을 통해 천천히 보내야 하는데, 역혈공이 지닌 패도적인 힘을 지탱하지 못하여 그만 단박에 토하듯 오장육부 아래로 쏟아부은 것이다.

요행히 주화입마(走火入魔)의 피해를 입지 않을 수 있던 것은 그가 지니고 있는 본래의 진신내력이 제법 웅혼했기 때문이었다. 그렇다고 해서 오장육부 아래에 입은 피해마저 극복이 되어졌다는 얘기는 아니다.

고된 수련을 통해 얻은 오의(奧義)의 양강지력이 보기 좋게 파괴되고 말았다. 한마디로 그는 씨 없는 수박이 되어버린 것이다.

연을성이 둘 수 있는 유일한 자식이 되어버린 연민태.

선택은 단 한 가지밖에 없었다.

"비록 하나밖에 둘 수 없는 자식이지만 열 아들 안 부럽게 반듯하게 키우리라."

연을성은 비장한 마음으로 연민태에게 지극정성을 다했다. 원하는 건 모두 들어주고 바라는 건 모두 채워줬으며, 큰 잘못을 해도 너그러이 용서해 주었다. 그러나 역효과가 났다. 자신의 지극정성이 오히려 자식을 버릇없고, 이기적이며, 문약한 아이로 만들어 버렸다.

연민태는 자기가 하기 싫은 일이라면 작은 것에도 몹시 짜증을 냈고, 큰돈을 들여 곁에 둔 글 선생들에게까지 반항하기 일쑤였다.

물론 연민태가 잘하는 것도 있었다.

오입질이었다.

그는 언제고 여체만큼은 끊임없이 갈망했기에 연가장 내의 시녀들이라면 나이가 많든 적든 덮쳐 댔다. 종내는 그것마저도 성이 안 차는지 남몰래 보고에서 황금을 훔쳐서 유곽의 여자들을 맘껏 사며 즐겼다.

그는 개망나니가 된 것이다.

연을성은 끔찍했다.

연민태가 개망나니 짓을 하든 개망나니보다 더한 짓을 하든, 결국 연가장의 장주를 이어받을 유일한 자식이 아니던가.

연을성의 고심은 더욱 깊어만 갔다.

그는 번민과 낙담으로 모든 세월을 보내야 했다. 그러다 어느 날 고육의 결론을 내렸다. 자식에게 장주를 물려주는 조건으로 한 가지 제안을 한 것이다.

제안은 그리 어려운 것이 아니었다. 혼사를 서두르는 것이었다. 가정을 가지게 되면 자식의 안정을 기대해 볼 수 있으며, 무엇보다 손이 귀해진 연가장에서 후사도 일찍 얻게 될 테니 일거양득이라고 생각했다.

모든 일은 순조롭고 빠르게 진행되었다.

화씨세가(華氏世家)의 둘째 딸인 화영란(華英蘭)을 첫째 부인으로 얻은 연민태는 그 해 십팔 세의 나이에 뻐근한 연가장 장주 자리에 올랐고, 이듬해에는 모두의 바람처럼 떡두꺼비 같은 아들을 낳아주었다.

그 아들이 바로 연대보였다.

뛸 듯이 기뻤던 연을성은 태어난 손자에게 집안의 가장 큰 보물이라고 하여 대보라는 이름을 작명해 주었다.

연대보는 이름값대로 진짜 보물이 되어주었다.

머리는 총명하여 또래의 아이들보다 발굴의 영민을 발휘했고, 타고난 근골과 자질 또한 두드러져 불과 네 살의 나이에 자신이 아홉 살이 되어서야 열기 시작했던 당랑권의 스물아홉 가지 기수식을 보란 듯이 모두 펼쳐 보였다.

연민태는 이후 연을성의 적극 추천 아래 네 명의 부인을 더 얻었다.

왕성한 연민태의 정력은 결코 마르는 법이 없어서 여러 부인들을 통해 모두 열일곱의 자식을 세상에 내놓았는데, 가장 신난 사람은 의당 연을성이었다.

손주들은 누구나 할 것 없이 연민태의 품성을 닮지 않고 모두 자신의 품성을 닮아 기대대로 커주었기 때문이다.

물론 그 모두들 중에선 연대보가 언제나 가장 돋보였다.

연을성의 보물이자 장손인 연대보는 십오 세의 나이가 되자 항주에서 제일가는 당랑권의 고수 반열에 올랐는데, 그때 연

미림이 태어났다. 때문에 연을성에게 있어선 연미림의 탄생이
더 큰 기쁨이 되어주었다.

하지만 연민태의 다섯째 부인 이연(李蓮)이 연미림을 낳은
지 삼 개월 만에 죽자 큰 실의와 슬픔을 맛보기도 했다. 그러
나 이듬해에 절강성 성주가 주최한 무림대회에서 당당히 연대
보가 우승을 하자 연가장은 예전 이상 가는 활기가 넘쳐흘러
나왔다.

이십 세가 되자 연대보는 더 큰 세계를 바라보았다. 그것은
할아버지 연을성의 바람이기도 한 강남무림대회를 석권하는
것이었다.

연대보는 꿈을 꾸며 언제나 열심히 무공을 연마했다.

성품 또한 공명정대하여 와중에도 동생들을 돌봄에 부족함
이 없었으며, 연민태의 다섯 부인에게 태어난 열여섯 명의 동
생 모두를 누구 하나 구분없이 올곧게 대해주었다.

특히 막내로 태어난 연미림에게는 더욱 각별했다.

자신과는 열다섯이나 터울이 지는, 어찌 보면 딸 같은 존재
이기에 그러기도 했겠지만, 그녀의 친모인 이연이 연미림을
낳고 삼 개월 만에 죽어 측은지심이 들기도 했기 때문일 것이
다.

여하튼 연미림은 그의 친모와 일찍이 사별하였음에도 불구
하고 어릴 적 추억은 기쁨 그 자체였다.

항주의 수려한 절경을 연대보와 같이 유람하였으며, 그에게
서 사서삼경(四書三經)을 배웠고 당랑권의 기초 무학을 전수받

왔다.

연미림에 있어 연대보는 그의 오빠이자 스승이며, 늘 부재를 보인 친부를 대신해 주는 실질적인 아빠였다.

연미림이 일곱 살이 되자 연대보에게도 사랑하는 정인(情人)이 생겼다. 그렇다고 연미림에게 소홀한 적은 단 한 번도 없었다.

연대보의 정인은 관부에서 녹을 받고 사는 항주수군(亢州水軍)의 낮은 벼슬아치인 수군무장의 장녀로 십칠 세의 나이에 비해 성숙한 몸을 가지고 있었다.

그녀는 혼사를 서둘렀다.

하지만 연대보의 염원은 다른 곳에 있었다.

강남무림대회의 석권.

연대보는 정인에게 무림대회가 끝났을 때까지 혼사를 미루길 원했다.

"나는 무림대회에서 우승한 후 그 영광을 그대에게 혼인 선물로 주고 싶소. 이제 여섯 달이 남아 있으니 그때까지만 기다려 주오."

연대보는 약속을 지켰다.

강남의 내놓으라는 명문무가의 후기지수들을 보란 듯이 쓰러뜨리고 최고의 영예자가 되어 항주로 돌아왔다. 한데 그날부터 갑자기 연대보의 정인이 보이지 않았다.

그의 부친인 연민태가 사라진 것도 같은 날이었다.

연미림이 여덟 살이 되던 해에 부친 연민태는 자신의 장자인 연대보의 정인, 모숙향(慕淑香)을 데리고 연가장을 떠났다.

그로부터 일 년 후, 연대보는 스스로 목숨을 끊으므로 삶을 마감했지만 사실상 그의 정인 모숙향과 부친의 소식을 전해들은 그 순간부터 그는 죽은 사람이나 다름없었다.

모두가 동정심을 보였지만 그것이 오히려 자존심 강한 연대보의 상태를 악화시켰던 것이다.

연대보는 술을 입에 대기 시작했다.

연미림은 그런 오빠를 위로하고 기쁘게 해주기 위해 학문에 더욱 열중하고, 무공 연마에 심혈을 기울였지만 아무 소용이 없었고 아무것도 변하지 않았다.

연미림에게 있어 연대보의 죽음은 대단한 충격이자 슬픔이었다.

그녀는 오빠 이상의 것을 잃었다. 실질적인 아빠이자 스승이며 정신적인 지주를 한꺼번에 잃은 것이다.

연미림은 연가장이 싫어졌다. 그곳에 있으면 그녀는 언제나 자식의 정인을 훔쳐 달아난 천륜을 저버린 폐부(廢父)의 자식이 되었기 때문이다.

이제 연미림이 결심을 해야 할 때가 되었다.

그녀는 할아버지를 졸라 환경당에 들어갈 수 있도록 해달라고 애원했다. 허락만 받으면 자신은 충분히 있었다.

실제로 그녀는 연대보에게 전수받은 학문과 무공은 그 또래 아이들 중에선 단연 돋보였다.

돋보이는 아이가 연대보를 위로하기 위해 더욱더 매진했으니 그 경지는 얼마나 더 올라 있었을까.

연미림은 마침내 열 살이 되던 해에 환경당에 입당하는 데 성공했다.

아직도 눈은 펄펄 내리고 있었다.

연미림은 월형창가 앞에 서서 미동도 하지 않은 채 어둠이 찾아온 밖을 바라보았다.

그녀와 방을 같이 쓰는 모용수는 아까부터 자신의 침상에 앉아 두툼한 솜옷 하나를 매만지며 바늘로 꿰매고 있는 중이다.

아이답지 않은 꼼꼼함과 야무짐, 그리고 정성이 묻어나는 손놀림이었다.

모용수가 솜옷에 관심을 보이며 바느질을 시작한 건 달포 전이다.

그녀는 자신의 세가에 서신을 보내 질 좋은 잠사비단과 솜을 받아 직접 재단을 했으며, 지금은 완연한 옷의 형태를 갖추어가고 있었다.

사르륵… 사르륵…….

모용수의 손놀림이 더욱 분주하고 빨라졌다.

연미림의 시선은 저 멀리 순백색 향연을 보이고 둔덕에 여전히 귀착되어 있었다.

무엇에도 동요되지 않고 자신의 세계만을 고집했던 연대보와 소문성.

커다란 상처를 입은 편린을 간직한 두 사람의 눈빛이 같았
고, 자존심이 그랬으며, 고집과 기질이 상통했다.

연미림은 소문성을 볼 때면 항상 연대보가 보였고, 연대보
를 상상하면 그 자리엔 언제고 소문성이 있었다.

자신보다 두 살이나 나이가 어림에도 기꺼이 오빠 이상의
감정을 주는 아이.

소문성은 그런 자신의 속내를 알 수 없을 것이다. 그저 일방
적으로 향하는 혼자만의 편향적인 감정 아닌가.

적어도 지금은 그랬다.

하지만 그녀에겐 소문성과 같이할 수 있는 남아 있는 날들
이 얼마든지 있다. 그 점이 위안이 되어주었다.

"이거 어때?"

모용수가 마침내 바느질을 하던 손길을 접고 옷을 들어 보
였다.

연미림이 무심코 뒤돌아보았다.

"응?"

모용수는 옷을 자신의 몸에 대보며 이리저리 재고 있었다.

"옷 말이야."

연미림이 웃어주었다.

"따뜻해 보인다. 네가 입을 거니?"

모용수의 눈에는 마침내 자신이 하던 일을 끝냈다는 자부심
과 얼마간의 기대치, 그리고 약간은 두려움이 깃든 묘한 눈빛
을 하고 있었다.

"소문성에게 잘 맞을까? 날씨가 추우니 바느질이 좀 엉성해도 좋아는 하겠지? 게다가 청운산의 겨울은 유난히 길고 추우니 도움이 될 거야."

연미림은 머리에 둔기를 맞은 것 같은 충격이 전해졌다.

정신이 번쩍 들었다. 그제야 소문성은 자신만이 독점하고 있는 혼자만의 이상이 아니란 걸 자각했다.

과연 모용수가 자신과도 같은 감정으로 소문성을 대하고 있는지는 확실하지 않았지만, 지금 이 순간만큼은 적어도 모용수와는 나눠 공유해야 될 대상이란 건 확실했다.

'하긴… 누가 있어 그 아이를 사랑하지 않을 수 있겠어……'

연미림은 씁쓸하면서도 자조적인 미소를 흘렸다. 그러면서 한 가지 다짐을 했다.

그것은 최소한의 타협이자 바른 결정이었다.

'내 마음을 모용수에게 들추어내지 말자. 방금 받은 내 충격을 모용수까지 받게 할 필요는 없잖아. 그러기엔 모용수와 같이해야 할 날이 너무 많이 남아 있어……'

와수수수…….

산자락 어딘가에서 쌓인 눈이 사태를 일으키며 무너져 내리는 소리가 들려왔다.

오늘 밤은 연미림에게 있어선 힘든 밤이 되어줄 것이다.

그녀는 이불 속에서 한참이나 뒤척이다가 새벽나절이 되어서야 잠이 들었다.

꿈속에서 연대보 오라버니를 보았다.

연대보는 모용수가 지어준 솜옷을 입고 있었다.

자세히 보니 솜옷을 입고 있는 건 소문성이었다.

그녀에게서 그렇게 떠났던 연대보처럼 소문성 또한 그녀에게서 멀어지는 것만 같았다.

잠에서 깨었을 때 연미림은 울고 있었다.

창밖에는 아직도 눈이 펄펄 내리고 있었다.

三

혹독했던 청운산의 겨울이 물러갔다.

삼라만상(森羅萬象)한 대자연의 이치는 항상 변화무쌍하면서도 일정한 일관성을 지니고 있었기에 소문성이 환술을 연마하고 있던 설림에도 풍한서습(風寒暑濕)이 어김없이 찾아와 본래의 푸르름을 되찾고 있었다.

이른 시각. 묘시(卯時).

소문성은 지난겨울, 차가운 극한의 바람과 폭설을 피할 수 있도록 해준 자신의 거처를 빠져나오고 있었다.

그곳은 소문성이 여섯 번째 탈출을 시도했던, 그의 나의 열두 살 때 발견했던 그만의 비밀스런 장소였다.

위치는 환경당과 그 아래, 환앙성 사이를 가로막고 있는 중간 지점에 있었는데, 숲과 돌들이 빼곡하여 누구도 눈에 띄지 않는 은밀한 곳이었다.

소문성은 그 안에 겨울을 버틸 음식을 저장해 두었으며, 동상을 대비해 약초와 땔감도 구해놓았다.

특히 모용수가 만들어준 따뜻한 동복과 아이들이 가져다준 음식은 큰 도움이 되었다.

구조는 한 장쯤 밑으로 파인 구덩이 형태로 내부는 조잡하고 좁았지만 눕기는 적당해서 불을 피우면 금세 온기가 전역으로 번졌고, 입구는 커다란 돌로 막아두었기에 누구도 눈치채는 경우가 없어서 안락했다. 때문에 소문성은 환경당에서 숙소로 제공해 준 환영헌으로 돌아가는 일은 결코 없었다.

그곳에서 잠을 자며 탈출을 꿈꿨고, 부친을 보았으며 리장 마을과 자신이 뛰놀던 옥룡설산을 그리워하며 미래를 설계했다.

그럴 때마다 환술을 연마하는 강도와 열정은 더욱 세졌다.

하지만 그가 익히는 환술, 엽용환체(葉用幻體)는 꿈쩍도 하지 않았다. 아무런 진척을 보이지 않은 것이다.

묘시의 새벽부터 시작한 엽용환체의 연성은 태양이 오후의 하늘로 접어들 때까지 쉼없이 계속되었지만, 여전히 그것은 처음 만났을 때의 고집을 그대로 부리고 있었다.

어떤 경우도 실체를 보이지 않는 견고한 고집.

그토록 각고하게 매달렸건만 좀처럼 모습을 드러내지 않는 환술의 실체.

소문성은 메마른 입술을 달싹이며 중얼거렸다. 지난 세월의 고단과 고행으로 몸이 여윌 만큼 여윈 탓에 중얼거리는 것조차 힘겨움을 느꼈다.

"초식을 처음부터 다시 해볼까? 아니면 호흡법에 문제가 있을지도 몰라. 아니야. 나는 틈나는 대로 점심시간을 이용해 송일환 사부의 서책을 열어 몇 번이고 확인했고, 그것을 쉼표 하나 빠뜨리지 않고 재현을 했어. 내공술을 가르치는 수업 시간도 거르지 않고 참석하여 행공을 하거나, 단전으로 내력을 집중하는 방법을 달달 외우지 않았던가."

소문성은 도무지 이해가 되지 않았다.

무엇이든지 필요하다는 생각이 들면 뻔뻔하게 얼굴을 들고 수업에 참관했으며, 자신의 궁금증을 해결하면 즉시 낮도깨비처럼 환경당에서 사라져 환술을 연마했다.

그러고도 부족하면 서고로 뛰어가 연관성이 있는 온갖 서책들을 뒤졌다. 하물며 서역(西域)의 잡다한 사술 서적까지 줄줄 읽어보았고 난해하다는 천문학까지 통달했다.

뛰어난 두뇌와 천부적인 소년의 자질은 일 년 만에 환경당 서고에 비치한 일천 권의 방대한 기초 이론 서적들 전부를 달달 외우게 하였지만, 여전히 그가 익히고자 하는 환술 '엽용환체' 는 아무런 진척을 보이지 않고 있었다.

소문성은 낙담했다. 그러자 외로워졌다.

오로지 자신 하나만을 의지하고 단행을 한 모든 과정들…….

지난 세월의 처절한 노력과 각고에도 불구하고 도무지 깨뜨릴 수 없는 벽에 봉착했지만, 누구도 소년을 도와줄 사람은 주위에 없었다.

리장의 마을이 더 멀어지는 것처럼 보였다.

갑자기 체력의 한계가 물밀듯이 밀려왔다. 하늘이 샛노랗게 보이더니 다리가 후들거리기 시작했다. 그리고 아득해졌다.

소년은 일 년이 넘는 세월 중 태반을 단 한 번도 눈을 부치지 않고 엽용환체를 연마했다.

워낙 엽용환체에 심취에 있던 탓에 끼니를 거르는 일은 예사였다. 그럼에도 이만치 버틸 수 있었던 건 소년이 대자연과 맞서 싸우며 홀로 터득한 독특한 내공술과 강한 의지, 그리고 집념 때문이었다.

그 의지와 집념이 지금 허물어지며 함몰되고 있었다.

"아버지……."

피로가 한꺼번에 거침없이 몰려왔다.

상심으로 인해 일어난 균열이 체념으로 이어지자 균열은 사정없이 몸을 해부하듯 갈라놓았다.

쿠웅.

소년은 마침내 쓰러졌다.

머리 위로 무엇인가 윙윙 날아다니는 것만 같더니 그것마저 희미하게 사라져 갔다.

이제 더 이상 리장 마을도, 부친의 모습도 보이지 않았다.

원하지 않은 평화가 찾아왔다.

마치 그의 외로운 투쟁을 귀결 짓는 듯한 죽음 같은 평화.

영혼이 몸에서 빠져나와 저만치 노을 속으로 달아나듯 멀어지는 것만 같았다.

"큰일 날 뻔했군."

족히 백 살도 넘어 보이는 도골선풍(道骨仙風)의 노인 하나
가 백발과 백염을 길게 늘어뜨린 채 가녀린 숨조차 새어 나오
지 않는 것 같은 소문성을 굽어보고 있었다.

그 노인은 일신에 금빛이 눈부시도록 빛나는 도포를 걸치고
있었는데, 손에는 다섯 개의 광채가 뿜어 나오는 오색선장을
들고 있는 것으로 보아 한눈에 보기에도 예사스런 노인 같지
않았다.

노인은 소문성을 처음 보았을 때를 생각했다. 그때도 아이
는 지금처럼 죽어가고 있었다.

어딘가에 심하게 부딪쳐 찢어진 이마의 상처, 뒤틀린 뼈마
디와 가슴에서부터 단전까지 그어져 금방이라도 내장을 밖으
로 뿜어낼 것 같던 선명한 검상(劍傷), 전신을 붉게 물들인 홍
건했던 피들.

하지만 식어가는 눈빛만큼은 매우 또렷했었다.

죽어가면서도 자신을 응시하는 눈빛에는 어린아이답지 않
은 불굴의 투지가 엿보였으며, 분노와 어떤 집착이 가득했다.

그 눈빛이 노인을 움직이게 했다. 즉시 손을 써서 치료를 했
으며, 아이를 청운산의 환앙성으로 데려왔다.

그런데 오늘도 손을 써야 할 일이 생기게 된 것이다.

노인은 신단을 꺼내 소문성의 입 안에 밀어 넣어주고, 단전

에 손을 대어 내력을 불어넣었다.

노인의 장심을 통해 뿜어 나오는 내력은 삽시간에 소문성의 단전 부위를 밝은 빛으로 감싸더니 머리끝에서 발끝까지 훑고 지나갔다. 그러자 소문성의 입에 물린 신단이 저절로 녹으며 입 안으로 녹아들어 가기 시작했다.

노인이 마침내 정좌하며 앉아 있던 몸을 일으켰다.

"무량수불… 하늘이 도운 게야."

"그러게 말예요. 한 발만 늦었어도 아이의 생명은 구할 수 없었을 거예요."

줄곧 노인 옆에 서 있는 삼십대 중반쯤 되어 보이는 여인 한 명이 차분한 눈빛으로 손에 들고 있는 우선(羽扇)을 천천히 흔들며 말을 이었다.

그녀의 손에 들린 우선은 모양이 특이하여 반은 노을빛이 은은하게 뿜어 나왔고, 나머지 반에는 흰색의 하얀빛이 투명하게 뿜어 나왔다.

"하지만 그래도 이 아이에게 신단 같은 영약을 복용시킨 건 문제가 될 성싶습니다."

노인이 지긋하게 말을 받았다.

그의 음성은 매우 낮았지만 중후해서 듣는 이로 하여금 권위와 위엄이 저절로 느껴지게 만들었다.

"다 타고난 복인 게지. 죽으려고 이토록 몸을 굴리지 않았다면 어디 신단 같은 걸 구경이나 해볼 수 있었을까."

"그건 그래요. 때마침 산청(山靑)을 마중하기 위해 나왔는데 이곳에 이 아이가 누워 있을 줄은 누가 알았겠어요. 하지만 몇 번이나 환경당을 빠져나가기 위해 몸을 움직였다던데 신단이 오히려 탈출에 도움이 되어줄까 봐 걱정이 되는 건 사실이에요."

"다 타고난 복이라 하지 않았느냐? 똑같은 풀이라도 뱀이 먹으면 독이 되고 다른 짐승이 먹으면 약이 되듯. 이 아이를 하늘이 점지하여 신단을 만나게 한 것이라면 필히 무림에 위대한 자취를 남기게 될 것이다."

여인의 목소리는 차분했지만 분명 의문을 담고 있었다.

"그 반대의 경우라면요?"

노인의 눈빛이 어두워졌다. 음성은 여전히 나직했지만 단호했다.

"환궁(幻宮)에 앉아 주인 노릇을 하는 놈처럼 되겠지."

노인이 들고 있는 오색선장을 흔들었다. 그러자 선장에서 다섯 개의 광채가 섬광처럼 뿜어 나오더니 무지개처럼 건너편의 높은 고봉으로 순식간에 연결되었다.

"그만 가자. 이러다 우리가 늦겠구나."

쉬이이이이.

노인과 여인이 무지갯빛 광채로 손을 뻗자 광채가 두 사람을 전광석화처럼 빨아들였다. 그러자 노인과 여인이 동시에 저쪽 봉우리로 사라졌다.

일 촉간도 안 된 사이의 한 호흡에 이뤄진 빠름이었기에 그들의 움직임을 감지할 수 있는 사람은 그 누구도 없었다.

몇 개의 봉우리를 건너 바라보이는 청운산이 유난히 청명한 날씨 덕택에 선명하게 보였다.

사내 한 명이 마치 활활 타오르는 불꽃처럼 생긴 대화봉(大火峰) 정상에 일각 전에 올라와 청운산을 강직하고 장엄한 눈길로 말없이 응시하고 있다.

그는 산청이라는 자로 사십대 초반에다 칠 척의 장신이었는데, 건장한 몸과 어울리는 검고 긴 수발에 굵고 짙은 검은 눈썹을 하고 있었다. 일신에 걸치고 있는 검은 무복은 모든 세파를 견디어낸 듯 군데군데 허옇게 바래 있었고, 등에 차고 있는 한 자루 녹슨 철도는 유난히 돋보였다.

잠시 후면 청운산 뒤, 태고산(太孤山) 최정상에 위치한 환허동(幻虛洞)에서 자신을 마중하러 누군가 나올 것이다.

산청이 안력을 집중했다.

그의 예상처럼 저 멀리서 오색 무지개를 타고 두 사람이 빠르게 쏘아져 오고 있었다. 그러자 어떤 풍파에서 흔들리지 않을 것 같았던 장중한 산청의 동공이 미비하게 흔들렸다.

"직접 마중 나오실 줄은 몰랐군."

산청은 걸친 검은 장포를 여미어 잘 정돈했다.

마중을 나오고 있는 사람은 그가 알고 있는 무림인 중 가장 배분이 높은 대선배의 풍도가 확실했었기 때문이다.

소문성은 혼란스러웠다.

분명 자신은 옥룡설산을 보았고, 리장 마을에 있었으며, 주민들의 기원과 환대를 받으며 마방의 행렬에 끼어 차마고도의 긴 장정을 시작했었다.

저마다 등에 가득 약초를 싣고 걷는 호사롭게 장식한 백여 필의 튼튼한 말들.

마궈토인 부친, 소야송부 소룡상은 맨 앞에 서서 천길만길 낭떠러지의 협곡이 나타나면 침착하게 행동했고, 눈보라를 만나면 담대하게 뚫고 나갔다.

도착한 라싸는 이국적인 풍경이 물씬 풍겨 나왔다.

마방 행렬이 방울 소리를 내며 나타나자 구름 떼처럼 사람들이 몰려 나왔고, 그 즉시 활발한 거래가 이뤄졌다.

부친은 노련한 장사꾼처럼 능숙하게 거래했다.

판 자들은 충분한 이문을 남겨서 만족했고, 산 자는 최상급의 약초와 찻잎을 얻었기에 기꺼이 즐거워했다.

돌아가는 발걸음은 라싸를 향해 갈 때보다 훨씬 가벼웠다.

고향에 두고 온 형제와 가족을 재회할 생각에 들떠 있었고, 가족을 부양할 가장으로써 그 책무를 다했다는 생각에 뿌듯해했다.

밤이 찾아오자 협곡의 완만한 곳을 찾아 모닥불을 피웠으며 야숙할 천막을 폈다. 그때 갑자기 검을 든 자들이 나타났다.

늘 안정되어 있었던 부친의 동공에 놀람이 가득 배어 나왔다.

소야송부 소룡산은 피를 흘리고 있었다.

리장의 전사들은 싸늘한 시신이 된 지 벌써 오래되었다.

소룡산은 죽어가면서 소문성에게 뭔가를 말하려는 듯 피가 울컥울컥 흘러나오는 입술을 애써 움직였다.

소문성이 급히 부친에게 달려들었다. 순간 강한 타격음이 충격과 함께 가슴에 전해졌다.

소문성은 선불 맞은 멧돼지처럼 뒤로 튕겨 나갔다.

쓰러진 소문성 주위에는 마을의 전사들이 흘린 피가 가득 고여 있어서 기분 나쁘게 끈적거렸고, 앞에는 검을 쥔 십여 명의 사내가 잔인한 미소를 짓고 서 있었다.

그중 자신에게 일장을 쏘아낸 사내는 독특한 인상착의를 하고 있었다.

얼굴의 오른쪽 눈에는 수직으로 가르며 지난 한 줄기 검상이 선명했고, 유독 왼손에 검을 쥐고 있는 좌검(左劍)이라 쉽게 모습을 지울 수 없었다.

좌검 사내가 좌수에 쥐고 있는 검에 힘을 주었다.

"어린 새끼. 아비 따라 저승으로 가라. 아비가 가면 자식이 따라가는 건 당연한 일이 아니더냐. 그래야 효자지."

푸앙.

좌검의 검끝에서 불똥 같은 빛이 일어나더니 폭죽처럼 터졌다.

소문성은 뭔가 따끔거리는 것 같은 통증을 가슴에서 느낄 수 있었다.

곧바로 가슴이 갈라졌으며 피가 솟아 나왔다. 몸은 허공으로 떠올랐으며 무언가를 잡으려고 하는데도 자꾸만 뒤로 빠르게 날아갔다.

마침내 등 뒤에 지면의 감촉이 느껴졌다.

정신을 차리려고 안력을 집중했을 때는 주위에 밝은 햇살이 보였다.

소문성의 혼란은 좀처럼 사라지지 않았다.

급히 몸을 일으키며 둘러보았다.

주위에는 아무도 없었다.

마을의 전사들도 부친도, 좌검 사내와 그 일행도 보이지 않았다.

"뭐… 지……?"

소문성의 동공이 멍하게 흔들렸다. 그때 주위의 경물들이 제 모습을 드러내기 시작했다.

그곳은 자신이 늘 엽용환체를 연마했던 숲 속의 장소였다.

소문성은 그제가 되어서야 느꼈던 혼란을 하나씩 하나씩 정돈할 수 있었다.

자신이 환술을 연마하던 중 쓰러졌으며, 꿈속에서 과거를 보았으며, 이제 현실로 다시 돌아왔다는 자각.

소문성은 이마에서 땀을 흘리고 있었다.

손을 들어 손등으로 이마의 땀을 훔쳐 가기 시작했다. 그러다 움찔했다.

땀이 뜨거웠다.

체내는 더 뜨거워서 마치 용광로가 끓고 있는 것 같았다. 곧

이어 피가 거꾸로 치솟아 올라왔다가 폭포수처럼 떨어지는 느낌도 들었다.

소문성은 놀라 앉아 있던 몸을 일으켜 우뚝 섰다.

모든 것이 다 이상했다.

자신이 엽용환체를 연마하다 쓰러졌을 때는 해가 떨어지기 시작한 신시 말미였지만 지금은 해가 중천에 솟아 있는 것으로 보아 오시가 분명해 보였다.

"어, 어떻게 된 거지?"

소문성은 변화된 시간과 자신의 몸에 적응하느라 당황하고 있었다.

"시간이 거꾸로 갈 수는 없잖은가. 설마 내가 죽어 구천(九天)의 유곡(幽谷)에라도 들어선 걸까?"

울창한 숲과 저쪽의 환경당 모습은 그대로였다.

환경당 아래, 멀리로는 환앙성의 모습도 눈에 들어왔다.

분명 눈에 보이는 경물들은 하나도 변한 것이 없었다. 다만 시간과 자신의 몸만이 변화를 보이고 있었다.

"내가 이곳에서 하룻밤을 꼬박 누워 있던 모양이군. 아니, 이틀쯤… 사흘이나 되었을지도 몰라."

첫 번째 변화의 의문은 해결되었다. 하지만 두 번째는 오리무중이었다.

"그렇다면 몸은?"

소문성은 손을 펼쳐 드러난 자신의 손바닥을 바라보았다.

예전에는 전혀 느끼지 못했던 기운이 손바닥 중심 한복판을 감돌다가 팔을 통해 어깨로 전달되어지더니, 신체 내부로 깊숙하게 스며들어 가는 것 같았다. 그러자 전신에서 불끈 힘이 솟아 나왔다.

한계를 드러내 보이며 힘없이 쓰러졌던 체력이었건만, 한순간 자고 일어나 보니 몰라보게 보충되어진 것이다.

입가에서 씁쓰름한 맛이 느껴져 입 주위를 혀로 핥았다. 입술에 엷게 묻어 있는 신단 자국이 혀끝으로 말끔히 사라졌다. 힘이 더 치솟는 것만 같았다.

"이것 봐라?"

소문성은 자신의 변화를 본격적으로 감지했다. 그리고 만끽하기 시작했다. 우선은 내력을 행공시켜 몸의 곳곳을 확인해 보기로 했다.

소문성은 즉시 볕이 가장 잘 드는 바위 위로 성큼 올라가 단전에 힘을 모았다.

체내의 모든 장기와 기관, 혈맥들이 빠르게 움직이기 시작했다.

살아 숨 쉬는 자만이 느낄 수 있는 힘찬 격동이었고 흥분이었다. 한결 몸이 가벼워졌다.

이전에도 같은 방법으로 수백 번 행공을 해보았지만, 오늘처럼 몸이 새털처럼 가벼운 건 처음이었다.

머리는 맑아졌고 가슴은 뜨겁게 활활 타오르기 시작했다.

모든 가능할 것 같은 자신감마저 충만하게 솟아 나왔다.

소문성은 내친김에 엽용환체의 환술을 펼쳐 보기로 했다.

왠지 잘될 것 같다는 생각이 들어 초식을 순서대로 읊고 몸을
활짝 열었다.

퍼엉—!

갑자기 단전에서 쇠가죽을 두드리는 듯한 요란한 소리와 함
께 벼락같은 충격이 울려 퍼졌다.

한 번 조성된 충격은 사라지지 않고 거침없이 전신을 깊게
훑고 지나갔다.

그 바람에 몸이 크게 흔들렸다. 머리카락은 뽑아질 듯 당겨
졌으며, 손가락은 물론이고 미세한 체내의 조직까지 경련이
일어났다. 그러자 즉시 팔다리가 신체에서 분리되며 떨어져
나갔다.

"이… 이게 뭐야……?!"

몸속에 들어가지 않는 한 결코 구경할 수 없었던 오장육부
조차 빠져나와 어디론가 빠르게 이탈되어 가는 느낌도 들었
다.

"흐흡……!"

숨을 쉴 수가 없었다.

이제 서 있던 자신이란 존재는 어디에도 없었다. 방금까지
있던 존재가 부재가 되어 사라진 것이다.

직감적으로 뭔가 크게 잘못되었다고 생각했다. 그 순간 부
재에서 존재가 갑자기 느껴졌다.

쉬이잇—!

뼈마디가 생성되고 뼈를 빠르게 에워싸는 살의 감촉…….

이탈되었던 장기들이 제자리로 돌아왔고 심장도 체내에 자리를 잡더니 정상적으로 작동되었다.

발바닥으로는 날마다 밟고 다니던 지면의 익숙한 느낌이 전달되어졌다. 그때 눈으로 하얀 광채가 가득 스며들어 왔다. 움찔거렸다.

소문성은 햇빛 속에 서 있었다.

공기는 따사롭고 평온했다.

소문성이 애초에 서 있던 바위는 삼 장 거리에 놓여 있었으며 바위 위에는 팔랑거리며 나뭇잎 하나가 떨어져 내리고 있었다.

나뭇잎이 더욱 선명하게 보이자 움찔하던 소문성의 동공이 놀람으로 변해 기이하게 떨렸다.

순식간에 몸을 움직여 사람의 몸을 낙엽으로 바꾸는 묘용.

환술(幻術) 중에서도 상승에 속한다는 엽용환체(葉用幻體)의 대기연을 마침내 맞이하게 된 것이다.

소문성은 믿을 수가 없었다. 자신이 쓰러질 때와 깨어나고 난 후 시도한 초식은 똑같은 것이었기 때문이다.

"도, 도대체… 이건……!"

엽용환체의 환술은 초식과 반복된 수련만으로 맞이할 수 있는 대기연이 결코 아니었다. 게다가 환술의 요체는 빠름에 있었기에 보법이나 신법, 혹은 둔갑술을 연성하기 못한 소문성에겐 더욱더 불가능한 일이었다.

사부 송일환이 환술의 비법이 적힌 서책을 아무렇지도 않게

들고 다닐 수 있던 까닭도 거기에 있었다. 봐도 알 수 없을뿐
더러 설령 안다고 해도 아무런 효과가 없다는 건 명백했다. 천
부적인 자질을 가지고 태어난 귀재라 해도 육십 년 이상의 고
매한 공력을 쌓지 않는 한 실체만 알 뿐 본질은 해결할 수가 없
었다.

한마디로 그림의 떡에 불과한 이상 누구도 먹겠다고 달려들
사람은 없을 것이 뻔한 이치라고나 할까.

하지만 일 년이 넘도록 밤낮을 거르지 않고 시도한 소년의
무모함이 오늘날 대기연을 맞이하는 자양제가 되어주었다.

소년의 몸은 자신도 모르게 빠름을 극복한 그만의 특이체형
으로 변화되어 간 것이다.

소년이 체력의 한계를 극복하지 못하고 쓰러졌던 이유도 거
기에 있었다.

자신조차 감당하지 못하도록 변모되어 버린 신체.

본질이 사라지고 이질이 갑자기 차지한 몸을 아직 어린 나
이에 불과한 소문성이 버티어내기엔 역부족이었다. 그런데 그
런 소문성의 몸에 영험한 약제로만 빚은 신단이 들어와 버렸
다.

신단의 묘용은 삽시간에 몇 년에 불과한 소년의 성취에 일
갑자(60년) 이상의 공력을 불어넣어 주었다.

비로소 소년은 엽용환체를 시전할 수 있는 최소한의 조건을
갖춘 몸이 되었다. 다만 소문성 자신만이 모르고 있을 뿐이다.

소문성은 멍한 얼굴로 저만치 바위 위에 놓인 낙엽을 바라

보다가 다시 초식을 읊으며 몸을 열었다.

믿을 수 없는 일이 일어났으니 다시 한 번 눈과 몸으로 직접 확인해 보고 싶은 건 모든 이들의 동질현상일 것이다.

펑.

쇠북을 두드리듯 단전에서 같은 충격이 전파되어 왔다.

소문성은 바위 위에 서 있었다. 자신이 방금 전에 서 있던 땅에는 나뭇잎 하나가 팔랑팔랑 떨어지고 있다.

결코 꿈이 아니었다.

소문성의 멍한 얼굴이 믿을 수 없다는 듯이 흔들리더니 비로소 미소가 만들어졌다. 가슴은 홍분으로 마구 쿵쾅대고 있었다.

소년의 외로웠던 투쟁은 구름판을 밟았을 때처럼 삽시간에 사라져 갔다.

이제는 희망을 실행하는 일만이 남아 있을 뿐이었다. 그러자 항상 자신에게 읊조리며 다짐했던 한 가지 결심이 다시 떠올랐다.

'나는 탈출한다. 고로 존재한다.'

第三章
육전칠기(六顚七起)

탈인신행

一

산청은 태고산에 옹립해 있는 환허동에 들어서자 엄숙하게
앉아 있는 열두 장로를 보며 다음과 같은 말을 했다.

"제가 조사한 바는 이렇습니다. 강호상에서 수레바퀴처럼
맞물려 돌아가야 할 무림맹의 조직들이 어디에선가부터 삐그
덕 소리를 내며 엇갈리고 있습니다. 윗선은 물론이고 하부조
직들까지 매한가지입니다. 하지만 그 실체는 알아낼 수 없었
습니다. 이유는 지금 건드리면 그나마 감지한 단서조차 수면
아래로 영원히 숨어버릴 수가 있기 때문입니다. 다만 한 가지
분명한 것은 어떤 보이지 않는 절대적인 손이 무림맹 내에서
작용하고 있다는 것입니다. 또한 그 손의 임자는 맹주만큼이
나 절대적인 힘을 가진 자임에는 틀림없을 것입니다."

우락부락하게 생긴 사내 하나가 나섰다.

그는 흑의를 몸에 걸쳤고 손에는 염라두상(閻羅頭像)이 새겨진 염라괴장(閻羅怪杖)을 들고 있었으며, 칠십의 세수에 접든 나이답지 않게 젊음을 유지하고 있어서 오십대로 보였다. 또한 미간이 깊이 패어 있어서 매우 신경질적이며 성질이 급해 보였는데, 모두는 그를 환허동 계율동(戒律洞)의 수장, 공손승(孔孫昇) 장로라 불렀다.

"북검회(北劍會) 회주(會主) 일망검제(一望劍帝) 석평(石平)의 동태는 살펴보았느냐? 알다시피 그놈은 현 맹주와 맹주 위를 놓고 치열한 경쟁을 하다 본의 아니게 맹주 자리를 양보한 위인이다. 때문에 현 무림맹이 하는 일이라면 사사건건 부딪치고 방해를 일삼지. 뒤에서 대갈통 굴리며 뒷북칠 일 꾸미는 짓이라면 그놈만큼 충분한 놈이 없을걸?"

반은 노을빛이 은은하게 뿜어 나오고, 나머지 반에는 흰색의 백광이 투명하게 뿜어 나오는 우선을 흔들던 여인이 차분한 시선으로 입을 열었다.

"누구나 짐작할 수 있는 충분한 사람이 숨어서 그런 일을 꾸밀 수 있을까요? 범위를 확대해 보는 게 좋을 거예요."

산청이 말을 이었다.

"요체는 맹주가 이 일을 대수롭지 않게 생각하는 데 있습니다. 자신이 지닌 힘을 매우 과신하고 있지요. 불과 십 년 전에 이와 비슷한 일이 강호상에 나타났었는데 말입니다."

공손승이 신경질적인 얼굴을 씰룩이며 다시 나섰다.

“천년마교(千年魔敎)의 그 썩을 놈들을 말하는군.”

우선을 든 여인이 산청을 고요한 눈빛으로 바라보았다.

“그럼 산 대협은 강호상에서 벌어지고 있는 일이 천년마교와 연관이 있다고 생각하는 건가요?”

공손승이 다시 나섰다.

“무슨 소리! 다 뒈진 놈들이 어떻게 다시 나타난단 말이오?”

“다는 아닙니다.”

산청이 묵직한 음성이 장내에 흐르고 있었다.

“물론 천년마교는 도발을 한 지 육 개월 만에 환궁의 개입으로 몰살당했지만, 교주인 천마(天魔) 제갈관(諸葛串)만큼은 천라지망을 뚫고 도주했습니다. 그리고 십 년이 흘렀지요. 그 정도 세월이면 다시 세력을 일으킬 수 있는 충분한 기간입니다. 틈만 보이면 언제든 독버섯처럼 지면을 뚫고 나오는 자들이 바로 그들이니까요.”

공손승이 우락부락한 얼굴을 일그러뜨리며 으르렁거렸다.

“개 같은 천년마교 놈들……!”

금빛 도포를 입은 도골선풍의 노인은 시종일관 침묵으로 산청의 말을 듣고 있었다.

‘천년마교라… 그 잔당들이 수면아래 웅크리고 있었다니…….’

노인은 자신의 예견이 들어맞지 않기를 기대했지만 원하지 않는 방향으로 이야기는 계속 전개되고 있었다.

십 년 전, 최초 천년마교가 강호상에 모습을 드러냈을 때는 환궁이 전대 궁주의 돌연한 죽음과 맞물며 차기 궁주 재위를 놓고 큰 혼란을 겪을 때였다.

당시 노인은 환궁을 감찰하고 보찰(保察)하는 태상장로(太上長老)의 엄중한 위치로 무엇보다 전대 궁주와 동시에 돌연사한 아내, 그리고 그의 두 아들의 석연치 않은 죽음을 밀도있게 조사하려 했다. 하지만 천년마교의 출몰에 따른 위기가 강호의 전역으로 확대되자 할 수 없이 조사를 접고 환궁 궁주 자리를 셋째 아들이었던 현 궁주에게 내어주었다. 천년마교를 척살하는데 모든 전력을 기울여야 했기 때문이다. 그런데 십 년이 지난 오늘, 또다시 천년마교의 움직임이 조심히 감지되고 있다니…….

'내년 유월이면 환궁에는 새로운 궁주를 옹립시킬 제위식이 있다. 지금까지 환궁을 다스렸던 황백석(黃佰奭)이 법통에 따라 궁주 자리를 내놓고 적자(嫡子)의 후손인 황연(黃燕)을 새로운 궁주로 추대하여야 한다. 한데 천년마교의 재출현이라니…….'

태상장로 환허 진인(幻虛眞人) 황태건(黃太乾)은 시름이 깊어져만 갔다.

시점이 너무 절묘했다. 현 궁주 황백석이 천년마교의 출현을 등에 업고 궁주 자리에 올랐듯, 그들의 재출현을 기반으로 제위식을 연기시킬 수도 있는 일이었기 때문이다.

마치 때를 맞추기라도 하듯 다시 조짐을 보이기 시작한 천년마교.

그들이 일거에 봉기를 시작한다면 어쩔 수 없이 제위식은 연기되어야만 할 것이다.

태상장로 환허 진인은 불안이 엄습해 왔다.

누군가에 의해 계획되고 누군가에 의해 실행이 되는 잘 짜여진 각본.

그 중심엔 현 궁주가 차지하고 있을 거란 생각이 머릿속을 떠나지 않았다.

황백석에 의해 계획되고 천년마교에 의해 실행되는 역도역란(逆道逆亂)의 계획.

성질 급한 공손승이 침묵을 더 이상 참지 못하고 자리를 박차고 일어났다.

"우라질! 아무래도 환허동 안에서 왈가왈부 입씨름만 할 일은 아닌 것 같소! 내가 당장 강호로 내려가 천마인지 개마인지지, 그놈의 목을 따 오겠소!"

환허 진인은 천천히 고개를 가로저었다.

"공손승은 자제하라. 환허동은 환궁의 일을 관여할 수 있으되, 강호상의 일은 개입할 수 없을지니. 아무리 삼황내문(三皇內文)의 이치를 깨닫고 독자대각(獨者大覺)하였다 해도 사바세계(娑婆世界)의 일은 사바에 사는 자들에게 맡겨두어야 하느니라."

"그럼 한 산을 다 태우고도 남을 불씨가 선명하게 감지되는데도 우린 그저 불구경만 해야 된다는 겁니까? 니기미! 이런 개 같은 경우가……! 호풍환우(呼風喚雨)한다는 도력은 국이나 끓여먹으려고 익혔단 말입니까?"

환허 진인은 어두워진 동공을 허공에 고정시켰다.

"인과(因果)의 매듭은 어떠한 경우도 현인(現人)에게 맡기는 것이 도리. 다만 모사(謀事)는 재인(在人)이고 성사(成事)는 재천(在天)이라 했으니 하늘의 안배를 기대하며 지부(地府)를 살피는 일에 게을리 하지 않으면 되거늘, 그 업의 무게가 몇 갑절 무거운 것이라 해도 그 이치에 어긋남이 없도록 해야 할 것이되 그것이 마땅한 일이니라."

한허 진인이 말을 끝났을 때는 그 누구도 더 이상 반박하지 못했다. 그만큼 그의 판단과 말은 모두에게 있어 절대적인 것이었다.

"제길……!"

공손승이 불만을 터뜨리며 제자리에 풀썩 주저앉았다.

또다시 긴 침묵이 흘렀다.

우선을 소리없이 흔들던 여인은 고요한 시선으로 자기만의 생각에 빠져들어 있었다.

'환허 진인께서는 길문(吉門)을 알고 명리(命理)에 밝으시며 발복(發福)에 도통하신 분이다. 이를 믿어 가늠해 볼 때, 결코 생각없이 이와 같은 결론을 내리시진 않았을 터…….'

자백선이 허공을 우러르며 깊은 시름에 잠겨 있는 환허 진인을 보았다.

'그렇군. 어쩌면 소문성이란 아이를 환경당에 데려다 놓은 것이 그 대안 중 하나일지도…….'

하지만 여인은 결론을 내리면서도 내심 불안했다.

'사고뭉치 소문성. 반대로만 달리는 기질을 가지고 들어온 아이. 대체 무슨 희망을 그 어린아이에게서 보았기에 환허 진인은 유일한 대안이라 여긴단 말인가…….'

참으로 모를 일이었다.

환허동에는 여전히 긴 침묵이 흐르고 있었다.

사시(巳時)에 시작된 회합이 미시(未時)의 끝자락을 향해 내달리고 있는데도 누구 하나 먼저 입을 여는 자들이 없었다.

＊　　　＊　　　＊

"이런……!"

곽일(郭昳)의 얼굴이 가득 구겨졌다.

그는 환경당에서 별자리를 가르치는 성운사부(星運師父)로 수많은 사부들 중에서도 가장 성질이 고약한 사부로 정평이 나 있었다.

곽일은 불같은 성격이 아니라 불보다 더한 성격을 지니고 있었다.

한 번 성미가 끓어오르면 도무지 진정이 안 되어서 마치 중요한 약속에 늦은 사람처럼 길길이 날뛰었고, 쉼없이 회초리를 움직였으며, 반드시 누군가의 희생이 따라야만 회초리를 거두었다.

또한 그는 매우 편파적이어서 피아(彼我) 구분이 확실했다.

따라서 그의 천문 수업이 있는 날이면 아이들은 하나같이 불
보다 더한 그의 회초리에 희생양이 되지 않기 위해 전전긍긍
조심해야만 했다. 그런데도 결국 일이 터지고 말았다.

출석을 부를 때만 해도 분명 자리에 있던 소문성이 감쪽같
이 사라지고 그의 책상에는 나뭇잎 하나만 덩그러니 놓여 있
던 것이었다.

"이런 버르장머리없는 놈을 보았나! 감히 내 눈을 속이고 땡
땡이를 쳐?"

곽일의 손에 잡혀 있는 회초리가 파르르 떨렸다. 반면, 아이
들은 가득 심장을 떨었다.

짜악!

첫 번째 휘둘러진 회초리의 희생양은 어김없이 광보였다.

피아 구분이 확실한 사부 곽일.

그에게 일찍부터 '피(彼)'로 각인이 되어버린 광보이기에
그 아이에게 향하는 회초리는 어느 정도 예상이 됨직한 일이
었다.

"당장 고하지 못할까! 놈은 어디로 튀었느냐!"

광보는 억울했다. 그리고 답답했다. 자신 또한 방금까지 곁
에 있던 소문성이 어디로 사라졌는지 도통 모를 일이었다.

"사, 사부님, 저는 정말 못 보았습니다!"

"그래도 이놈이! 소문성 옆에 항상 엿가락처럼 붙어 있던 게
네놈인데 모른다는 게 말이 되느냐!"

"저, 정말입니다, 사부님! 저도 문성이가 없어진 걸 지금에

서야 알고 깜짝 놀랐습니다!”

곽일의 시선이 더욱 차가워졌다.

“옳아, 이놈! 그렇다면 졸고 있었다는 게로구나……!”

째애애액.

회초리가 다시 바람소리를 내며 빠르게 떨어졌다.

“에라잇, 싸가지 없는 놈! 너도 소문성과 똑같은 놈이야!”

연거푸 다섯 번이나 사정없이 몸으로 떨어진 회초리에 광보
는 마치 살갗이 찢어지는 듯한 고통을 느꼈다.

광보는 이를 악물고 참았다.

그 아이는 소문성이 사라지는 걸 보지 못한 것이 사실이고,
결코 졸지도 않았기에 항변할 수도 있었다.

하지만 그럼에도 참아야 했다. 자신만 참으면 사라진 소문
성은 언제고 그랬듯이 안전할 것이기 때문이다. 더욱이 소문
성은 자신이 지켜줄 충분한 가치와 의미가 있는 아이가 아니
던가.

광보가 소문성을 그렇게 생각하는 것은 언젠가부터 자신도
모르게 소문성의 집념과 불굴의 투지에 자신이 동화되었기 때
문이다.

진짜 사내라면 소문성처럼 해야 한다고 생각했다.

누구보다 가장 목표가 확실했으며, 뚜렷했기에 광보는 원망
보다 찬사를 보냈다.

중원에서 발을 디디고 사는 사람이라면 누구를 막론하고 들
어오길 원하는 환앙성의 환경당.

부와 명예와 명망을 약속받은 땅.

그런데도 유독 미래의 보장을 거부하며 탈출만을 염원하는 아이.

광보는 소문성이 늘 시도하는 일탈에 대해 신선함을 느꼈다. 그것은 소문성만이 지닌 각별한 가치만으로 인지되었으며, 자신도 그 가치를 수호해 주기 위해 무엇이든지 해야 한다고 생각했다.

짝짝짝짝.

회초리의 잔인한 매질은 계속되고 있었다.

어깨부근의 살갗이 부풀어 오르더니 찢어지며 피가 터져 나왔다.

'이럴 거면 차라리 수업에 들어오지를 말지.'

광보는 잠시 잠깐 소문성을 원망했다.

소문성이 평소의 고집을 꺾고 느닷없이 천문수업에 나타나는 예외를 보인 탓에 오늘은 무사히 넘길 거란 안도감으로 마음을 놓고 있었기 때문일 것이다.

이제 곧 당장 소문성을 찾아오라는 불호령이 떨어질 것이다. 그럼 최소한 이 매질에서는 벗어날 수 있다.

듣지 못한 천문 수업은 언제나 그랬던 것처럼 모용수나 연미림이 요약해 둔 천문법을 빌려서 보충하면 된다. 하지만 곽일 사부의 입에서는 좀처럼 밖으로 나가 소문성을 찾아오라는 불호령이 떨어지지 않고 있었다. 오로지 가혹한 매질이 연속으로 줄기차게 이어질 뿐이었다.

살이 갈라지면서 피를 터뜨린 고통은 뼛속 깊이까지 파고들어서 머리까지 어질어질하게 만들었다.

당장이라도 손을 뻗어 회초리를 낚아채고 싶었지만, 광보는 결코 그렇게 할 수 없었다. 그것은 하극상이었기 때문이다.

환경당에선 실례로 사부에게 대항하는 죄를 가장 큰 하극상의 죄로 다스렸다. 때문에 어떤 경우라도 예외없이 제자로서의 모든 권리와 의무를 빼앗은 후, 영원히 환경당에서 쫓아냈다.

즉, 하산을 의미했고, 하산은 지금까지 광보를 지탱해 온 모든 자부심을 산산조각 낼 것이다.

환경당.

환경당은 사천성(四川省)과 섬서성(陝西省)의 경계에 우뚝 서 있는 대파산맥(大巴山脈) 한복판에 위치한 청운산 중턱에 자리 잡고 있다.

청운산 아래에는 한수(漢水)가 굽이쳐 흐르고 있으며, 사방으로는 천하에서 가장 험준한 것으로 유명한 촉잔(蜀棧)이 에워싸고 있어서 웬만치 물질을 잘 하는데다 산을 타는 것까지 능숙하지 않으면 근처조차 갈 수 없는 고립된 곳이다. 그런데도 강호에서 무림 밥 좀 먹고 산다는 사람들이라면 누구를 막론하고 자신들의 아이들을 환경당에 보내지 못해 안달을 부렸다.

이유는 당금 무림 전체를 통솔하는 무림맹의 최후 수호신으로 떠받는 환궁이 청운산 정상에 옹립해 있고, 외인으로서 환궁의 일원이 되는 방법은 오로지 환경당을 통해서 인정받는 방법밖에 없었던 까닭이다.

특히나 환경당은 십 년에 딱 한 번만 여덟 살에서 열 살에 달하는 어린 기재들을 오십 명만 추려 제자로 받아들였다. 때문에 강호의 문파들은 아예 태기를 인위적으로 조절하여 환경당이 제자를 받아들이는 해와 날짜에 맞추었으며, 실패했을 경우에는 나이까지 속여 보냈는데, 그 수가 엄청나서 일차 선발에만 일만도 넘는 아이들이 구름 떼처럼 몰려들었다.

중원 서북쪽 끝자락에 위치한 감숙성(甘肅省) 기련산(祁連山) 아래 이름도 없는 작은 마을 출신인 광보는 한마디로 개천에서 용이 난 경우였다.

가난한 사냥꾼을 아버지로 둔 그 아이는 세살 때부터 천자문을 읽어 깨우쳤고, 이듬해에는 사서오경과 천문, 기학, 건축에도 남다른 탁월함을 보였다.

광보의 부친이 환경당에서 어린 영재를 뽑는다는 소식을 접한 건 아이가 열 살이 되던 해였다.

부친은 즉시 광보에게 환경당의 입당을 권유했고, 아이는 마을 사람들 모두의 바람과 자랑까지 등에 업고 뿌듯한 마음에 청운산에 도착하였다. 그런데 처음부터 큰 난관에 봉착했다.

몰려든 아이들 대부분이 이름만 대면 누구나 한 수 접어주는 무림명숙과 세가의 자제들인데다, 개중에는 황실의 황족 자제들까지 끼어 있었다.

광보가 이들 모두와 기죽지 않고 경쟁을 하여 오십 인 정예
에 끼는 방법은 오로지 자기가 가지고 있는 능력보다 몇 배 더
발휘하는 방법밖에는 없었다.

광보는 그 능력을 십분 발휘하여 일차선발에 당당히 합격했
고, 오백 명을 추리는 이차 선발에도 합류했다.

하지만 면접으로만 이루어지는 삼차 선발은 광보에게 치명
적인 결정타가 되었다. 같은 값이면 잘나가는 집안의 자제들
을 입당시키고자 하는 힘이 논리가 환경당에서도 존재했기 때
문이다.

면접관들의 일관적이고도 냉소적인 태도.

저희들끼리 수군거리며 눈치를 보내는 업신여김.

암암히 이루어지는 뒷거래.

광보는 출신내력의 한계를 뼈저리게 느껴야 했다.

감숙성 작은 마을의 개천에서 난 용은 이곳에선 우물 안의
올챙이보다 못한 꼴이었다.

일차와 이차 시험에서 모두 삼십 등 안에 드는 썩 괜찮은 성
적을 받았음에도 결국 면접의 턱을 넘지 못하고 오십한 번째
라는 최종 성적을 받았고, 세상에 태어나 처음 맛보는 좌절감
과 함께 귀향을 서두를 수밖에 없었다.

조금만 괜찮은 가문에 태어났더라면…….

부친이 가난한 사냥꾼만 아니었어도…….

면접관들이 뒷거래를 원하는 은근한 시선을 던져 왔을 때,
그들의 주머니를 채워줄 만한 황금만 들고 있었더라도 광보라

는 아이는 청운산 중턱으로 올라간 아이들에 합류되어 미래를
보장받은 채 환경당으로 향하고 있었을 것이다. 그러나 그 아
이에겐 가문을 바꾸는 것도 황금을 마련하는 것도 모두 기적
이 일어나지 않으면 불가능한 일이었다.

광보는 눈물이 핑 돌았다.

온갖 기대를 던져 주던 부친과 마을 사람들의 시선.

그들 모두의 자랑이었던 자신이 이제는 낙오자가 되었다고
생각하니 돌아가고 있는 발걸음조차 힘이 빠져 한발을 떼기가
버거웠다. 그런데 기적이 일어난 것이다.

면접관 중 총 책임자이었던 유성관(柳成官)이란 자가 뒤에
서 헐레벌떡 달려오더니 급히 광보의 발걸음을 멈춰 세웠다.

선발된 오십 인의 아이 중 한 명이 갑자기 괴질에 걸려 낙향
할 수밖에 없었고, 그 바람에 자신이 대기 순번에 따라 합류하
게 되었다는 사실.

광보는 가슴이 터질 것만 같았다.

남의 불행이 이토록 자신에게는 기쁨이 되어줄 줄 몰랐다.
당장이라도 부친과 마을 사람들의 환호성이 귓전에 메아리치
는 것만 같았다.

출신내력의 빈약함으로 내쳐졌던 광보. 하지만 기적이 일어
나 꿈에도 그리던 환경당에 합류하게 된 아이.

어떻게 이 자리에 앉게 되었는데…….

회초리 몇 대 맞았다고 환경당의 일원이라는 자긍심을 버릴
순 없는 노릇이었다.

"끄으……."

광보는 갈기갈기 찢어져 피가 흐르는 자신의 어깨를 손으로 잡으며 고통을 곱씹었다.

짜악.

순간 광보의 손등으로 잔인하게 회초리가 한 번 더 떨어졌다.

모용수와 연미림은 절로 자신의 등 뒤로 손을 감추며 숨을 죽였다.

고통으로 자지러지는 광보를 보자 다음 차례는 자신들이 될 거라는 불안감이 가득 밀려들어 왔다. 아니나 다를까, 곽일이 기세등등한 시선으로 모용수를 바라보았다.

"모용수, 너도 소문성이랑 제법 친하다지?"

"네? 전……!"

등 뒤로 감춘 손등이 이미 회초리에 맞아 살점이 튀는 것 같아 모용수의 얼굴이 새파랗게 질렸다.

곽일이 차갑게 웃었다.

"좋게 말할 때 그 녀석이 갈 만한 곳을 말하렴. 그 예쁜 얼굴에 설마 흉측한 상처가 생기길 원하는 건 아니겠지?"

모용수는 입술이 벌벌 떨려왔다.

"사, 사부님, 제가 소문성과 친한 건 사실이에요."

그런데도 모용수는 사실대로 말할 수 없었다. 맞으면 고통이 심하겠지만, 자신의 입으로 소문성을 노출시키는 것은 그보다 더한 고통이 될 거란 걸 너무도 잘 알고 있었다.

"하지만 갑자기 사라진 그 아이가 어디 있다는 것까지 알 정도로 소문성을 잘 알고 있는 건 아니랍니다."

"그렇겠지? 너처럼 명문세가의 아이가 그런 한심한 녀석을 잘 알 리가 없어. 거짓을 내게 고할 리도 없을 테고."

쌔애액.

갑자기 곽일이 거세게 회초리를 모용수에게 그어갔다.

"그러나 내 회초리는 나와 생각이 다른 모양이군."

모용수는 끔찍해서 눈을 질끈 감았다.

"사부님, 잠깐만요!"

순간, 문득 들려온 소리가 사정없이 내려치던 곽일의 회초리를 우뚝 멈추게 했다.

"제, 제가 소문성이 있는 곳을 알 것 같습니다!"

"알아? 누구냐!"

곽일이 빠르게 시선을 돌리자 앞자리 쪽의 서원호가 심할 정도로 벌어진 누런 이빨을 드러내 보이며 웃고 있었다.

곽일은 서원호를 보자 갑자기 표정이 환하게 풀어졌다.

피아 구분이 확실한 곽일에게 있어서 광보가 '피'라면 서원호는 몇 안 되는 그의 '아(我)' 중 한 명이었다.

"오… 누군가 했더니 서 공자로군."

곽일은 마치 모두에게 들으라는 듯 큰 소리로 떠들며 말을 이었다.

"헛헛. 지난번에 태안성에서 보내준 백 년 산삼은 아주 잘 복용하고 있지. 값비싼 청옥함(靑玉函)에 담아 보내주시는 바

람에 청옥함은 아예 집안에서 가보로 삼을 정도야. 헛헛헛. 그
렇게 하실 필요까진 없는데 말이지.”

곽일이 서원호의 앞으로 다가가서 친절하게 물었다.

“그런데 서 공자, 네가 소문성이 갈 만한 곳까지 알고 있다
고? 이렇게 황공할 수가!”

二

이십 장쯤 위로 돌출한 둔덕에서 바라보는 환경당의 전경은
그야말로 그림 같았다.

겹기와로 덮은 오백 장 규모의 거대한 삼층 누각.

각종 실습실로 사용하고 있는 다섯 개의 별채와 그 앞에는
기초무공을 연마하는 너른 연무장이 있었으며, 연무장을 성곽
처럼 둘러싸고 있는 숲 속에는 그들 모두가 기거하는 최상의
조건을 갖춘 숙소 환영헌이 편안하게 자리 잡고 있었다.

소문성은 환경당을 보며 피식 웃었다.

“보기에만 번드레하지 실상은 아무것도 아니야. 쳇! 기초 학
문에다 무공이라고?”

시선을 돌려 까마득한 청운산 정상으로 보이는 환궁을 올려
다보았다.

환궁은 무척 먼 거리임에도 불구하고 자태를 뽐내듯 하늘을
찌를 듯한 기세로 그 윤곽을 뚜렷하게 드러내고 있었다.

“저곳으로 가기 위해 그 하찮은 것들을 배워야 한단 말인가.”

소문성의 눈가에 편린 같은 슬픈 그림자가 슬며시 스쳐 지났다.

칠 년 전, 자신의 의지와는 상관없이 보도 듣지도 못한 늙은 노인의 손에 이끌려 무작정 당도했던 청운산 자락.

처음엔 구름 떼처럼 몰려온 자신과 엇비슷한 또래들을 보고 잠시나마 호감이 생긴 적도 있었다.

그들 모두에게 주목을 받아보겠다는 생각에 실력을 맘껏 발휘했다.

이미 두 살 때 중원의 천자문을 다 떼어버린 소문성.

그 어린 나이임에도 불구하고 그 아이의 명석한 두뇌는 니시족의 언어 및 서장어를 구사하는 데 거침이 없었고, 세 살이 되었을 때는 리장의 어른들이 지닌 모든 학문적인 지식을 뛰어넘어 오히려 그들이 질문을 하고 소문성이 가르침을 줄 정도였다. 게다가 근골 또한 하늘의 안배를 받은 듯 타고나서 기초 무공 정도는 솜에 물 스며들듯 자연스럽게 받아들였다.

그런 소문성이었기에 일차 관문을 당당히 일등으로 통과하는 건 어쩌면 당연지사였다.

하지만 자신의 노력이 대다수 아이들에게 상처와 실망이 되어버리고 말자 크게 후회를 했다. 단지 주목을 받기 위해 잘난 체 좀 한 것인데, 그 모두에게는 죽음과도 같은 절망이 되고 만 것이다.

소문성의 그날부터 태도가 돌변하였다.

이차 시험에선 백지를 냈고, 삼차 면접에서는 환궁은 개똥 같은 곳이라는 말을 해서 모든 면접관들을 놀라고 당황하게 만들었다. 그런데도 자신이 최종 오십 인의 합격자 안에 당당히 들었다.

어떻게 된 일일까?

그 의아심 속에는 자신을 끌고 왔던 늙은이가 중심을 잡고 있었다. 그러자 그 늙은이가 모든 면접관들을 배후에서 관여하고 있다는 생각이 들었다.

어떤 경우든 반드시 자신을 오십 안에 끼어 넣고 말겠다는 절대적인 관여.

소문성은 늙은이가 왜 그렇게 하는지 전혀 이유를 알지 못했다.

답답했다. 다만 외부의 완력에 의해 부당하게 환경당에 입학하여 적어도 환경당이 전부이자 오로지 환경당 하나만을 소망하던 아이들을 나락으로 떨어뜨리고 말았다는 사실에 괴로워했다.

"나만 아니었으면 저렇게 좌절하며 떠나는 아이들 중 한 명 정도는 구할 수 있었을 거야. 난 별 관심도 의지도 없는데 저 아이들의 꿈을 빼앗다니. 게다가 난 리장 마을로 당장이라도 달려가야 할 몸이다."

소문성은 환경당에서 첫 수업을 하는 날부터 보란 듯이 말썽을 피워댔다. 툭하면 졸고 뻑 하면 수업에 참가하지 않았다. 요리를 한답시고 식당 전체를 홀라당 태워먹은 건 기본이고, 여자 탈의실에 뛰어들어 일대 소란을 일으켰고, 의(醫)과 수업을 할 때는 해부도 대신 춘화도를 펼쳐 놓고 입맛을 쩍쩍 다셔 대기까지 했다.

소문성은 모든 이들의 외면을 철저하게 원했다. 모두에게서 이탈되어 낙마하기만을 고대했다.

그럼에도 그의 뜻대로 되어주는 것은 단 한 번도 없었다.

사부들의 질책과 그에 따른 회초리만이 난무할 뿐, 누구도 소문성이 원하는 산 아래의 세계로 내려 보내지 않았다. 오히려 사부들은 소문성 주변의 아이들을 회초리로 압박하여 소문성이 수업을 빼먹지 못하도록 했고, 특히 광보와 모용수, 연미림은 소문성이 수업을 참가하지 않을 때마다 소문성을 대신하여 고단한 처벌을 받아야만 했다.

소문성은 그들에게서 이탈되는 것이 아니라 점점 고립되어 갈 뿐이었다.

소문성은 선택을 해야 했다.

자신이 환경당에 적응하여 아이들을 회초리로부터 구해주거나, 아니면 완전히 환경당에서 사라져 다시는 아이들에게 피해가 가지 않도록 하는 방법.

물론 소문성은 전자보다 후자를 택했다.

지금까지는 사부들이 지쳐 소문성을 내쳐 주길 바라는 소극적인 방법을 택했더라면, 이제부터는 스스로 탈출로를 찾아 산 아래로 내려가는 적극적인 방법을 택한 것이다.

그때부터 소문성은 환경당 아래에 위치해 있는 환앙성을 뚫고 빠져나갈 방법을 연구하기 시작했다. 그리고 여섯 번의 실패 만에 완벽하게 빠져나갈 수 있는 비밀 통로와 역용환체의 놀라운 대기연을 맞이했다.

자신감이 충만하게 차올랐다.

"그래, 그곳은 너희들의 미래이지 나의 미래는 아니야."

소문성은 환궁을 바라보고 있었다.

"난 내가 살던 과거의 세계로 돌아갈 거라고. 그곳은 내 미래일 뿐이야."

짜악.

순간 소문성의 등짝에 회초리가 강하게 떨어졌다.

"고얀 놈! 팔자가 늘어졌구나!"

곽일은 기세등등하게 회초리를 들고 서서 소문성을 쏘아보았다.

소문성은 진작부터 다가오는 곽일의 낌새를 알아차리고 있었다. 엽용환체를 사용하면 곽일 정도는 충분히 따돌릴 수 있었다.

그럼에도 소문성은 자제했다. 목적을 달성하려면 자신의 특수한 재능을 모두가 단순한 사실로 받아들이게 만들어야만 했기 때문이었다.

쌔애애액.

두 번째로 곽일의 회초리가 소문성을 향해 떨어지기 시작했다.

"네놈이 일부러 내 수업을 빼먹는다는 걸 잘 알고 있다! 그리도 내가 만만해 보이더냐?"

소문성의 어깨를 강타하는 곽일의 회초리에는 이번만큼은 반드시 개 버릇을 고쳐 놓고야 말겠다는 강한 의지가 실려 있었다.

소문성의 몸이 휘청 흔들렸다.

뼛속 깊은 곳까지 고통이 전달되어 왔다. 한데도 소문성은 고통의 표정 대신 실실 웃음을 짓고 있었다.

"말씀 한번 잘 하셨습니다, 사부님. 이미 다 알고 있는 천문을 또다시 공부해야 하는 건 누구에게나 고역이 될 테니까요."

"뭐… 야?"

"헤헤… 별점이나 치면서 사는 성관(星冠)이 되지 않을 거라면 그 시간에 다른 공부를 더 열심히 하는 게 낫지 않을까요?"

곽일은 기가 막혔다.

단 한 번도 제대로 자신의 천문 수업을 들어본 적이 없는 무례한 놈이 사부인 자신 앞에서 감히 더 배울 것이 없다는 말을 하다니.

"방금 천문에 대해서 더 알 것이 없다고 했느냐?"

곽일의 얼굴에 차가운 냉소가 만들어졌다.

"시건방진 놈, 그렇게 자신있으면 성운(星雲)의 흐름에 대해 한번 말해보아라."

곽일의 냉소는 점점 짙어갔다.

"흥! 이십팔숙 같은 어려운 성운은 물을 필요도 없겠지. 가장 기본이 되는 천지일월성진이나 제대로 알고 있는지 모르겠다."

"그러게 말입니다. 이십팔숙이 각이성십이도(角二星十二度)로 구성되어 있다는 걸 제가 어떻게 알겠습니까?"

소문성이 싱글싱글 웃었다.

"각숙(角宿)이 하는 일은 만물의 조화를 살피는 것인데, 밝으면 크게 편안하고 함부로 움직이면 나라가 편하지 못하다는 걸 제가 어떻게 알겠냐구요?"

곽일이 멈칫한 표정을 지었지만 이내 싸늘하게 다시 변했다.

어디서 주워들은 건 있는 모양이라고 생각했다. 그러나 접시에 차 있는 물은 곧 바닥을 드러낼 것이다.

"헤헤… 그다음은 평도성(平道星). 이는 천자를 말하는 것으로 밝으면서 바르게 자리 잡고 있을 때는 공명정대한 정사가 펼쳐지고, 흔들리면 법가유우라 하여 정권이 바뀌거나 역성혁명이 염려되지요. 천전성(天田星)은 물에 연관된 별자리로 수재를 당하지 않도록 관측해 보는 별이고, 진현성(進賢星)은 재상의 됨됨이를 살펴보는 별자리, 보위와 경비 업무를 살펴보려면 평성(平星) 헤아릴 줄 알아야 하며, 고루성(庫樓星)은 군사물자를 말하는데 별빛이 밝으면 군비가 충분한 것이고 흐리면 형편없음을 말합니다."

소문성이 입을 열자 쉴 새도 없이 이십팔숙에 대한 해박한 지식이 술술 새어 나왔다.

거침이 없었다. 반면, 곽일의 얼굴은 넋 나간 사람 같은 표정을 지었다. 한 건 크게 잡았다며 자신하고 있었던 믿음이 산산조각나고 있었다.

"천문성(天門星)이 밝으면 사방의 인재들이 귀화해 오겠다며 들끓고, 볼 수 없을 때는 군사가 혁명을 일으키거나 사리사욕에 눈먼 탐관오리들이 지도자의 성총을 흐리게 한다. 남문성(南門星)이 밝으면 외국의 공물이나 원조물자가 들어오지만 반대 경우라면 오랑캐가 주인 노릇을 하게 된다. 더 해볼까요? 아니죠, 이십팔숙은 너무 시시해. 아예 항사성구도(亢四星九度)로 곧장 가보도록 하지요. 헤헤."

곽일은 아예 입이 쩌억 벌렸다.

항사성구도라니!

그것은 천문의 끝에 달하는 매우 복잡한 지식으로, 자신도 지난 오십 년 동안이나 매달렸지만 아직도 다 헤아리지 못하여 풀어야 할 숙제로 남아 있는 천기의 흐름이 아니던가!

"일방적으로 듣는 것이 거북스러우시다면 서로 한 번씩 질문하여 답을 논하는 건 어떻겠습니까?"

소문성은 계속 싱글싱글 여유있게 웃고 있었다.

그럴 수밖에 없는 이유는 소문성은 역용환체를 얻기 위해 서고에 있는 책이란 책은 몽땅 외워 버렸기 때문이었다.

특히 별의 위치를 알아두면 탈출할 때 방위에 큰 도움을 주었기에 천문에는 통달해 있지 않았던가.

"그럼 제가 먼저 질문하는 것으로 하겠습니다."

"닥쳐라, 이놈!"

곽일은 소문성에게 버럭 고함을 질러댔다.

소문성이 갸웃했다.

"닥치라니요? 더 이상 말하지 않아도 절 인정하시겠다는 겁니까?"

"이, 이이이……!"

"헤헤. 역시 그렇군요. 이제야 제 능력을 인정해 주시는 것 같습니다. 근데 표정은 왜 그 모양이죠? 본래 자기를 뛰어넘는 제자가 나올 때 가장 큰 기쁨을 느끼는 것이 스승의 마음이라던데… 아무리 사부님을 살펴보아도 얼굴엔 기쁨 같은 게 없는걸요?"

"닥치라고 했다, 이놈!"

쌔애애액.

곽일은 세차게 회초리를 그어갔다.

더 이상 진행시켰다간 사부의 권위와 위엄이 바닥에 떨어지고 말 거라는 위기감이 들었다. 회초리는 분명 자신의 권위와 위엄을 되살려 놓을 것이다.

"잠깐, 곽 아저씨께선 손을 멈추세요."

곽일은 갑자기 흠칫 떨며 내리긋던 회초리를 급하게 멈췄다.

한 치만 더 내려가면 자신의 위엄과 권위에 도전한 어린 놈의 면상을 보기 좋게 후려갈길 수가 있었는데도 말이다.

그만큼 들려온 음성에 어떤 절대성이 깃들여 있기라도 한 걸까.

곽일은 멍한 얼굴이 되어 빠르게 돌아보았다.

그를 향해 차분하게 걸어오는 다리가 제일 먼저 보였다.

신고 있는 신발은 기풍있는 세도가의 아가씨들이나 신는 사슴 가죽으로 만든 고급 당혜였는데, 봉황 문향이 당혜의 테두리에 수놓아져 있었다.

소문성도 갑자기 들려온 음성의 주인공을 향해 시선을 맞췄다.

여자 아이 하나가 다가오고 있었다.

소문성과 같은 또래였다.

하지만 걸치고 있는 화려한 궁장 차림의 옷이며 착용한 노리개들이 하나같이 믿어지지 않을 만큼 눈이 부신 것으로 보아 환경당에서 기초 학문과 무공을 배우는 자신들과는 비교도 되지 않는 신분임에 틀림없었다.

순백의 자기 빛을 띠고 있는 피부, 눈빛은 나이에 비해 지나치게 침착하고 신비해 보였고 매우 우아해서 저절로 주위를 압도해 갔다.

소문성은 그 아이가 뿜어내는 매력에 최면이라도 걸린 듯 바라보았다.

도대체 누굴까…….

소문성은 궁금해졌다. 그러나 궁금증은 곧 해소되었다. 곽일이 소문성의 궁금증을 해결해 준 것이다.

"화, 황연(黃燕) 아가씨, 아니십니까!"

곽일은 포권을 하기 무섭게 허리가 부러져라 꺾으며 예를 표했다.

"소궁주(小宮主)께서 무슨 일로 이곳까지……!"

소문성은 눈을 껌뻑거렸다.

소궁주라니! 그렇다면 환궁 궁주의 무남독녀라는 장중지보(掌中之寶)가 바로 저 여자 아이였단 말인가!

황연은 신비한 동공을 들어 허공에 맞추었다.

"수업을 방해했다면 송구해요, 곽 아저씨."

"아, 아닙니다. 무… 무슨 그런 말씀을……!"

"소공자는 소녀가 일이 있어 잠시 밖으로 불러낸 것이니 너무 나무라지 말았으면 좋겠군요."

곽일은 깜짝 놀랐다. 그의 동공엔 의구심이 가득 담겨 있었다.

"엑! 소, 소궁주께서 소문성을 불러내셨다굽셔?"

"잠시면 됩니다. 곧 돌려보낼 테니 헤아려 주시면 좋겠어요."

"무, 물론이고 말굽셔!"

곽일이 다시 한 번 허리를 부러져라 꺾어 내리더니, 조금 전의 의구심 같은 건 안중에도 없다는 듯 그 즉시 몸을 돌려 두 사람에게 멀어져 갔다.

환경당에서는 최고의 공포로 이름을 떨쳤던 곽일이 어린 소녀의 말 한마디에 더 이상 일언반구도 없이 몸을 돌리다니.

그만큼 소궁주란 위치는 모든 것에 절대적이리라.

황연이 신비한 동공을 슬며시 소문성에 맞추었다. 그리고 앵두 빛의 입술을 움직여 말을 꺼냈는데, 처음 본 사이임에도 마치 오랜 친구라도 되는 양 편하게 말을 놓았다.

"네 이름이 소문성이라고 한다지?

"나를 알아?"

황연이 살며시 웃자 신비가 더욱 묻어나왔다.

"청운산에서 소문성이란 이름을 모르는 사람도 있나? 실제로 보니 내가 생각하고 있던 것 이상이군. 한결같이 소문성을 이상한 아이라고 말하던데, 그 까닭을 이제 좀 알 수 있을 것 같아."

"뭐가 이상하다는 거야?"

"모두가 들어오길 염원하는 환경당을 빠져나가지 못해 벌써 여섯 차례나 탈출을 감행했다는 점. 수업 시간에 거의 참석하지 않으면서도 수업에 참가하는 모든 아이들에 비해 오히려 수준이 높다는 점. 그리고 내가 소궁주라는 걸 알면서도 태연하게 하대를 한다는 점. 그 세 가지만 보아도 넌 이상한 아이야."

소문성이 또렷하게 황연을 보았다.

"그러는 넌 왜 내게 하대를 하지? 처음 본 사이임에도 무턱대고 말을 놓은 건 소궁주가 먼저 시작한 일이잖아."

소문성이 히죽, 웃었다. 당돌하고 건방진 미소였다.

"높은 곳에 앉아 있으면 앉아 있을수록 더 겸손해야 해. 환궁에선 그 정도 예의와 법도도 안 가르치나?"

황연은 말없이 소문성을 직시했다. 이내 피식, 웃었다. 여전히 미소는 신비스러워 보였다.

"상대가 사람일 때는 물론 그렇게 해야겠지. 그러나 상대가 금수(禽獸)라면 어떻게 예의를 표하겠니?"

황연이 계속 말을 이었다.

"물론 친구일 경우에도 서로 동등하게 하대를 하지만."

소문성은 헷갈렸다.

황연의 말투가 묘해서 자신을 개만도 못한 금수로 생각하는지, 아니면 친구로 생각하는지 감을 잡을 수 없었다.

황연은 신비한 미소를 다시 본래의 표정 없는 얼굴로 정돈했다.

시시각각으로 표정 관리를 하는 것으로 보아 황연이라는 아이는 자신의 감정 정리에 무척 신경을 쓰는 소녀로 보였다.

"어쨌든 오늘 난 너를 구해줬으니 너는 내게 한 가지 빚을 지게 된 거야."

황연은 소문성이 뭐라고 대답을 하기도 전에 몸을 돌렸다.

"다음번에 볼 땐 그 빚을 어떻게 청산할 건지 잘 생각해 두라고, 소문성."

소문성은 기가 막혔다. 그러자 황연을 불러 세우듯 손을 급히 뻗었다.

"이봐, 소궁주!"

황연은 대답없는 뒷모습으로 벌써 삼 장이나 물러나 있었다.

어린 소녀임에도 신법이 상당한 경지에 올라 있었다.

소문성은 황연을 쫓으려 했지만, 그 순간 황연은 다섯 장이나 더 물러났다.

소문성은 할 수 없이 멈춰 섰다. 잡는 건 역시 무리였다. 그제야 황연이 소문성을 돌아보았다.

"잔머리는 제법 굴리는데 무공은 형편없구나."

황연이 이번엔 소리 내어 웃었다.

"호호호… 나를 쫓을 신법조차 없으면서 탈출을 꿈꾸다니. 너는 정말 이상함을 넘어선 특별한 아이야, 소문성."

쉬이이이.

황연이 빠르게 움직이더니 청운산 정상을 향해 아득히 멀어져 갔다.

소문성은 황연이 완전히 모습을 감출 때까지 뚫어지게 바라보았다.

'신법이라고? 흥! 웃기는 소리 하고 있네!'

소문성이 몸을 돌리며 걸어가기 시작했다.

'그래, 소궁주. 네 말처럼 난 신법이 없지만 대신 엽용환체가 있다. 그걸 알았더라면 그 잘난 다리품 자랑하기 전에 기절했을걸?'

소문성은 조금 전 자신을 바라보던 황연의 모습을 떠올렸다.

"어쨌든 오늘 난 너를 구해줬으니 너는 내게 한 가지 빚을 지게 된 거야. 다음번에 볼 땐 그 빚을 어떻게 청산할 건지 잘 생각해 두라고, 소문성."

소문성이 가소롭다는 듯이 웃었다.

'다음번 같은 소리 하고 있네. 모르지 청운산 아래에서라면 또 볼 수 있는 날이 있을지도. 하지만 청운산 안에서는 결코 없을걸?

소문성은 자신의 말이 틀림없다는 것을 보여주기라도 하듯 엽용환체의 초식을 읊기 시작했다.

'내가 마음만 먹는다면 그 누구라도 낙엽 이상의 내 모습은 발견할 수 없을 테니까.'

퍼엉!

작렬하는 태양 속으로 소문성이 일으킨 소리가 빨리듯 스며 들어 갔다.

이제 소문성의 모습도 둔덕 위에 보이지 않았다.

오로지 팔랑거리며 떨어지는 나뭇잎 하나만이 방금 전 소문성이 그 자리에 있었다는 걸 증명해 주고 있을 뿐이었다.

三

모든 일이 순조롭게 진행되고 있었다.

엽용환체의 위력은 그만큼 대단했다.

소문성은 지난 한 달 동안 엽용환체의 환술을 사용하여 여러 차례에 걸쳐 아이들과 사부들을 따돌리며 농락했고, 환앙성으로도 내려가 심광섭의 엄밀한 눈까지 감쪽같이 속였다.

단 한 번이라도 실수하는 날이면 계획이 수포로 돌아가는 것이기에 확인하고 또 확인했으며, 그때마다 팔랑거리는 하나의 낙엽은 완벽하게 소년의 기대를 만족시켜 주었다.

한 가지 아쉬운 것이 있다면 놀라운 엽용환체의 변화에 비해 속도에 문제가 있다는 것이다.

마흔아홉 가지나 되는 초식을 일일이 속으로 중얼거려야 했으며, 초식을 다 끝낼 때까지는 제법 시간이 걸렸기 때문에 항상 긴장된 상태를 유지해야만 했다.

소문성은 그 과정을 줄여보기 위해 여러 가지 다른 수단을 사용해 보기도 했지만 하나라도 초식이 빠지는 날에는 변화가 일어나지 않아 애를 먹었다.

하지만 이 정도만 해도 어딘가.

'두 달만 지나면 유월이다. 옥룡설산에도 눈이 녹겠지. 이제 이곳을 빠져나가야 할 때이다.'

*　　*　　*

"어? 어디 갔지? 소문성 못 봤니?"

"글쎄, 방금 전까지 내 옆에 있었는데?"

"크! 또 죽었다! 사부님 들어오시면 우리 모두 죽음이라고!"

오후 수업이 시작되는 시각.

저마다 제자리에 앉아 아이들은 감쪽같이 사라진 소문성을 찾고 있었다.

가장 애가 타는 것은 광보와 모용수, 연미림이었지만 서원호는 쾌재라도 부르는 듯 실실 웃으며 당황한 얼굴의 모용수를 바라보고 있었다.

사부는 오늘도 틀림없이 광보를 두들기는 것으로 시작하여 종내는 회초리의 끝을 모용수와 연미림에게 돌릴 것이다. 그럴 때마다 자신이 끼어들어 사부를 말릴 테고, 사부의 회초리가 거두어지면 모용수는 떨리는 동공으로 자신을 바라볼 테지.

서원호는 비록 심성이 고약하여 소문성을 괴롭히고 사는 것이 낙이었지만, 모용수를 바라보는 마음은 진심인 데다 한결같아서 그녀를 위하는 일이라면 어느 때든 나서 방패막이 되어주었다. 그리고 모용수가 한숨을 돌릴 때면 서원호는 마치 자신이 백마라도 타고 나타난 왕자 같은 기분이 되었다. 그러나 모용수의 감정은 서원호와는 다른 것이어서 특별히 서원호에게 고마워하는 말이나 행동을 보인 적이 없었다.

모용수의 몸은 언제나 얻어맞은 광보를 위안하기에 정신이 없었고, 머릿속에는 사라진 소문성에 대한 걱정이 가득했었다.

그래도 서원호는 낙담하지 않았다.

언젠가는 모용수가 자신의 진심을 알아줄 날이 있을 거라 생각하며 소문성이 보이지 않을 때마다 속으로 쾌재를 부르고 있었던 것이다.

"어흠!"

사부의 헛기침 소리가 들렸다.

아이들이 바싹 긴장하며 경직된 자세로 환경당에 들어서는 사부를 바라보았다.

긴장하고 있는 건 소문성도 마찬가지였다.

보름 동안 말린 건량을 주머니에 잘 여미어 넣고 신발 끈을 질끈 동여 맬 때만 해도 강한 투지와 자신감이 있었지만, 막상 결전의 순간이 되어 환양성에 들어서고 보니 등줄기에 송골송골 땀까지 맺혔다.

"이놈! 또 무슨 수작질을 하려고 이곳에 나타났느냐?"

두이가 소문성을 발견하고 신경질적으로 쏘아보았다.

소문성은 말없이 속으로 엽용환체의 초식을 읊기만 했다.

표정은 굳어 있었으며 신중했다.

"냉큼 환경당으로 돌아가지 못할까? 아님, 내가 직접 네놈 모가지를 붙잡아 끌고 가리?"

그때 마삼(馬三)이라는 무사 한 명이 어슬렁거리며 두이에게 다가왔다.

"자네, 웬 소란인가?"

두이가 마삼을 보며 소문성 쪽을 손으로 가리켰다.

"몰라서 물어? 저 말썽쟁이가 또 나타났지 뭔가. 한동안 뜸하더니 말일세."

마삼이 소문성 쪽을 보며 갸웃거렸다.

두이가 계속 말을 이었다.

"혼 구멍을 내줘야 해! 얼씬도 못하게 해야 한다고!"

마삼은 계속 갸웃거리고만 있었다.

두이의 표정이 싸늘해졌다.

"씨앙! 난 이제 장가도 갔다고! 저 어린 놈 하나 때문에 비상이 걸려 꿈같은 밤을 놓칠 순 없어!"

마침내 마삼이 입을 열었다.

"물론이네. 한데, 있지도 않은 놈을 어떻게 혼 구멍 낸단 말인가?"

"뭐?"

두이는 어처구니가 없었다.

"지금 장난해? 바로 코앞에……!"

두이가 쌍심지를 돋고 즉시 소문성을 바라보았다. 깜짝 놀랐다.

방금까지 서 있던 소문성이 사라지고 그 아이가 서 있는 곳에는 나뭇잎 하나만이 팔랑거리며 떨어져 있었다.

"이… 이게?"

두이는 눈을 두리두리 비볐다. 그리고 다시 살펴보았으나 소문성의 모습은 여전히 보이지 않았다.

마삼이 싱겁다는 듯이 웃었다.

"그러니까 너무 무리하지 말게."

"그, 그게 아니야. 부, 분명히 내 앞에 있었다고!"

"어련하겠나. 장가간 지 석 달밖에 안 되었으니 말일세."

마삼이 몸을 돌려 걸어가기 시작했다.

"몸 생각해서 적당히 하라고. 킬킬. 밤마다 자지 않고 마누라 궁둥이나 밝히니까 대낮에 헛것을 보게 되지."

두이는 멍한 표정을 지었다.

자신이 정말 마삼의 말대로 헛것을 보았을지도 모른다고 생각했다. 그러나 소문성의 모습은 너무도 또렷한 모습으로 자신 앞에 서 있었다.

"이봐! 계속 그렇게 서 있을 텐가? 근무 교대해 줄 시간도 다 되었잖아!"

마삼이 저만치 물러난 채 두이 쪽을 다시 돌아보며 말을 건네자 두이는 내키지 않는 발걸음을 돌렸다.

조금 전까지만 해도 평온하던 하늘에 먹장구름이 밀려오고 있었다.

"제길, 비가 오려나. 하필이면 내 근무 시간이 다되어서 비가 내리다니."

두이는 투덜거리며 다시 한 번 소문성이 서 있던 곳을 돌아보았다.

소문성은 확실히 그곳에 없었다.

"죽일 놈! 이게 다 그 어린 놈 탓이야! 마누라가 풀까지 먹여 빳빳하게 다려놓은 옷이 홀딱 젖게 생겼으니!"

후드득.

마침내 빗방울이 떨어지기 시작하자 두이는 마삼과 함께 전면으로 보이는 병참고을 향해 달렸다.

한편, 죽일 놈 소문성은 담대호의 침실과 연결되어 있는 소청에 모습을 드러내고 있었다. 문밖에 경비무사들이 제법 삼엄하게 경비를 서고 있었지만 팔랑거리며 날리는 낙엽 따위에는 신경도 쓰지 않았다.

다행히 안에는 그 누구도 없었다.

한 발치만 늦었어도 큰 문제에 봉착하고 말았을 것이다. 밖에 내리고 있는 비를 맞았다면 발이 젖어 내부에 자신의 발자국을 남기게 될 것이 뻔할 테니 말이다. 하늘도 자신을 돕고 있는 것 같았다.

소문성는 빠른 걸음으로 소청을 빠져나가 회랑으로 접어들었다. 다시 한 번 주위를 주위 깊게 살펴보았지만 여전히 인기척은 들리지 않았다.

소문성이 호랑이 문양이 새겨진 벽으로 손을 뻗었다. 그리고 턱 밑 아홉 치 아래에 있는 천돌혈 자리를 꾸욱, 눌렀다.

그그긍.

비밀 통로의 문은 한 치의 착오도 없이 열렸다.

소문성이 눌렀던 손을 떼자 문이 다시 닫혀갔다. 그 틈을 이용해 빠르게 안으로 쏘아 들어갔다.

모든 것은 완벽했다. 그제야 소문성은 긴장의 끈을 놓고 안도의 미소를 지었다.

치익.

미리 준비해 온 화섭자(火攝子)의 불씨를 당기자 어두웠던 통로의 내부가 환하게 밝아졌다. 오랫동안 개패를 거부해 왔던 탓에 습하고 축축한 곰팡이 냄새도 풍겨 나왔다.

소문성은 통로를 따라 걷기 시작했는데, 통로는 비스듬한 경사로 모습으로 아래를 향해 끊임없이 뻗어 있었다. 이제 모든 일은 일사천리로 진행될 것이다.

소문성은 달리기 시작했다. 지난 칠 년 동안 자신의 발목을 붙들어 매었던 모든 난관을 뒤로 한 채 거침없이 달렸다.

벌써 청운산 자락이 자신의 등 뒤에 있는 것만 같았다.

리장 마을이 떠오르자 발걸음은 더 빨라졌다. 그때 무슨 소리가 들리는 듯했다.

"이놈들, 왜 이리 꾸물거리느냐! 비가 오는 날엔 전쟁을 하지 않는다더냐!"

비밀 통로 벽 밖에서 들리는 소리였다. 철컹거리는 병장기 소리도 분주하게 들렸다.

"우의를 착용해라! 어서 서둘러!"

소문성은 벽에 기대어 소리가 멀어질 때까지 가만히 기다렸다.

근무 교대를 위해 준비하는 무사들이 병장기를 들어 올리며 요란하게 움직이고 있는 것으로 보아 장소는 병참고가 분명했다.

한차례 우르르 달려나가는 소리가 났다.

소문성이 피식, 웃었다. 아무리 눈에 불을 켜고 성을 지킨다 해도 비밀 통로로 빠져나가는 자신은 발견하지 못할 거란 생각에서였다.

이윽고 정적이 찾아오자 소문성은 다시 걸어가기 시작했다.

손에 들고 있던 화섭자가 거의 다 타 들어갔기 때문에 통로의 벽에 걸린 횃불용 장작 하나를 뽑아 들어 불을 붙였다. 금세 주위는 이전처럼 밝아졌다. 순간 밖에서 소리가 또다시 들려왔다.

쏴아아.

쏟아지는 빗물 소리까지 가까이 들리는 것으로 보아 밖과 통로를 차단하고 있는 벽은 의외로 얇은 것 같았다.

쿵쿵쿵…….

조금 더 걸어가자 요란한 소리에 벽이 흔들리는 것 같았다. 비 소리와는 확연하게 다른 물 흐르는 소리도 같이 들렸다.

'방앗간일 거야.'

소문성은 확신했다.

환양성의 네 번째 성곽을 지나면 곡물 창고가 있고 조금 떨어진 곳에 방앗간이 있다는 것을 상기했다.

'비밀 통로는 확실히 빠르군. 얼마 걷지도 않은 것 같은데 벌써 첫 병참고를 지나 방앗간에 다다르다니.'

소문성은 거침없는 발걸음으로 비밀 통로를 걸어나갔다.

아래로 내려가는 돌계단이 저 멀리 어렴풋이 보였다.

모든 것은 일사천리로 진행되어졌다. 그런데 갑자기 소문상이 발걸음을 우뚝 멈췄다.

"……!"

열 장 정도 되는 거리를 두고 누군가 어둠 속에 우두커니 서 있었다.

처음엔 기둥이거나 동굴에서 흔히 볼 수 있는 석주라고 생각했지만 형상이 너무 사람과 비슷하여 동상쯤으로 여겼었다.

하지만 그건 소문성의 기대에 불과했다. 걷는데 숨까지 쉬는 동상은 있을 수 없는 일이 아니던가.

다섯 장 정도로 거리가 좁혀지자 이제 모습이 확연하게 드러났다.

소문성은 덜컥, 심장이 내려앉았다.

사부 송일환이 걸어오고 있었다.

그는 졸린 눈을 하고 있지도, 평소처럼 힘없이 흐느적거리며 걷고 있지도 않았다. 얼굴은 엄숙했고 다가오는 발길은 냉정했다.

소문성이 겨우 입을 열어 중얼거렸다.

"사, 사부님……!"

"오냐. 오늘은 내가 너와 단둘이 수업을 하게 되었구나. 그런데 수업을 하기엔 좀 어둡지 않을까?"

소문성은 엽용환체를 사용해야 한다고 생각했다.

벌써 속으로 초식을 읊고 있었지만 놀라고 당황한 나머지 초식이 그만 뒤엉키고 말았다. 그때 소문성의 등 뒤에서 굵은 음성이 들렸다.

"그럼 내가 밖으로 나가게 해주지. 그곳은 여기보다 확실히 밝을 테니까."

소문성이 놀라 돌아보았다.

경비총대장 담대호가 번들거리는 참마도의 칼날을 빛내며 우뚝 서 있었다.

그의 뒤에는 그림자처럼 시립해 있는 심광호의 모습도 보였다.

쏴아아아.

밖은 억수같이 비가 퍼붓고 있었다.

소문성의 모든 계획이 순식간에 빗물에 쓸려 내려가는 것만 같았다.

아득해졌다.

눈을 감았다.

소문성이 다시 눈을 떴을 땐 빗물이 새어 들어와 눅눅해진 천장이 보였다.

둔중한 쇠창살문도 보였고, 네 평 남짓한 방에는 썩은 건초가 깔려 있었다.

그곳은 감옥이었다.

第四章

환궁궁주(幻宮宮主)

탈인 신행

一

　그그긍.

　청운산 최정상에 세워져 있는 환궁이 둔중한 소리를 내며 성문을 열렸다.

　담대호는 우뚝 서서 열리는 문 안으로 보이는 환궁의 전경을 바라보았다.

　환궁의 구조는 크게 외궁과 내궁으로 나뉘어져 있었다.

　외궁은 주로 병참기지나 경비 무사들의 숙소로 쓰였으며, 내궁은 환궁 궁주와 소궁주 황연을 비롯한 환궁의 최고 고수들인 이십신환령(二十神幻令), 정사를 돌보는 문무백관들, 그에 배속된 무사들의 숙소로 쓰였다.

　환궁의 무사들이라고 하면 내궁은 물론이고 외궁의 하찮은 경비무사라고 해도 하나같이 놀라운 무공을 지니고 있어서 강호에 나간다면 그 하나하나의 면면이 웬만한 고수들과 겨뤄도 꿀리지 않는 실력이기에 담대호는 환궁에 들어서는 것만으로도 은근히 위축되는 걸 느꼈다.

삼백 장에 달하는 외궁의 연무장을 지나 내궁 문 앞에 당도하자 담대호는 외궁을 들어설 때 했던 복잡한 절차를 다시 한 번 치러야 했다.

그는 누구나 다 알고 있는 환앙성의 경비 총대장임에도 불구하고 신분조회를 또 한 번 철저하게 받았으며, 전신을 수색당한 다음 자신과 평생을 같이했던 애병 참마도를 풀어놓아야 했다.

그제야 내궁의 문이 열렸으며 내궁 삼총관(三總管) 계립(桂立)의 안내를 받아 안으로 들어갔다.

마침내 함부로 세상에 드러냄을 거부하던 수십 개의 전각으로 웅립해 있는 환궁의 심처(深處)가 모습을 보였다.

저마다 하나의 숲과 정원을 가지고 있는 구조의 전각들은 모두 독립된 듯 보였지만, 실상은 유기적인 연관성을 가지고 있어서 모두 하나의 통로로 연결되어 있었다.

저 멀리에는 인공 가산(假山)으로 보이는 숲 속으로 하나의 우뚝 솟은 탑루가 보였다.

탑루 앞에는 두 개의 전각이 병풍처럼 나란히 서 있는데, 그중 하나는 황연이 사용하는 환봉전(幻鳳殿)이고, 다른 하나가 환궁의 궁주가 사용하는 환천전(幻天殿)이었다.

　멀리서 볼 때는 환봉전과 환천전이 나란히 세워진 것처럼 보였지만 가까이 다가가자 상당한 거리를 두고 있었고, 그 거리 사이에는 족히 오백 년도 넘은 것 같은 아름드리 나무들이 빼곡하게 채워져 있었다.

　인상적인 건 그 숲 속에 너른 인공호수가 있다는 것인데, 푸른 하늘을 한눈에 풀어 담고 있어서 바라보는 것만으로도 무척 눈이 시렸고, 호수 기슭에는 아름드리 나무들이 그 형상 그대로 호수에 비춰 있어 한 편의 잘 그려진 산수화를 보는 것만 같았다. 하지만 삼총관 계립은 잰걸음치곤 무척 빠른 보폭을 지녔기에 담대호는 풍광에 계속 시선을 둘 여유가 없었다.

　어느새 그의 앞에는 환천전이 앞을 가로막고 버티듯 나타났다.

　환천전은 믿기 어려울 정도로 크고 웅장하고 장엄한데다 화려해서 보는 그 자체만으로도 위압감이 느껴져 바라보는 이의 숨통을 조여 버리는 것만 같았다.

　대전으로 오르는 이백팔 개의 대리석 계단 맨 위에는 환천전(幻天殿)이란 거대한 편액이 처마 밑에 붙어 있었다.

　편액에 양각되어 새겨진 웅비한 글씨는 마치 용이 하늘도 승천하며 천하를 굽어보는 것만 같아서 다가가는 것만으로도 위축되었으며, 모든 이들 위에서 군림하는 일인지하(一人之下) 만인지상(萬人之上)의 위상이 절로 피부에 감지되어졌다.

　담대호는 이백팔 개에 달하는 계단을 오르면서 계단 아래에서 뿜어 나오는 살기를 감지할 수 있었다.

살기는 대전을 받치고 있는 대들보와 기둥, 그리고 하늘을 뚫을 듯 치솟아 있는 겹기와 속에서도 전해졌다.

족히 수백 명의 특급무사들이 매복을 한 채 유사시를 대비해 칼을 갈고 몸을 은신시키고 있는 것이 분명했다.

누구라도 허락없이 대전의 계단을 오르다간 이들이 동시에 뛰어나와 살검을 뿌릴 것을 생각하니 등에 땀이 촉촉하게 맺혔다.

"환앙성의 경비 총대장 담대호가 당도했나이다!"

환천전 문 앞에 당도하자 계립이 뱃가죽이 접히도록 허리를 굽히며 소리 높여 문안에 대고 고했다.

잠시 침묵이 흐르더니 황금으로 만든 대전 문이 열렸다. 누가 여는 것 같지도 않았는데 스스로 열렸으며, 신기하게도 소리 또한 나지 않았다.

담대호는 발끝에서 나는 소리를 최대한 죽이고 대전 안으로 들어섰다.

그렇게 하라고 시키는 이는 없었다. 다만, 대전 내부에 휘감고 있는 엄숙한 공기와 위엄이 그를 짓눌러 왔기에 절로 자신이 가진 모든 것을 죽일 수밖에 없었다.

환궁 스스로가 태생부터 지니고 나온 절대권세.

보이지 않는 곳에서 무림을 좌지우지하는 힘과 능력.

그저 다가가는 것만으로도 모두를 누르는 경외감과 두려움.

담대호는 아무리 발소리를 죽여도 소리가 나는 것만 같아

이마에서 등줄기 못지않은 후줄근한 식은땀이 흘러내렸다.

환천전의 주인은 지금까지 도합 다섯 번이 바뀌었다.

그들 주인들은 모두가 이 대전 안에 앉아 있을 때에 그들 인생의 최대 전성기를 구가했다.

환궁을 청운산에 옹립시킨 시조(始祖) 환신수(幻神手) 황거민(黃居珉) 이래 현재의 궁주까지 누구를 막론하고 천하제일인임을 자부했다.

담대호는 천하제일인 앞에 그가 보일 수 있는 최대한의 예의를 갖춰 절을 한 후 납작하게 엎드리며 평복(平伏)을 했다. 운남의 대리석으로 만든 바닥의 촉감이 차갑게 그의 몸으로 전달되어 왔다.

궁주는 그와 삼십 장 떨어진 높은 단위에 웅장한 태사의를 놓고 앉아 굽어보고 있었다.

어떤 경우라도 담대호를 비롯한 모든 장수들은 지휘고하를 막론하고 궁주와는 삼십 장 이상의 거리를 유지해야 했다.

불문율이었다. 불문율을 거역하면 그 자리에서 참수형을 받아 목이 떨어진다.

궁주와 함께 자리를 같이하며 정사를 돌보는 최측근의 문무백관들도 십 장 이내로는 들어올 수 없었으며, 경호를 하는 호위대들도 명령없이는 다섯 장 안으로 절대 접근할 수 없었다. 오로지 그의 친인들인 황연과 태고산 환허동에 있는 열두 명의 장로, 그리고 지금 궁주 뒤에 우뚝 서 있는 장익성(張益成)과 사공승(斜貢承)만이 궁주 곁에 가까이 다가갈 수 있을 정도였다.

 장익성은 궁주를 늘 그림자처럼 붙어 다니는 스무 명의 절정고수 중 한 명이었다.

 비록 위치는 이십신환령 중 가장 말석이자 나이도 가장 어린 삼십대 초반이지만, 그의 등에 차고 있는 검으로만 승부를 논한다면 누구도 그를 앞선다고 자부할 사람은 없다고 했다. 때문에 장익성을 말할 때는 항상 신환검(神幻劍)이라는 금칠이 앞서 붙어 다녔다.

 신환검 장익성은 자신의 애검인 냉혼검(冷魂劍)보다 더 차가운 눈빛으로 평복해 있는 담대호를 굽어보았다.

 그의 눈에는 여차하면 창졸지간에 출검을 하여 삽시간에 숨통을 조이겠다는 엄밀함이 진하게 스며 있었기에 담대호는 소리없이 마른침을 삼켰다. 이어 목에 최대한의 충성심을 담아 부르짖듯 고했다.

 "환앙성의 담대호가 궁주를 배알합니다!"

 황궁 궁주 환악제(幻岳帝) 황백석은 감정을 알 수 없는 눈빛으로 담대호를 말없이 굽어보고만 있었다.

 그는 고무줄을 잡아당기듯 머리카락을 팽팽하게 끌어올려 옥관자(玉貫子)에 묶었는데, 짙은 눈썹과 그 아래 코밑에는 마치 송곳처럼 날카로운 팔자수염을 했고, 일신에는 구룡포를 걸치고 있어서 추상 같은 위엄이 절로 묻어 나왔다.

 "무슨 일이냐?"

 궁주 황백석이 마침내 조용히 입을 열었다. 그런데도 웅혼한 공력이 실려 있어서 목소리는 대전이 쩌렁쩌렁 울리도록 크게 흘러나왔다.

대단한 공력이었다.

담대호는 위축되었다.

조금 전보다 더욱 납작하게 엎드려 머리를 조아렸다.

"아뢰옵기 황송하오나 환경당의 소문성이 또다시 탈출을 감행했사옵니다!"

궁주는 말이 없었다. 표정은 무표정해서 감정을 읽을 수가 없었다. 다만 그가 익혀 자신의 독특한 무공으로 완성시킨 청강해(靑剛解)의 내공 탓으로, 은은한 푸른색의 기력이 저절로 흘러나와 온몸을 괴이하게 감돌고 있을 뿐이었다.

청강해.

현존하는 모든 무공들 중 세 손가락 안에 든다는 절세의 무공.

궁주는 이 한 가지 무공만으로 지난 십 년 동안 환궁 전체를 너끈히 다스렸다.

그는 한마디로 권력의 화석이었으며, 상징이었다.

그럼에도 황백석은 자신을 불행한 사내라고 여겼다. 본래 전대궁주의 셋째 아들이었으나 부친을 비롯한 장남과 차남이 돌연 연사하는 바람에 졸지에 고아가 되었기 때문이다.

황백석에게 혜택이 한 가지 있었다면, 모두의 죽음 덕택에 차례도 오지 않을 것 같았던 궁주의 보위를 제의받은 것이었다. 그러나 황백석은 궁주 자리에는 관심조차 보이지 않았다.

백 명에 달하는 문부백관들이 날마다 그가 기거하는 대전 앞에 엎드려 하루도 빠지지 않고 몇 달 동안 간청을 해도 전혀 생각을 바꾸지 않았다.

"아버님과 형님들이 돌아가셨다. 손 한 번 제대로 써보지도 못하고 나만 홀로 살아남았다. 그분들의 슬픔을 평생 애도하고 살아도 부족한 죄인의 몸인데 어찌 내가 보위를 받을 수 있단 말인가."

황백석은 단호했다.

"나는 자격조차 없는 몸이다. 보위를 이어 받으려면 내가 아니라 장자의 딸이자 적손인 황연이 마땅히 보위를 이어받아 제위에 올라야 한다. 알아들었으면 어서들 썩 물러가거라."

"통촉하여 주십시오, 황 공자!"

문부백관들 중 최고의 수장인 태의정(太議政) 감을목(監乙木)이 대전 앞에 석고대죄라도 하듯 머리까지 풀고 앉아 호소했다.

"물론 법통은 그러하오나 황 아가씨의 세수가 올해로 고작 다섯 살이옵니다! 그런 상황에서 어찌 환궁의 사직과 안온을 다스릴 수 있겠습니까!"

감을목이 눈물까지 흘리며 비감하게 외치자 그 뒤에 조아리고 있던 모든 문부백관도 일제히 울음을 터뜨렸다.

"으허헝! 통촉하여 주십시오!"

황백석은 매우 난감해하였다.

자신이 판단해 보아도 대형의 무남독녀 외딸인 황연이 그 나이로 제위에 올라 환궁을 다스린다는 건 불가능한 일이었다. 오랜 세월 동안 강호에 쌓아온 환궁의 명성이 하루아침에 무너질 수도 있는 상황이었다.

황백석은 할 수 없다는 심정으로 생각을 고쳐먹었다. 대신 한 가지 제의를 하였다.

"좋다. 나는 죄인 된 심정으로 부친과 형님들을 대신하여 궁주의 제위에 올라 환궁을 위해 이 한 몸을 희생하겠다. 단, 태고산에 있는 환허동의 열두 장로께서 한 분도 빠짐없이 나의 제위를 인정해야만 받아들일 것이다. 알겠느냐?"

그 즉시 감을목은 모든 문무백관들의 뜻을 모아 날마다 장로원에 상서를 올려 황백석을 궁주로 적극 추천하였다. 하지만 장로원은 전대궁주와 두 아들의 죽음이 석연치 않다며 상서를 반려했고, 모두들의 사인이 확실히 밝혀질 때까지 유보하라는 원론적인 대답을 주기만 했다.

태고산에 위치한 환허동의 최고 수장은 태상장로 환허 진인 황태건이었다. 그는 늘 금빛처럼 빛나는 도포를 일신에 걸치고 손에는 다섯 개의 광채가 뿜어 나오는 오색선장을 들고 다녔다.

황태건은 용모 또한 하늘에서 방금 내려온 신선과도 같아서 긴 백미와 백염을 늘어뜨린 모습이었는데, 사십 세의 나이로 득도를 한 이래 지난 백 년 동안 환허동에 들어앉아 천존을 모시며 장로원의 열한 장로를 다스렸다.

장로원이 하는 일은 궁주의 보위와 제위를 살피고 감찰을 하는 것이 주 임무였다. 때문에 절대 권력을 상징하는 궁주에게 유일하게 견제력을 발동할 수 있는 힘이 그들에게 있었다. 따라서 태상장로의 권한은 궁주에 못지않았고, 오천 명에 달하는 장로원 소속 정예 무사들이 휜허동을 겹겹이 에워싼 채 항시 그들 모두를 철통같이 지켰다.

장로원은 환궁에서 올라오는 상서를 여전히 반려하고 있었다.

무엇보다 태상장로 자신 스스로가 전대 궁주와 궁주 아들들의 죽음을 받아들일 수 없었기 때문이었다.

계속된 상서의 반려는 무려 일 년이나 넘도록 지루하게 지속되었다.

그 무렵, 수면 아래에 숨어 있던 천년마교가 환궁의 어지러움을 틈타 귀주성(貴州省)에서 봉기하여 일거에 무림맹의 명성을 위협하였다.

불과 석 달 만에 무림맹이 장악하고 있는 사천성 일부와 광서(廣西) 호남(湖南), 호북(湖北), 하남에 이르는 이만여 개의 주루, 기루, 전장, 표국들의 재산과 운영권이 천년마교로 넘어갔다.

그 바람에 늘 넘쳐 나던 무림맹의 살림까지 궁핍해졌으며 여파는 환궁에까지 미쳐 왔다.

장로원은 더 이상 황백석의 제위를 지연만 할 수가 없게 되었다.

환궁의 문무백관은 고사하고 무림맹에서조차 맹의 위기에
도 불구하고 내분만 일삼는 환궁의 사태를 질타해 왔으며, 이
모든 위기는 보수적이고 수구적인 장로원에 있다며 장로원에
게 모든 책임을 물어왔다.

결국 장로원은 황백석의 제위를 허락할 수밖에 없었다. 그
러자 모든 일은 일사천리로 진행되었다.

황백석이 마침내 환궁의 모든 생살여탈권을 짊어지는 일인
지상 만인지상의 몸이 되었으며, 그는 궁주에 오르자마자 권
세를 부리기에 앞서 부친과 형제들의 위패를 모신 사당에 들
어가 구십 일 동안 식음을 전패하다시피 정성을 들였다. 그러
자 환궁의 모든 이들은 황백석의 성품에 탄복을 했고, 의심의
눈초리를 보내던 장로원의 몇몇 장로들까지 감화를 받았다.

그 후로 황백석은 궁주의 부재로 인해 헝클어져 있던 기강
을 삽시간에 확립했고, 무림맹의 조력 없이 독단적으로 군사
를 이끌고 출병하여 독버섯처럼 자라고 있는 천년마교의 잔당
들을 일거에 제압하여 예전의 위상을 한층 드높였다.

궁주 황백석이 굳게 닫고 있던 입을 열었다.
목소리가 다시 대전에 쩌렁쩌렁 울려 퍼졌다.
"소문성은 지금 어디 있느냐?"
"현재는 신(臣)이 환앙성의 옥고에 가둬두었습니다."
"으음……."
"이번에는 환앙성의 비상 통로까지 찾아내어 탈출을 기도

했습니다! 게다가 탈출 횟수를 모두 합치면 무려 일곱 번이나
됩니다! 하여 그 죄과가 매우 무겁사온데, 환경당의 아이들을
제 독단으로 벌할 수 있는 권한은 삼 개월 구금에 불과합니
다!"

궁주는 지그시 눈을 감았다.

담대호는 목에 힘을 다시 불어넣었다.

"통촉하여 주십시오, 궁주! 아무리 생각해 보아도 소문성의
죄는 삼 개월이 넘는 것 같아 직접 궁주의 령을 받아 행해야 될
것으로 사료되어 찾아온 것입니다!"

궁주 황백석은 감은 눈을 좀처럼 뜨지 않았다.

그는 천천히 턱을 쓰다듬기만 했다.

손 한 번 까닥하지 않고 사는 자의 돌연한 신중한 손길.

제 손으로 소피조차 누지 않을 것 같은 일인지상의 지체 높은
자리이건만, 한 번 움직인 그의 손길은 좀처럼 멈추지 않았다.

"고얀 일이로고. 그 어린 나이에 일곱 번씩이나 탈출을 하다
니. 더욱이 비밀 통로까지 알아냈다는 건……."

황백석이 눈을 떴을 때 그의 두 눈에는 고심이 담겨 있었다.

"그러나 열네 살밖에 안 된 철없는 아이가 아니더냐. 그런
아이를 어찌 중벌로 다스릴 수 있겠느냐?"

"아니옵니다, 궁주! 소문성을 일벌백계로 다스리지 않으면
그 아이는 그 누구도 통제하기 힘들 것입니다!"

담대호의 진언에도 황백석은 여전히 고심을 했다.

"소문성은 특별한 아이야. 그 아이가 비록 사고뭉치이기는

하여도 장로원의 추천을 받아 입당한 아이가 아니던가. 태상 장로의 면면을 보아서도 쉽게 다스려서는 안 된다."

"궁주, 부디 통촉해 주십시오! 이는 환경당 전체의 기강과도 크게 연관되어 있습니다!"

황백석은 또다시 눈을 감았다.

잠시 정적이 무겁게 내려앉았다.

막강한 권력을 가진 궁주에게도 소문성의 문제는 쉽게 결론을 내릴 수 없는 사안이란 말인가.

장익성은 여전히 엄밀한 시선으로 담대호를 직시하고 있었다.

환궁 밑에서 겨우 학습이나 하는 어린아이 하나 해결 못해 궁주를 곤란한 지경에 빠뜨린 자신을 탓하는 것만 같아 담대호는 그 눈길이 더욱 따갑게 느껴졌다.

오로지 궁주 한 사람만을 위해 검을 뽑고 검을 거두는 신환검 장익성.

더 이상 궁주를 귀찮게 하였다간 북풍의 한설보다 더 차갑다는 그의 냉혼검이 삽시간에 출검되어 자신의 목을 겨눌 것 같아 턱밑이 서늘해 오는 기분까지 들었다. 그때 잠자코 듣기만 하고 있던 사공승이 칼끝처럼 가는 시선으로 입을 열었다.

"고얀, 그따위 하찮은 일로 궁주의 심기를 어지럽히다니……."

담대호는 덜컥, 심장이 내려앉는 것만 같았다.

사공승은 붉은 도포에 팔괘문양이 수놓아진 홍포를 걸치고 있는 자로, 이십신환령 중에서도 가장 궁주의 뜻을 잘 헤아린다 하여 언제고 궁주의 입과 눈과 귀가 되어주는 인물이었다. 때문에 그의 말은 궁주의 말과 같았으며, 궁주 또한 사공승에 의지하는 바가 커서 중요한 정사가 있을 때면 그와 항상 의논하곤 했다. 따라서 모두들은 그를 신환뇌(神幻腦)라 떠받들며 환궁의 실질적인 머리임을 공인했기에 항상 모두가 두려워하며 경외하는 인물이었다.

그런데 시종 관망한 하고 있던 그가 입을 열어 담대호를 질책하고 나선 것이다.

담대호는 식은땀이 흘렀다. 즉시 빠르게 머리를 굴렸다.

당장 궁주의 고민을 덜어주지 못하면 목이 달아날 것 같기에 무슨 해법이라도 내놔야 했다.

담대호는 목구멍에 다시 가득 힘을 불어넣고 큰 소리로 고했다.

"신이 판단하기엔 오 년의 형기를 내려 투옥하는 게 합당하다 사료됩니다, 궁주! 통촉하여 주시옵소서!"

"으음……."

황백석이 눈을 뜨며 고심이 역력한 시선을 천장에 맞추었다.

"죄는 크다. 오 년이 아니라 참수령을 내려도 누구 하나 반론을 제기할 여지가 없는 중죄인이다. 그러나 나는 궁주로서 장로원을 존경하며 특히 태상장로의 판단과 선택을 매우 존중한다. 하나, 무작정 용서만을 하였다간 환앙성과 환경당의 기강과 법통이 무너지게 될 것이다. 따라서 소문성을 일 년 동안 하옥하며 따끔한 노역을 첨가하도록 하겠다."

담대호는 궁주 황백석의 결정에 당장 이의를 제기하고 싶었다. 하지만 입에서 흘러나오는 소리는 절대복종의 음성이었다.

"령!"

사실, 담대호는 궁주의 결정에 이의를 제기할 권리가 없었다. 그것은 궁주가 지닌 가치와 본질이 너무 높고 크기 때문이었다.

궁주 황백석의 목소리가 담대호의 귀전을 다시 때려왔다.

"장로원에 본주의 뜻을 알려 오해의 소지를 사전에 차단하되, 본주가 내린 령은 이 시각부터 유효하니라."

쿠웅!

담대호는 즉시 이마를 바닥에 세차게 박았다. 개는 그저 주인이 시키는 일만 잘하면 되는 것이다. 그는 큰 목소리로 부르짖었다.

"신(臣), 담대호가 지엄한 궁주령을 받드옵니다!"

二

소문성은 노역과 함께 감옥에 수감되었다.

노역이란 벌목을 하는 일로 벌목장으로 나갈 때에는 발목에 열 근이나 나가는 쇠구슬을 차고 나가야 했으며, 도끼로 쉬지 않고 나무를 찍어 벌목을 해야 했기 때문에 체력적인 한계를 항상 느꼈다.

그렇다고 쉴 수도 없는 노릇이었다. 잠시라도 빈틈을 이용해 쉴라치면 벌목장을 지키는 간수들의 채찍이 어김없이 소문성을 강타하여 피범벅으로 만들었다.

"꼬마 놈! 아프냐? 힘들어? 그럼 어서 예전처럼 벌목장을 빠져나가 보거라!"

"그래. 네놈이 제일 잘하는 게 탈출이라며?"

짜아악!

전신을 피멍으로 감돌게 하며 뼛속까지 후벼대는 고통스런 채찍이 다시 한 번 소문성의 몸에 떨어졌다.

"당장 튀어보란 말이다, 놈! 즉시 발모가지부터 네놈의 몸에서 떼어줄 테니. 낄낄!"

간수들은 하나같이 비아냥거렸으며, 무척 잔인하고 냉정하게 소문성을 대했다.

그들은 소문성의 고통을 즐기고 있는 게 분명했다. 그리고 그들 모두가 즐거워하면 할수록 소문성의 육체는 무너지고 또 무너졌다. 그러나 소년의 정신까지 무너뜨리게 할 수는 없었다.

언젠가는 기필코 청운산을 빠져나가고야 말겠다는 소문성의 결심은 매질이 더해지면 더해질수록 더욱 강인하게 피어올랐다. 그렇지만 가혹한 채찍질은 소문성의 전신을 몽땅 피멍으로 물들게 해서 아예 얼굴조차 알아볼 수 없는 지경으로 만들었다.

만일 신단을 복용하지 않았더라면 소문성은 죽음을 면치 못했을 것이다.

물론 궁주는 소문성에게 강금과 노역만 허용하고 매질을 못하도록 다스렸지만 그의 머리인 신환뇌 사공승은 궁주와 생각이 달랐다.

사공승은 궁주령을 받들고 내려가는 담대호에게 전서를 날려 엄하게 다스리라는 말을 추가시켰다.

담대호는 전서를 받자 매우 만족스런 표정을 지었다.

소문성 때문에 그간 얼마나 골치를 앓았던가.

비록 원하던 오 년의 수감 기간이 일 년으로 줄어들었지만, 매질만 할 수 있다면 사고뭉치의 버릇을 고치는 데에는 충분할 것이다.

담대호는 간수들에게 소문성을 넘기면서 엄하게 다스리라는 말을 할 때는 목구멍에 가득 힘을 넣어 강조하였다.

그러니 간수들의 채찍에 힘이 들어가는 건 당연한 일이 될 수밖에.

소문성이 수감 된 지 달포가 지났지만, 연미림과 모용수, 광보는 그에 관한 어떤 정보도 얻을 수 없었다.

모두들 안타깝고 불안해서 애를 태웠다.

연미림은 때때로 울적한 기분이 되었으며, 모용수는 수업에 집중을 잘할 수가 없었다.

그들 모두는 먼발치서 소문성을 볼 수 있는 것만으로도 자신들에게 얼마나 큰 위안이 되었는지를 절감했다.

불면의 밤을 지새웠으며, 그래도 견딜 수 없을 때는 소문성이 수감되어 있는 벌목장을 찾아갔다. 그러나 워낙 지세가 험준한데다 경비가 삼엄하여 근처에도 얼씬할 수 없었다.

연미림은 그럴 때면 눈물을 왈칵 쏟았다.

눈물 쏟는 횟수가 잦아지는 바람에 모용수에게 속내를 들킬 뻔한 위기가 여러 번 있지만, 그럴 때마다 큰오빠가 그리워서 그렇다며 힘겹게 모면해 나갔다.

연대보…….

그는 그녀에게 있어서 과거의 전부이자 믿음이었다.

지금은 그 자리에 소문성이 있다.

그런데 하나는 스스로 목숨을 끊어 영원히 이승의 세계에서 떠났으며, 또 다른 이는 둔중한 벌목장의 담장 너머로 사라졌다.

아랫배가 심하게 아파왔다. 허리가 끊어지는 듯한 고통도 수반되었다. 허벅지 사이로 축축하고 끈적거리며 흐르는 기분 나쁜 움직임이 감지되었다.

붉은색이었다.

너무도 소문성이 그리워 영혼과 육체 모두가 타 들어가는 고통을 경험하고 있을 때, 그녀는 소녀에서 여인으로 재탄생하는 전기를 맞이한 것이다.

그것은 초경(初經)이었다.

황연은 경악했다.

그녀 또한 누구 못지않게 소문성이 궁금하여 큰마음을 먹고 남몰래 벌목장으로 들어가 살펴보았는데, 그녀가 본 소문성의 모습은 차마 입이 떨어지지 않을 정도였다.

소문성은 어디 한 군데라도 몸이 성한 곳이 없었다.

얼굴이 퉁퉁 부어 평소의 소문성 얼굴보다 두 배는 피멍으로 부풀어 올라 있는 것처럼 보였다. 살아 있다는 것이 기적에 가까웠다.

황연은 궁주를 찾아 환천전으로 들어섰다.

"웬만한 장정들도 견디기 힘든 벌목형을 소문성이 감당하는 건 무리에요. 헤아려 주세요."

궁주 황백석은 습관처럼 지그시 눈을 감고 있었다.

"어렵게 결정한 일이다, 소궁주. 본주도 안타깝기는 하다만, 이번만큼은 환경당 전체를 위해 그 아이가 견디어줘야 해."

황연은 슬픈 표정을 지었다.

"얼마만큼을 더 견딜 수 있다는 건가요? 어린 소년이 장정들과 똑같이 벌목을 하고 있어요. 게다가 숫한 매질로 소문성은 한 걸음조차 걷기 힘든 지경이에요."

"매질이라고?"

황백석이 의외라는 듯 감고 있던 눈을 떴다.

황백석 뒤에 서 있던 사공승이 입을 열었다.

"황공하오나, 궁주. 소문성은 지엄한 궁주령을 받아 수감되어 벌목을 하는데도 게으름을 피우고, 여전히 도망칠 궁리나 하고 있다는 보고를 받았습니다. 하여 할 수 없이 신이 그에 상응하는 벌을 약간 내리도록 하였습니다."

황연이 사공승을 바라보았다.

"죽어가기 일보 직전까지 채찍으로 후려 패는 것이 약간의 벌이라고 생각하나요?"

황연의 눈빛에는 그 나이답지 않은 서릿발 같은 위엄이 담겨 있었다. 때문에 칼끝 같은 눈빛을 항상 유지하던 사공승도 그 순간만은 자신도 모르게 움찔하였다.

대대로 환궁의 궁주라는 보위를 이어왔던 황연의 내력 역시 그 피는 속일 수 없는 모양이다.

"당장 용단을 내려주세요. 소녀가 보기엔 이 상태로라면 반병신도 부족하여 살아남지 못할 것입니다."

황백성은 고개를 크게 끄덕이며 황연의 말에 수긍하였다.

"신하 된 도리로 짐의 심기를 건드리지 않으려고 애를 썼다만, 지나친 처사였느니라. 당장 아이에게서 매질을 못하게 하도록 하며, 노역도 벌목 대신 좀 수월한 것으로 하도록 하라."

궁주령이 떨어지자 머리에 붉은 장식을 한 비둘기 한 마리가 벌목장에 즉시 나타났다.

간수장으로 있는 내가임(奈加任)은 그 비둘기가 무엇을 뜻하는지 금세 알아차릴 수 있었다.

전서의 내용은 매우 불만스러웠다.

하지만 자신 같은 하위 관리자가 궁주령이 담긴 전서를 거역해서는 결코 안 된다는 것을 잘 알고 있었다.

그래도 입 밖으로 터져 나오는 욕설은 막을 수 없었다.
"개 같은……! 그놈의 상전 타령이 또 시작되었군……!"

소문성은 그날로부터 벌목장에서 벗어났다.

대신 벌목해 온 나무들을 숯으로 만드는 보다 쉬운 일을 하게 되었다.

커다란 가마 속에 나무들을 집어넣고 태워 좋은 숯으로 만든 다음 환궁으로 보내는 것이었는데, 그렇게 해서 보내진 숯들은 환궁의 화로들을 따끈하게 데워 환궁 전체에 항상 훈훈함을 유지하게 하였다. 그러나 일에 익숙하지 않은 탓에 소문성은 가끔씩 가마의 불을 꺼뜨리는 실수는 범했다. 그럴 때면 초석(硝石)들을 구해 부싯돌로 불을 붙여 밑불로 사용하였고, 초석들은 훌륭한 밑불이 되어 다시 가마를 너끈하게 데웠다.

초석이란 동물의 시체나 배설물들이 말라 딱딱한 덩어리가 된 것을 말하는데, 그중에서도 말의 배설물이 가장 탁월하게 효과를 보였다.

소문성은 오늘도 어김없이 엽용환체의 효과를 상승시키기 위해 몰입하다가 그만 밑불이 사그라지는 것을 발견하지 못하고 가마를 꺼뜨리고 말았다.

소문성은 빠르게 움직였다.

이윽고 말똥을 한 아름 구해 돌아왔고, 부싯돌로 불을 일으킨 다음, 말똥에 불을 붙이자 금세 밑불이 일어나 가마 안을 활활 태웠다.

소문성은 안도했다.

쿠왕—!

그때 갑자기 가마가 거대한 폭발을 일으키며 불똥을 하늘 높이까지 일으켰다.

가마는 물론이고 주변 전체가 산산조각나며 비산되었다.

소문성은 즉시 몸을 피하는 바람에 약관의 화상을 입는 것에 그쳤으나 주위 벌목장은 발칵 뒤집어졌다.

백여 명도 넘는 간수들과 무사들이 동원되어 삽시간에 불바다 되어버린 가마 주변을 소화시키느라 반나절이나 소모해야 했다.

"씨앙! 이젠 별일이 다 생기는군. 가마가 터지다니!"

"저놈이 있는 곳에는 늘 재수없는 일이 벌어진다니까!"

"젠장! 벌목이나 하게 두었을 때가 그래도 제일 괜찮아 보였는데!"

"화마가 터졌을 때 제일 먼저 저놈을 잡아먹었어야 했어!"

"에라잇! 저승사자들은 무엇들을 하고 있기에 저런 놈을 안 잡아가냔 말야!"

모두들 으르렁거리며 소문성을 탓했다. 그러나 소문성은 그들이 안중에도 없다는 듯이 자신만의 고민에 빠져들었다.

'가마는 삼천도 이상의 고온에서도 견딜 수 있게 만들어져 있다. 그런데 밑불을 살리는 행위만으로 가마가 터져 버렸다. 왜지?

새로운 가마를 다시 만드는 데는 칠 일이 걸렸다.

그 기간 동안 소문성은 예비 가마 앞에 앉아 다시 숯을 만들며 오로지 한 가지 생각에 골몰했다.

'밑불의 온도는 고작 오백도 정도였을 거야. 아니, 더 높았다고 해도 천 도 이상을 넘을 수가 없어. 그런데도 삼천 도를 견디는 가마가 폭발을 일으켰다는 건?'

소문성의 머리가 빠르게 회전했다.

'꺼진 가마를 다시 살릴 때는 당연히 밑불을 살려서 가마 안의 온도를 데운다. 온도는 천천히 올라가기 시작하며 모든 장작들을 가득 삼켜 태워도 삼천도 이상은 올라가지 않게 설계되어 있다. 그런데도 터졌다면? 그래, 그것은 어떤 물질에 의해 갑자기 온도가 급상승하여 삼천 도 이상을 넘어서서 발화했을 경우에만 그렇다.'

소년의 눈빛이 빛났다.

'그리고 그런 경우에……'

소문성이 결론을 내렸다.

'화약밖에는 없다.'

마침내 새 가마가 완성되었다.

소문성은 모두의 질타스런 눈짓에도 불구하고 집념에 불타고 있었다.

소문성은 먼저 말똥이 있는 장소로 몸을 이동했다.

그곳은 과거 용암이 분출되었다가 현무암으로 굳어진 암석들이 들쭉날쭉하게 들어선 곳이라 병마(兵馬)들을 훈련시키기에는 매우 적합한 곳이었다. 때문에 어디에서든 말똥을 구하는 건 어려운 일이 아니었다.

말똥을 구하자 반으로 뚝 부러뜨려 조직을 검사하기 시작했다.

별다른 것을 발견할 수 없었다. 말똥을 불에 녹여보았다. 그래도 특별한 것을 발견할 수 없었다. 녹아 용해된 말똥 속에는 그저 희끗해 보이는 작은 덩어리 몇 개만 보일 뿐이었다.

그쯤 되자 코를 말똥에 처박고 킁킁 냄새를 맡아보았고 직접 먹어보기까지 했다.

맛은 매우 고약했다. 구린내가 입 안 가득 진동해 토하기를 수차례나 했다. 그러던 중 특별한 한 가지의 맛을 찾았다.

그것은 매캐한 맛이었다. 그렇지만 말똥에 섞인 어떤 물체가 그런 맛을 내는지는 알기가 쉽지 않았다. 때문에 용해된 말똥을 색깔별로 분리시키고 하나씩 차례로 먹어보며 매캐한 맛을 분석했다.

사흘이 더 지났다.

마침내 희끗해 보이는 작은 덩어리들이 매캐한 맛을 낸다는 것을 알게 되었다.

유황이었다.

용암이 굳어진 현무암에는 유황의 성질이 어디에곤 있었고, 말똥이 굳어지며 유황을 흡착했던 것이다. 그래서 말똥이 탈 때마다 피식거리는 작은 폭발이 일어났으며, 한순간 대형 폭발이 일어나 가마를 홀랑 날려 버린 것이다.

하지만 그런 엄청난 폭발력을 일으키는 화약을 만들어내는 것은 결코 쉬운 일이 아니었다.

소문성이 얻어낸 것은 가능성과 우연의 일치 정도인 까닭에 실체에 접근하기 위해서는 주위 깊은 실험과 꾸준한 연구가 필요했다.

청운산에 여름이 찾아왔다.

소문성이 화약 개발에 들어간 지 이 개월이 흐른 것이다.

그럼에도 결과는 늘 시행착오일 뿐이었다.

*   *   *

환경당의 아이들은 기초와 이론에 치중하던 수업 방식에서 벗어나 실습 시간을 많이 가지게 되었다.

주로 마장술(馬場術)과 권장(拳掌) 무예를 배웠는데, 체력 증강과 경공술을 수련하기 위해 매일 새벽에 일어나 청운산 정상까지 달렸다가 돌아와야 했고, 주먹을 단련하기 위해 화로에 담긴 뜨거운 모래나 단단한 바위를 치며 연마하였다.

날이 가면 갈수록 훈련양이 더욱 증강되어 다리에 무거운 모래주머니를 달고 청운산을 오르내렸으며, 검술까지 추가되어 밤늦도록 연마했기 때문에 아직은 어린 소년, 소녀들의 체력으로는 견디기 어려운 혹독한 시간들이 되었다.

환경당의 아이들 중 첫 낙오자가 발생했다.

조춘염(曺春廉)이란 사내아이와 목진숙(穆眞淑), 천명애(千明愛)라는 여자 아이 두 명이었다.

강동(江東)에서 무림세가를 형성하며 명망을 날리던 철기방(鐵奇房)의 장자인 조춘염은 마장술을 연마하다 낙마를 하여 목숨을 잃었고, 목진숙과 천명애는 경공술을 익히기 위해 산을 오르다 낙산하여 죽거나 반병신이 되었다. 그러나 나머지 아이들은 다행히 잘 견디어주었다.

대부분이 명문세가의 자제들이었기에 어려서부터 영약을 복용한 데다 이미 말들을 탈 줄 알았고, 가문에서 내려오는 비전내력인 중후한 내력까지 전수받은 까닭이다.

한 달이 더 지나자 환경당에 놀랄 만한 일이 벌어졌다.

남궁룡이 지금껏 지켜왔던 독보적인 아성이 깨지며 그와 동수를 이루는 자가 나타나는 대사건이 발생한 것이다.

대사건의 주체는 연미림이었다.

본래 그녀는 권법에서만큼은 남다른 두각을 보였는데, 이미 당랑권으로 기초를 다진 탄탄한 솜씨가 늘 위력을 발휘해 주었다.

그것과 소문성에 대한 그리움까지 몽땅 실어 보냈으니 단연 놀라운 진척을 보일 수밖에.

연미림은 그렇게라도 하지 않으면 미칠 것만 같았다.

손에 힘을 모으고 목표를 향해 유성권(流星拳)의 초식 중 성밀압정(星密壓頂)수법으로 빠르게 뻗었다.

쉬이잇.

갑자기 권풍이 일어났다.

푸아앙!

웅혼한 권풍이 넓고 깊은 화로에 가득 들어 있던 뜨거운 모래를 죄다 날려 버렸다. 주먹과 맞닿은 화로 면에는 깨진 균열도 보였다.

권술사부인 분강(奔剛)은 놀란 표정을 지으며 말했다.

"권공이 심후하구나. 놀라운 진척이다. 여자 아이의 몸으로 권풍까지 일으키다니. 남궁룡과 동수를 이뤘구나. 너는 내공 수련만 잘하여 삼 년만 더 연마하면 권공의 수위가 나와 못지않게 될 것이다."

모두들 부러운 시선으로 연미림을 주목했다.

남궁룡은 잠시 잠깐 다소 놀란 표정을 지었지만, 이내 연미림에게 진심 어린 시선을 던졌다.

"대단하다, 연미림. 널 대성할 재목이라 생각했지만 이렇게 빨리 날 쫓아올 줄은 몰랐군. 진심으로 축하해 주지. 축하는 두 가지 이유에서다. 첫째는 두말할 것도 없이 너의 타고난 재능과 빠른 진척. 두 번째는 잠시 잠깐 오만에 빠져 방심하고 있던 내게 경각심을 일깨워 준 것에 있다. 그 점을 특히 고맙게 생각한다."

남궁룡이 여유있게 웃었다.

"분 사부님 말씀처럼 삼 년 후에 다시 가늠해 보자. 그때가 되면 누가 먼저 분 사부님의 권법을 앞서게 되는지 충분히 우열을 가려볼 수 있을 테니.”

남궁룡이 말이 끝나자 우레와 같은 박수가 터져 나왔다. 물론 남궁룡이 먼저 치기 시작한 박수였고, 곧바로 남궁룡을 추종하는 아이들이 일제히 따라 친 박수였다. 그 속에는 왕무근도 있었다.

왕무근은 마냥 박수만을 치고 있을 수는 없었다.

억지로 웃느라 굳게 다물고 있는 입술은 씰룩이고 있었으며, 눈은 가늘어져 있었다.

오판에 따른 분노이자 새로운 경쟁자가 출몰했다는 경계심에서였다.

그는 이제 남궁룡을 앞서려면 먼저 연미림을 눌러줘야만 했다.

갑자기 부친 왕유(王兪)가 생각났다. 그러자 두렵기도 했고 부끄럽기도 했다.

누구에게 지는 걸 왕무근에게 죄악처럼 가르친 부친 왕유. 하여 어릴 적부터 자연스럽게 만들어진 그만의 독특한 심상.

왕무근은 속으로 이를 갈았다.

늘 어떤 협상도 불가능한 숨은 계획을 가지고 있기에, 그 계획을 이룰 때까지는 그는 그 비밀을 더욱 견고하여 지키며 은밀하게 완성해 갈 것이다.

모든 하루의 고단한 수업이 끝났다.

밤이 찾아오고 새벽별이 미시(未時)의 칠흑 같은 하늘에 반짝이고 있었다.

같은 시간 왕무근의 두 눈도 반짝이고 있었다.

그는 연무장에 홀로 남아 모래가 담긴 화로를 앞에 두고 벌써 오백 번도 넘게 말아 쥔 주먹을 내리꽂고 있었다.

단련된 정권의 굳은살이 찢어져 피가 흐르기 시작한 지는 벌써 오래되었다.

하지만 고통과 피로는 관심 사항이 아니었다.

오로지 경쟁심만이 존재할 뿐이다.

누구라도 밟고 앞서 나가야만 한다는 절박함. 그것을 이루지 못해 마음을 가득 채우고 있는 심화(心火).

어둠이 거치고 새벽 여명이 찾아왔다.

왕무근은 그제야 쉴 새 없이 뻗어가던 주먹을 멈췄다.

하루아침에 연미림을 따라 잡을 순 없을 것이다. 그러나 분명 조금은 그녀와의 벌어져 있는 간격을 좁혔을 거라고 생각했다.

내일이면 그 간격은 조금 더 좁혀져 있을 것이다.

숙소인 환영헌에서는 동료들이 깨어나는 소리가 들려왔다. 아니나 다를까, 남궁룡이 가장 먼저 청운산으로 오를 준비를 하고 다리에 굵은 모래주머니를 달고 나타났다.

이윽고 모든 동료들이 다 나와 청운산 정상을 향해 달리기 시작했다.

왕무근은 그 대열 속에 있었다.

그는 너무 앞서지도 뒤처지지도 않을 만큼 적당한 틈새를 유지하며 달렸다.

　하지만 언젠가는 그가 제일 선두에서 달릴 날이 있을 것이다.

　날이 훤하게 밝아오고 있었다.

三

　모용수는 여덟 살의 나이로 환경당에 들어왔는데, 그때는 당당히 다섯 손가락 안에 드는 기재로 각광받았다.

　춘추전국시대(春秋戰國時代) 당시 전국칠웅(戰國七雄) 중 하나였던 연왕조(燕王朝)의 후손답게 영민한 머리를 지니고 있었으며, 대대로 진전을 이어받은 권장무예와 검법은 분명 타인들보다 앞서 있었고, 심후한 내력 역시 웬만한 아이들의 추종을 거부했다.

　하지만 차츰차츰 자신의 지닌 우월성을 잃기 시작하더니 가장 먼저 왕무근에게 추월을 당했고, 환경당에 입당한 지 칠 년이 넘었을 때는 완연한 하향 곡선을 그어 제일 뒤로 처졌다.

　체력 저하가 원인이었다.

　사부들은 걱정스런 마음에 모용세가에 서신을 보내 모용수의 상태를 알렸는데, 그럴 때마다 하북성에 있는 세가에서는 귀한 영약들을 보내 모용수의 체력을 북돋아주었다. 그러나 영약이 모용수가 지닌 마음의 병까지 북돋아주지는 못했다.

　모용수가 보이고 있는 하양곡선의 본질은 소문성이었다.

얼굴만이라도 볼 수 있으면 좋으련만…….

모용수는 때때로 연미림에게 마음의 병을 들켰다.

연미림은 그럴 때마다 마치 친동생을 대하듯 진정 어린 마음으로 모용수를 보듬어주었지만, 속내에서 끓어오르는 우울한 감정은 그녀도 어쩔 수 없었다.

'너도 나만큼 아프구나, 모용수. 자신을 태워야만 빛을 뿜는 초처럼 그 아이 때문에 널 태우고 있어…….'

끝없이 추락을 거듭하는 모용수에 비해 광보는 뚜렷한 상승곡선을 그리고 있었다.

본래 출신이 비천하여 끼니 거르기를 밥 먹듯이 한 탓에 다른 아이들처럼 영약 따위는 구경도 못해 보았고 별반 내력을 지니지도 못했지만, 산사람이자 사냥꾼인 부친에게서 물려받은 튼튼한 체력과 단단한 하체가 그에겐 있었다.

다른 아이들에 비해 두 살이나 더 많았던 광보는 외공 수련이 시작되자 멀대처럼 키만 클 뿐 연약하기만 했던 몸에 변화가 일어나기 시작했다.

팔과 다리에 근육이 형성되고 가슴이 단단하게 돌출하여 웬만한 장정 못지않게 되었다.

광보는 출신의 빈약함을 자신의 각고한 노력으로 극복해 내면서 비록 황소걸음처럼 느릿하기는 했지만 선두권의 아이들을 향해 점점 다가가고 있었다.

가장 빠른 신체적인 발육은 그 거리를 더욱 좁혀줄 것이다.

＊　　　＊　　　＊

소문성은 오로지 화약 연구에만 몰입했다.

수감되어 있으며 고립되어 있어서 늘 홀로 있을 수밖에 없는 시간은 오히려 그가 연구에만 전념하는 데 큰 도움이 되어 주었다.

가을의 문턱에 들어서자 날씨는 하루가 다르게 쌀쌀해졌다.

소위, 산 아래 세상에서 말하는 한참 가을이 익어가는 추분절(秋分節)이 되었건만 청운산 자락에는 서리가 내렸으며 한로(寒露)에 접어들었을 때는 첫눈이 내렸다.

소문성은 자신이 부여받은 일 년의 형기 중 그 절반을 꼭 채웠다.

겨울이 지나고 청운산에 봄이 다시 찾아오면 그도 자유의 몸이 될 것이다. 또한 자유는 그의 이탈을 한층 더 북돋아줄 것이다.

"내게 있어서 환양성 전체는 벌목장의 수감 생활과 별반 차이 없는 커다란 감옥에 불과해. 이제 수감 생활이 끝나지 전에 화약 연구만 무사히 마치면 된다. 그리고 보란 듯이 뜨면 되는 거야."

소문성은 반년 후가 무척 기다려졌다.

그날을 기다리고 기대하는 건 소문성뿐만이 아니었다.

연미림이 그랬고, 모용수와 광보가 그랬으며 황연 또한 마
찬가지였다.

하지만 황백석이 그날을 손꼽고 있다는 건 의외의 일이었
다.

*   *   *

궁주 황백석은 태사의에 눌러앉아 환천전의 높은 천장을 응
시하고 있었다.

의당 그래왔듯 황백석 뒤에는 그의 그림자 신환검 장익성과
신환뇌 사공승이 동상처럼 시립해 있었다.

"올해가 지나면 황연이 십오 세가 되는군."

사공승은 황백석의 말이 끝나기를 기다렸다는 듯 즉시 말을
받았다.

"유월이 되면 제위식이 있습니다. 환허동 장로원이 궁주님
께 궁주 자리를 보장한 기간은 십 년이니까요. 내년 유월이면
꼭 십 년째가 되는 해입니다."

황백석은 말없이 천장만 계속 응시했다.

사공승이 다시 말을 이었다.

"무슨 조치라도 취하셔야 하는 거 아닙니까?"

"무슨 조치?"

"소궁주는 아직 어립니다."

"그래서? 제위식을 인위적으로 미루기라도 하잔 말이냐?"

사공승의 눈빛이 조심스레 가늘어졌으며, 가는 동공 안에서는 사기(邪氣)같은 기운이 흘러나왔다.

"미루는 게 아니라 아예 없애면 더 좋은 일이겠지요."

황백석이 미간을 찌푸렸다.

"무슨 말이냐? 나보고 영락제(永樂帝)를 닮으란 말이냐?"

"……"

사공승은 말없이 황백석을 조심스런 눈으로 바라보기만 했다.

황백석이 몸을 태사의에 깊게 묻었다.

"아니 될 말이다. 천인공로할 일이니 너는 두 번 다신 입 밖으로 꺼내지도 말 것이며 입에 담지도 말라."

"……"

"그나저나 소문성의 출감은 언제지?"

"내년 사월 초일(初日)입니다."

황백석은 다시 기분 좋은 얼굴이 되었다.

"그렇군. 어쨌든 나는 내년 유월이 되면 소궁주의 제위식을 기쁜 마음으로 거행하고, 그 예식이 끝나는 즉시 궁주 자리에서 물러나 심산유곡(深山幽谷)에 박혀 환궁에 도움이 될 만한 무서집(武書集)이나 몇 권 만들어볼 참이다. 아님 강호를 유람하며 천하를 주유해 보는 것도 괜찮은 일이 되겠지."

황백석이 몸을 일으켰다.

"바람을 좀 쐬고 싶군. 가산의 탑루로 안내를 하거라."

황백석의 미소가 짙어졌다.

"이럴 때면 꼭 그 놀이가 하고 싶어진단 말이야……."

궁주 황백석은 가산 한복판에 위치한 탑루로 들어가는 문 입구를 바라보며 우뚝 서 있었다.

언제나 그랬던 것처럼 장익성은 그의 일 장 뒤에서 시립한 자세로 서서 엄밀한 눈길로 주위를 삼엄하게 살피고 있었다. 다만 또 다른 그림자인 신환뇌 사공승은 궁주가 환천전을 나설 때부터 보이지 않았다.

그는 마치 중요한 일을 잊은 것처럼 궁주 곁에서 급히 물러난 것이다.

아주 예외적인 경우였다.

탑루는 도합 칠층이었다. 층층마다 쌓아 만든 겹기와는 저마다 살아 있는 듯한 연꽃 문양이 은은하게 조각되어 있어서 단아한데다 품위가 깃들어 있었다.

탑루 주인의 품성을 한눈에 알아볼 수 있는 대목이었다.

하지만 지금은 세파에 물들어 퇴색되었고, 매끈했던 벽에는 푸른 이끼가 끼어서 오랫동안 관리하지 않았음이 역력해 보였다.

"궁주를 알연합니다! 근무 중 이상 무!"

탑루 입구를 지키는 파수 무사 두 명이 검을 거꾸로 잡고 황백석에게 우렁차게 외쳤다. 동시에 문이 열렸다. 안에서는 썩는 곰팡이 냄새가 진하게 풍겨 나왔다.

황백석은 만족스런 눈빛으로 탑루 안으로 들어갔다.

그는 곰팡이 냄새 따윈 전혀 신경 쓰지 않았다. 입가에는 은은한 미소가 걸려 있어서 오히려 즐기는 것 같았다.

신환검 장익성은 더 이상 궁주를 따라가지 않고 처음 자세 그대로 시립해서 궁주가 사라지고 난 후 문이 닫힐 때까지 바라보고만 있었다.

탑루는 황백석의 그림자 장익성까지도 출입이 허용되지 않는 궁주만의 공간이자 그만의 비밀스런 세계였으며, 그만이 즐길 수 있는 놀이의 장소였다.

황백석은 천천히 탑루 안을 걷고 있었다.

그가 걷고 있는 곳은 낡은 계단 돌계단이었는데, 그는 오르지 않고 오히려 계단을 통해 지하로 내려갔다.

한참을 내려가자 빛이 완전히 차단되어 먹물을 뿌린 것처럼 컴컴해졌다.

곰팡이 냄새는 더욱 지독하게 풍겼다. 갑자기 걷던 황백석이 발길을 멈췄다.

그그긍.

그의 앞을 가로막고 있던 한쪽 벽이 먼지를 일으키며 자동으로 열렸다.

찍찍찍!

돌연한 자의 출현에 안을 채우고 있는 쥐 떼들이 놀라 요란하게 사방으로 흩어지며 달아났다.

바닥에는 쥐들의 배설물이 쌓여 있어서 역겨운데다 고약한 냄새까지 번졌다.

황백석은 가운데 지점까지 걸어오더니 오른손을 들어 올려 중지를 가볍게 뻗었다. 중지 끝에서 뜨거운 불똥이 생성되더니 앞을 향해 빠르게 쏘아져 나갔다.

퍼억.

지력이 닿은 곳은 기둥에 걸어둔 횃불이었다.

지력이 횃불을 일으키자 내부의 구조가 훤하게 드러났다.

황백석이 방금 들어온 석문이 보였는데, 석문으로는 쥐 떼들이 정신없이 도망가듯 달려나가고 있었고, 황백석이 우뚝 서 있는 발 앞에는 넓이가 다섯 자(尺)쯤 되어 보이는 솥뚜껑 같은 무쇠 하나가 바닥에 놓여 있었다.

황백석이 이번엔 무쇠를 향해 천천히 우장을 뻗었다. 그러자 장심 한복판에서 푸른 기운이 생성되어 아래로 뻗어 내려갔다.

그가 자랑하는 독문무공인 청강해였다.

푸른빛의 청강해는 즉시 무쇠에 아교처럼 달라붙었다.

크르릉.

무쇠는 크게 요동하며 흔들리더니, 아교처럼 달라붙은 청강해를 따라 점차 위로 올라갔다.

무쇠의 크기도 크기지만 두께 또한 엄청나서 한눈에 보기에도 수백 근은 나갈 듯했다.

하지만 청강해에 제압되자 무중유의 공간을 떠도는 물체처럼 힘없이 황백석의 손길을 따라 위로 움직였다. 마치 풍선이 떠오르는 것 같았다.

황백석이 사용하고 있는 장법은 내가무공인 접인능공(接引凌空)이었다.

내력을 장심에 심어 강력한 자장을 형성한 후 원하는 물체를 끌어 올리는 장법인데, 거기에 청강해를 접목시키자 접인능공이 가진 본래의 위력에 몇십 배는 더한 공능이 생성되어 능력을 발휘했다.

무쇠가 올라가자 바닥에는 무쇠로 인해 막혀 있는 원형의 공간이 나타났다.

황백석은 우뚝 서서 깊이를 알 수 없는 공간을 굽어보며 있었다.

미소가 떠올랐다.

일렁이는 횃불로 인해 그의 미소가 기이하게 흔들려 보였다.

사냥꾼이 원하던 사냥감을 포획하여 가둬둘 때나 지을 것 같은 자부심 넘치고 만족스런 미소였다.

츠읏.

황백석의 손으로 쥐 한 마리가 저절로 빨려 들어왔다.

생포당한 쥐가 황백석의 손아귀를 벗어나기 위에 몹시 발버둥 쳤다.

마침내 황백석은 잡고 있던 쥐를 놓았다. 그러자 손에서 발버둥 치던 쥐가 깊은 원형의 공간으로 떨어져 갔다.

쿵.

한참이 지나서야 구멍의 바닥으로 떨어지는 쥐의 소리가 황백석의 귀로 들려왔다.

이어 도망가는 쥐와 그 쥐를 잡기 위해 요란하게 움직이는 소리가 원형의 공간에서 부산하게 흘러나왔다.

워낙 깊은 곳에서 나는 미세한 소리여서 아무도 들을 수 없었지만, 지청술(地聽術)을 연마한 황백석이었기에 그의 귀로는 바로 옆에서 법석을 것처럼 실감나게 들려왔다.

찍찍.

쥐는 마침내 잡혔다.

쥐를 잡은 건 누군가의 깡마른 손이었다.

땟물이 줄줄 흐르는데다 손톱도 한참 동안 다듬지 못해 흉측하게 자라 있었는데, 길게 자라 산발한 머리가 발끝까지 덮고 있어서 남자인지 여자인지 구분이 가지 않았다.

오드득.

괴인은 잡은 쥐를 통째로 입 안에 넣고 씹기 시작했다.

발버둥치던 쥐의 발이 부르르 떨다가 한순간 축 늘어졌다.

괴인의 입은 피로 인해 붉게 물들어갔으며, 이제 쥐는 꼬랑지만 남아 괴인의 부러진 이빨에 걸려 있었다.

꿀꺽.

괴인이 꼬랑지마저 삼키자 황백석의 귀에 목구멍을 타고 넘어가는 쥐의 소리가 선명하게 들렸다.

황백석은 다시 원형의 공간을 본래의 뚜껑으로 차단하고 몸을 석문으로 돌렸다.

언제나 하는 놀이였지만 언제고 그에게 재미와 흥분과 기대를 주는 놀이라고 생각했다.

황백석의 얼굴에는 미소가 가득했다.

*   *   *

온 대지가 내린 눈으로 새하얗게 얼어붙었지만 소문성이 있는 벌목장 가마에는 뜨거운 열기가 활활 피어오르고 있었다.

본래 가마가 지니고 있는 열기에다 연구에 연구를 거듭하는 소문성의 열의까지 보태지자 아예 타는 것만 같은 뜨거움이 전역을 지배했다.

소문성은 그 무렵 연구에 따른 결과를 얻었다.

말똥에서 추출한 초석과 유황을 배합하면 발연성 물체가 된다는 결과.

그러나 그 폭발력은 매우 약했다. 유감이었다.

소문성은 고민하고 또 고민했다.

배합을 달리해 보고 배합한 물질에 여러 가지 다른 물체들을 합성해 보기도 했다.

하지만 답은 항상 만족스럽지 않게 돌아왔다.

꾸앙―!

그런데 갑자기 지금까지와는 다른 폭음성이 가마 속 안에서 터졌다.

물론 가마를 통째로 날릴 만한 폭음은 아니었지만 확연히 다른 폭발이었다.

자포자기 심정으로 배합한 물체를 가마 안에 집어 던졌는데 그런 일이 생긴 것이다.

소문성은 번뜩였다.

해답은 숯에 있었던 것이다.

초석과 유황이 만나 숯과 연결되면 화약이 된다는 사실.

즉시 숯에 초석과 유황을 넣고 도화선을 만들어 불을 일으켜 보았다.

꾸앙!

도화선을 따라 불꽃이 타 들어가더니 숯에 이르러서는 마침내 폭발을 일으키는 것이 아닌가.

"바로 이것이다!"

소문성은 기뻤다. 그러면서도 아쉬워했다.

"하지만 폭발력이 아직은 약하군. 어떡하면 가마를 날릴 정도의 화약이 될까?"

다시 소문성의 연구가 시작되었다.

"그래, 세 가지 물질이 만나 절대 배율이 되었을 때 강한 폭발력을 일으키게 될 거야. 그러려면 다양한 구멍이 나 있는 숯을 먼저 구해야 하겠군."

소문성은 버드나무 같은 나무의 숯이 구멍이 많다는 것을 익히 알고 있었다.

그는 버드나무 숯에다 초석과 유황의 배율을 일정한 비율로 바꾸어가면서 만족한 폭발을 일으킬 때까지 실험을 거듭했다.

초석과 유황은 가능하면 부드러운 가루로 갈아 구멍 속에 넣었는데, 가루가 미세하면 미세할수록 폭발력이 증강된다는

것을 알게 되었다. 그리고 마침내 소문성은 황금 비율을 찾았
다.

꾸아아앙—!

초석과 유황을 분가루처럼 갈아 숯의 구멍에 집어넣었는데
초석의 비율을 칠십오, 유황의 비율을 십, 숯의 비율을 십오로
하자 가마가 거대한 폭발을 일으키며 터진 것이다.

가마는 통째로 비산했으며 불똥은 수십 장 너머까지 날아갔
다.

간수들과 무사들이 모두들 놀라 가마로 달려들었다.

화르르륵…….

그들은 정신없이 번져 가는 화마를 잡기 위해 이리 뛰고 저
리 뛰어야만 했다.

오로지 여유롭게 웃고 있는 자는 소문성 하나뿐이었다.

'마침내 나는 해냈다. 역용환체에다 화약까지 얻은 것이다.'

소문성은 빙긋이 웃는 얼굴로 모든 이들이 쩔쩔매고 있는
화마의 현장을 벗어나고 있었다.

소문성의 버릇을 고치기는커녕 지난 세월의 노역과 감금은
그 아이를 더욱 강하고 완전하게 만들어놓았던 것이다.

第五章

비장무기(秘藏武器)

탈인신행

一

해가 바뀌어 첫 아침이 밝아왔다.

그에 따른 나른한 휴식이 환경당에 떨어졌다.

사부들은 물론이고 환앙성 경비대장 담대호와 호법들에, 수사들까지 모두 환궁에서 치러지는 천도제(天道祭)에 참석해야 했기에 덩달아 찾아온 휴식이었다.

춘절(春節:음력1월1일)이 되었을 땐 각자 고향에서 보내온 명절 하례품들과 음식들로 인해 환경당의 모든 아이들은 모처럼 산 아래의 값진 맛을 음미할 수 있었고, 곧이어 찾아온 원단절(元旦節:음력1월15일)까지 축제 같은 분위기가 계속 이어졌다. 특히 원단절은 정월 대보름으로 이날에는 둥글게 생긴 음식을 많이 먹었는데, 팥죽에 넣는 새알심과 비슷한 모양의 떡인 원단을 쪄 먹거나 기름에 튀겨 먹으며, 메추리알이나 계란 같은 것도 빠지지 않고 상에 가득 올라와 기쁨이 한층 고조되었다. 게다가 올해에는 소궁주 황연의 제위식이 있는 해라 매우 어느 때보다 풍성했으며 풍요로웠다.

책봉식은 오는 청명절(淸明節:4월5일)을 음력으로 택해 거행하기로 되어 있었다. 양력으로 치자면 유월 보름이었다.

축제와 같았던 춘절과 원단절이 끝나자 환경당을 비롯한 환앙성은 다시 바쁘게 돌아가기 시작했다.

환경당의 아이들을 고단한 실전 무공 공부에 들어가 아침 해가 뜨는 것과 저녁 해가 지는 것조차 제대로 볼 수 있는 날이 없었으며, 환앙성은 전 병력의 절반이나 되는 인원을 동원하여 겨울 동안 얼어붙었던 수로와 관로를 정비하며 길을 갈고 닦았다.

그럼에도 하늘에서 갑자기 퍼붓기 시작한 눈은 얄궂게도 멈추지 않고 종일 퍼부어 댔다.

"젠장, 삼월에 접어든 지가 언젠데 아직 눈이람?"

"그러게 말이야. 영 멈출 기미가 보이지 않는걸?"

"환성대(幻星臺)에서 기상을 예측하는 놈들은 다들 뭐하고 있었기에 눈 소식을 미리 알려주지 못한 거지? 알았으면 이런 헛고생은 하지 않아도 되었을 텐데!"

"그 자식들 한마디로 우릴 엿 먹이는 거지, 우라질!"

환앙성의 무사들은 환궁에서부터 청운산 아래, 한수의 선착

장까지 길고 가파른 관도의 제설작업을 하기에 분주했다.

청명절은 이제 세 달 앞으로 다가와 있었고, 그때가 되면 귀하신 몸이 지나가야 할 길이었기에 관도는 물론이고 주변 잔도까지 미리 닦아놓아 한 치의 불편함이 없도록 해야 하기 때문이었다.

"다가올 청양절은 굉장할 거야. 소궁주의 제위식이 있잖아."

"누가 뭐래? 해서 이리 요란하게 작업을 하는 거 아니겠어?"

곽호(廓浩)는 연신 쌓인 눈을 퍼대다가 허리를 펴며 콩콩 두드렸다.

"에구구, 허리야. 언제 저 아래 한수까지 제설 작업을 다 하누……."

불만스런 표정을 짓고 있던 낙일(洛日)이 툴툴거렸다.

"환궁의 궁주나 소궁주는 신법의 달인들이잖아. 굳이 땅을 밟지 않고서도 얼마든지 태고산으로 갈 수 있을 텐데 말이지. 새처럼 훨훨 날아다닌다던데."

곽호가 제설 삽을 쌓인 눈에 박으며 웃었다.

"그러면 테가 안 나잖아, 테가!"

삽에서 퍼진 눈덩이가 저만치 숲 속으로 퍼지며 날아갔다.

"책봉식을 하는데 모두에게 뻐근하게 보여주고 싶지 않겠어? 환궁과 환앙성의 모든 무사들의 감축과 충성을 한눈에 받으며 행진하고 싶어하실 거라고!"

"그렇기는 해. 환궁의 최대 축제이자 경사스런 날이니까.

어서 서두르자고."

낙일은 계속 툴툴거렸다.

"젠장, 오늘 일은 그렇다고 쳐도 앞으로는 눈이 오지 않았으면 좋겠다."

낙일이 하늘을 바라보았다.

"하지만 정말 징그럽게 퍼붓잖아. 금세 그칠 눈이 아니라구. 차라리 그치고 난 후에 하는 게 어때?"

"모가지가 두 개 붙어 있다면 그래도 되겠지. 안 그래? 제일 꼭대기에 앉아 이 일을 주관하는 분이 누군데 우리 맘대로 쉬고 말고 할 수 있겠나?"

곽호는 생각만 해도 두렵다는 듯, 몸을 부르르 떨었다.

"맞아, 지엄하신 신환뇌 사공승의 엄명 아래 주도되는 일이라구. 우리가 아니라 담대호 대장이라 해도 어겼다간 당장 목부터 날아갈걸?"

모두의 삽질이 빨라졌다.

"어서 퍼 날러. 툭하면 사공승을 받드는 편복대(蝙蝠隊)의 대원들이 내려와 감찰할 텐데 공연히 꼬투리 잡힐라."

"그래, 우린 그저 까라면 까고 끼라면 끼면 되는 거야. 그게 계집이라면 더욱 좋겠지만 말이지."

무사들이 저마다 뱉어내는 불만과 투덜거림, 분주한 제설삽이 움직이며 내는 소리와 농지거리들이 계속 퍼붓는 눈 속에 뒤섞여 관도에 떨어지고 있었다.

애써 눈을 치운 관도는 어느새 다시 하얀색으로 변색되어

갔다.

아무리 노력을 해도 한 번 흐르기 시작한 천기의 흐름은 누구도 바꿀 수 없는 법이었다.

*　　　*　　　*

신환뇌 사공승은 누구보다 천기의 흐름을 잘 아는 자였다. 그리고 궁주의 마음을 누구보다 잘 읽었다.

신환전(神幻殿).

궁주의 대전인 환천천을 둘러싸고 있는 스무 개의 대전 중 가장 은밀한 곳에 위치한 신환전은 인간이 설계하고 자재를 동원해 건축한 여타 대전들과는 달리 깊은 동굴 속에 있었다.

동굴 입구로 들어서면 흡사 박쥐인간 같은 편복대의 무사들이 거꾸로 매달려 삼엄한 감시의 눈길로 출입자들을 면밀히 통찰했으며, 허락없이 출입했다간 누구를 막론하고 그들이 출수하는 특수한 무공, 복조탈명(蝠爪奪命)에 맞아 한순간 살이 타고 뼈가 녹아 한 줌 핏덩이로 변하고 만다.

"열흘 후면 소문성이 출감합니다."

열 장 크기의 장방형 구조를 지닌 하나의 석실에서 목소리 하나가 잔잔하지만 또렷하고 음산하게 울려 퍼지고 있었다.

신환전 내부의 동굴 속에서도 가장 은밀한 곳에 위치한 환밀동(幻密洞)이었다.

커다란 화로에서 따뜻한 열기가 뿜어 나오고 있는 곳에 사

공승은 사목교의(四木橋椅)에 앉아 있고, 그의 앞에는 눈설처
럼 하얀 피풍을 두른 사내가 부복하고 있었다.

부복하고 있는 사내는 편복대 소속의 백리복(白利蝠) 음가
표(陰加剽)라는 사내로 빠른 신법을 소유한데다, 무공 또한 고
강해서 편복대 내에서는 십편복(十蝙蝠) 안에 드는 고수였다.

"소문성은 가끔 가마를 터뜨려 벌목장을 불바다로 만드는
것 외에는 다른 말썽을 부리고 있지 않습니다. 해가 바뀌면서
그것마저 이젠 뜸해졌지요."

"소궁주는?"

"여전히 왕래가 잦습니다. 물론 소문성이 모르게 벌목장을
찾습니다만."

"다른 자들은?"

"환경당에 연미림이라는 계집아이가 있습니다. 가끔 벌목
장 근처로 찾아와 선망의 눈길로 바라보더군요. 조사해 본 바
에 의하면 연미림이란 계집아이는 소문성이 처음 환경당에 입
당할 때부터 관심을 보였다더군요."

"……"

"소문성도 연미림이란 아이에게 전혀 관심이 없는 건 아니
라고 했습니다. 수감되기 전에 그 계집아이에게 많은 도움을
받아서 그렇다고 하더군요."

"그새 환경당에 정보책을 심어두었나?"

음가표가 음산하게 웃었다. 누구도 해내지 못하는 일을 언
제나 자신만큼은 할 수 있다는 자부심이 담긴 미소였다.

“어디를 가나 올라갈 수 있는 길이 있다면 무엇이든 밟고 오르려 하는 자들이 있지요. 그건 아이들이라고 해서 예외가 아닌 법입니다.”

사공승은 음가표와는 달리 냉정함을 유지하고 있어서 화로 불빛에 물든 얼굴이 유난히 딱딱해 보였다.

“아무튼 좋아, 어쨌든 소궁주의 제위식이 있기 전에 소문성이 움직여 주기만 하면 되는 거니까. 다만, 소문성은 어디로 튈지 모르는 놈이라 우리 뜻대로 움직이지 않을 수도 있다는 것이지.”

사공승이 가늘어지는 눈빛으로 음가표를 직시했다.

“연미림이라고 했느냐?”

사공승이 눈빛이 더 가늘어졌다.

“일이 꼬이게 되면 문제를 해결할 수 있는 비장의 무기가 되어줄 수도 있겠군. 특별 관리 대상으로 삼고 주위 깊게 관찰해라.”

“령.”

눈은 여전히 소리없이 내리고 있었다.

사공승의 움직임 또한 소리없이 은밀하게 진행되어 나갈 것이다.

그 은밀함은 워낙 비밀스러워서 사공승의 령을 직접 받아 움직이고 있는 음가표 자신조차 실체를 정확하게 모르고 있었다. 단지 소궁주의 제위식이 있기 전에 소문성이 움직여 줘야 한다는 사실만은 알 수 있었지만 그 움직임이 무엇을 말하는

지, 왜 움직여야 하는지는 전혀 몰랐다. 그렇다고 사공승에게 질문할 수도 없는 노릇이었다.

음가표는 사공승에게 포권을 한 후, 순식간에 환밀동에서 모습을 감췄다.

한 걸음에 다섯 장을 날아간다는 백편신보(百蝙身步)의 묘용답게 매우 표홀한 몸놀림이었다.

사공승은 혼자 남은 석실에 앉아 가는 눈 속의 동공을 냉정하게 빛내고 있었다.

이 모든 일이 끝났을 때, 궁주는 다시 한 번 나의 두되를 칭찬하며 찬사를 보낼 것이다.

완벽한 계획.

그에 따라 그 누구도 관여할 수 없게 만든 그만의 각본.

사공승의 첫 번째 계획이자 각본은 강호상에 천년마교의 기운이 흐르게 만드는 것이었다. 하여 환허동의 늙은이들이 환궁에 집중하고 있는 신경을 강호상으로 돌리게 만드는 것이다.

환허동의 개, 산청이 강호의 유람을 접고 환허동으로 들어갔다는 첩보를 입수했으니 어느 정도는 효과가 있을 거라고 단언했고, 단언했던 만큼 수확도 있었다.

이제 두 번째 계획만 실행하면 되는 것이다.

그 모두가 깜짝 놀라 뒤집어질 각본.

*　　　*　　　*

소문성이 출감했다. 따라서 벌목정의 가마는 안정을 찾았지만 환경당은 비상이 걸렸다.

열네 살밖에 안 되었을 때도 감당이 되지 않았는데 열다섯 살의 완연한 소년으로 성장하여 돌아왔으니 모두가 긴장하는 건 당연한 일.

하지만 다행인지 불행인지 소문성의 출감에도 불구하고 그의 모습은 환경당 내부에서 찾아볼 수 없었다. 대신 소문성은 환경당에서 이십 장 정도 떨어진 높은 둔덕에 항상 홀로 앉아 있었다.

그곳은 그가 엽용환체를 연마하던 숲 안이었는데, 닦달하던 사부들도 이젠 그를 포기한 듯해서 혼자 있는 소문성은 더욱 고독해 보였다.

소문성은 식사도 혼자 해결했으며 잠도 혼자 잤다.

광보와 모용수, 연미림은 뛸 듯이 기뻐하며 소문성에게 달려갔지만 소문성은 그들이 오는 날이면 그저 씩 웃기만 하더니 더 깊은 숲 속으로 사라졌다.

한 번 숲 속으로 사라지면 족히 며칠은 되어야 그 자리에 다시 모습을 보이곤 했기 때문에 광보와 모용수, 연미림 중 어느 누구도 소문성에게 다가가지는 않았다.

무언무견무회, 불문율은 여전히 존재했다.

그래도 누구 하나 불만을 표하지도, 그 불문율을 깨뜨리려 하지도 않았다. 그들은 같은 생각을 하고 있었다.

'이렇게 볼 수 있는 것만으로 어딘데…….'

소문성이 광보와 모용수, 연미림까지 피한 건 연구에 연구를 거듭하는 시간을 빼앗기기 싫어서였다.

출감하기 무섭게 시작한 연구는 엽용환체를 보완하여 안전하게 청운산을 빠져나갈 수 있는 방법을 찾는 거였다.

"요체는 마흔아홉 가지에 달하는 초식을 속성으로 읊어 엽용환체의 변화를 빠른 시간 안에 일으키고, 엽용환체에 신법을 심어 쾌속함을 접목시키는 것에 있다. 어떡하면 문제를 해결할 수 있을까?"

궁리하면 할수록 미궁에 빠졌다.

한 번은 연무장에서 무예를 가르치는 무술사부의 뒤통수를 향해 돌을 던져 맞추고 성난 사부가 전력을 다해 자신을 뒤쫓게 하여 신법을 연구한 적도 있었다.

그럼에도 소문성은 아무런 소득을 얻을 수가 없었다.

오로지 맷집만 늘어갈 뿐이었다.

"환궁의 검식은 도합 다섯 단계로 나눈다."

연무장에는 아이들이 검술을 배우고 있었다.

사부는 검술만 전문적으로 가르치는 매종감(昧宗嵌)이었다.

"지금 너희들이 연성하고 있는 검식은 가장 기초이자 근간이 되는 환상삼십육검(幻想三十六劍)이다. 다들 알고 있겠지만 환상삼십육검을 성취하면 한 단계 더 높은 칠성검식(七星劍式)을 연성하게 되고, 마지막으로 대천검식(大天劍式)을 성취하게 될 것이다."

남궁룡이 매종감을 바라보았다.

"매 사부님, 방금 환궁의 검식은 다섯 단계라고 말씀하시지 않으셨나요?"

"그랬지."

"그런데도 사부께서는 지금 세 단계의 검식만 말씀해 주셨습니다."

"물론 두 단계가 더 남아 있긴 하다. 하지만 그것을 성취할 수 있는 사람은 너희들 중 한 명밖에 없을 것이다."

서원호가 갸웃거렸다.

"그건 왜 그렇죠?"

"환궁은 환경당에서 가장 우수한 성적으로 모든 연성을 끝낸 단 한 사람에게만 네 번째 단계의 검식을 전수해 주기 때문이다. 사내일 경우엔 태영검법(太影劍法), 여자일 경우엔 월영검법(月影劍法)이다."

남궁룡의 시선에 투지가 걸려 있었다.

"다섯 번째는요?"

"그건 말해봤자야. 최후의 일인일지라도 불가능하다. 환궁의 진신내력인 환청강기(幻靑剛氣)를 받아야만 연성할 수 있기 때문이다."

매종감이 남궁룡을 바라보았다. 턱도 없을 거란 비웃음이 그의 입꼬리에 걸려 있었다.

"모르지, 남궁룡. 네가 환궁의 궁주가 된다면 가능할지도."

반면, 남궁룡의 눈에서는 강한 빛이 흐르고 있었다.

그에겐 언제나 그들 모두에게 앞서 있다는 자부심과 투철한 도전 정신이 있었기에 불가능도 가능으로 바꾸고야 말겠다는 투지 이상의 집념이 항상 있었다.

"제일초식, 회두망월(回頭望月)!"

매종감이 다시 엄중한 눈빛으로 변해 초식의 구결을 외치자 모두들은 일제히 검을 머리 위에서 빠르게 한 바퀴 돌린 후 날카롭게 그어갔다.

이미 숙달된 초식이라 그어지는 검끝에서는 예기가 새파랗게 뿜어 나왔다.

二

소문성은 환경당의 아이들 모두가 저 아래로 보이는 이십 장 높이의 둔덕 위에 서서 그들이 뿜어내며 어지럽게 엉키는 새파란 예광을 바라보고 있었다.

소문성의 눈에는 의문이 담겨 있었다. 조금 전 아이들에게 말했던 검술 사부 매종감이 했던 말이 머릿속에 각인되었기 때문이다.

"환청강기라고?"

"그래, 환청강기."

갑자기 꾀꼬리 같은 목소리가 들려왔다.

소문성이 힐끗 돌아보았다.

황연이 다가오고 있었다.

소문성의 눈빛이 잠시 흔들렸다.

일 년 전이던가…….

바로 이곳에서 보았던 신비스런 눈빛의 여자 아이.

세월의 흐름은 황연의 몸에도 내려앉아 있어서 아이의 태를 벗고 소녀 같은 용모와 몸매를 하고 있었다.

속눈썹은 더욱 자라 그 안에 숨어 있는 눈빛이 더욱 신비하게 빛을 뿜어냈다.

"환궁은 다섯 단계의 검식 말고도 상승의 권장무예가 있어. 유성권(流星拳), 환인장(幻印掌), 천룡수(天龍手), 관음지(觀音指)가 이에 속하고 특히나 환궁이 자랑하는 환술이 거기에 속하지."

"그런 걸 다 환청강기를 익혀야 성취할 수 있다는 거야?"

"아니야. 다만 환청강기를 익힌 사람이 유성권과 환인장, 천룡수, 관음지를 연성하게 되면 빠른 성취를 볼 수 있는데다 그 공능도 곱절 이상은 위력을 발휘하게 돼."

황연은 검술을 연마하고 있는 아이들 쪽에 시선을 맞췄다. 아이들은 처음 검을 잡고 환상삼십육검을 전개할 때와는 사뭇 다른 모습을 보이고 있었다.

출검과 발검이 질서정연한데다 유연했으며, 힘을 쥐야 할 때와 뺄 때를 정확하게 아는 것 같아 이미 어느 정도의 수준에 오른 검수들로 변모해 있었다.

하나같이 매우 빠른 진척이었다.

그들이 뿜어내는 예광 때문에 눈이 부셔왔다.

황연이 말을 계속 이었다.

"그러나 환술만큼은 환청강기를 성취하지 못하면 그 공능을 제대로 발휘할 수가 없어. 태영검식도 그렇지."

소문성은 멈칫했다. 그제야 왜 자신이 연성한 엽용환체가 더 이상의 진척을 보이지 않는지 알 수 있을 것만 같았다.

환궁만의 특별한 내공, 환청강기. 그것을 얻어야만 역용환체가 완성이 될 것이다.

소문성은 급히 황연에게 물었다.

"그럼, 환청강기는 어떻게 성취할 수 있지?"

황연이 신비하게 미소 지었다.

"너도 들었잖아, 소문성. 궁주가 되면 가능할 거라고."

환청강기는 실제로 환궁의 궁주 자격이 있는 내인(內人)들에만 비전되는 환궁의 독보적인 내력이었다. 따라서 자격이 있는 자에 한하여 어렸을 때부터 신단으로 몸을 다스린 다음 체계적으로 비전내력을 전수받았으며, 현재까지 환청진기를 성취한 사람은 황연 자신과 환궁의 궁주 황백석, 그리고 청운산 뒤편 태고산 환허동에 칩거하고 있는 열두 장로에 불과했다.

"흥! 좋은 것은 자기들끼리만 나눠 가지는군."

소문성이 씰룩거렸다.

"그럴 거라면 무엇 때문에 외인에 불과한 아이들을 환경당에 데려다가 혹독한 훈련을 시키지?"

"그렇지가 않아."

황연의 목소리는 침착했다.

"환전강기를 전수받으려면 네 살 전에 체내에 있는 임맥(任脈)과 독맥(督脈)을 타동시켜야 하는데, 너희들은 아무리 빨라도 여덟 살이 되어서나 환궁에 들어올 수 있잖아. 게다가 모든 문파는 자신들만이 전수받은 특별한 비전진기들이 있어. 너도 내가 알 수 없는 너만의 독특한 진기를 전수받았을걸?"

황연의 말은 내용적으로나 논리적으로도 틀림이 없는 사실임이 분명했다.

소문성은 어렴풋이 기억을 떠올렸다. 기억의 저편 끝에는 부친, 소룡산(素龍山)이 있었다.

세 살 때던가.

부친이 소문성에게 뭔가를 주겠다며 소문성의 등에 장심을 대고 힘을 썼었다.

그때마다 전신이 따끔거려 몇 번이나 부친의 곁을 벗어나려 했지만 부친은 소문성을 놓아주지 않았다. 그리고 행위가 끝났을 때 부친은 견디어준 소문성이 장하다는 듯 땀에-젖은 얼굴로 환하게 웃으며 안아주었다.

소문성은 갑자기 부친이 그리워졌다.

무엇이든지 너끈하게 받아줄 것 같았던 부친의 너른 가슴.

그리고 리장의 고향 마을.

소문성은 부친과 마을이 떠오르자 산을 내려가고픈 마음이 한층 고조되었다. 눈빛이 아련해졌다.

“그런데 넌 무공엔 관심이 없니?”

황연이 소문성을 바라보았다.

“모두 다 한결같이 열심들인데, 왜 또 너만 빠져나와 있는 거야?”

“치잇! 환청강기도 받을 수 없을 텐데 저따위 헛지랄은 배워서 뭐해.”

“아니야, 소문성. 환청강기가 아니더라도 환궁의 검술과 권장무예는 강호제일이라 할 수 있어. 유성권이나 칠성검식 얘기만 입에 담아도 무림인들이 꼬리를 말고 도망갈걸?”

소문성은 관심이 없다는 듯 뒤로 벌렁 누워 파랗게 익어가는 하늘을 바라보았다.

“그렇게 겁나는 무공이니 너나 실컷 배워라. 쳇! 그저 휘두르기만 하면 검법이고 무공인 것을. 다들 개에게나 가져다주라고 해!”

황연의 웃었다. 햇빛만큼이나 눈부신 미소였다.

“그럼 개들이 강호를 지배하는 시절이 되고 말걸? 그 정도로 환궁의 무공은 대단해.”

소문성은 황연의 말을 듣는지 마는지 그저 벌렁 누워 푸른 하늘만 바라보고 있었다.

황연은 그런 소문성에게서 묘한 감정이 싹트고 있었다.

매나 완력으로는 절대로 다스려지지 않은 소문성.

늘 혼자 있으면서도 다수에게 각인되어 있고, 항상 반대쪽으로만 달리는 아이.

고집을 겸비한 데다 빈틈없는 눈을 가지고 있는 소년.

그 눈에 푸른 하늘을 풀어 담고 누워 또다시 자신만의 세계로 달려가고 있는 아이.

황연이 소문성에게서 느끼는 감정은 일종의 연민이었다.

하지만 지금의 감정은 그것보다는 강렬했다.

황연이 배시시 웃었다.

"혹시 또 모르지, 소문성. 네가 나와 혼인을 하면 환청강기를 얻을 수 있을지도."

소문성이 코웃음을 쳤다.

"어이쿠, 황공해라! 환궁을 쥐락펴락하는 소궁주께서 하찮은 나와 쌓을 정분이 뭐가 있다고!"

"그럴 거야. 아무래도 어렵겠지?"

황연이 저 멀리 보이는 청운산 정상의 환궁을 바라보았다.

"난 저 위에 살아야 하는데 넌 자꾸만 산 아래로 내려가려고 하는 사람이니."

황연의 눈빛이 쓸쓸해 보이는 것 같아 소문성이 힐끔 황연을 바라보았다.

쓸쓸함은 확실히 황연에게는 어울리지 않는 것이었다.

천하제일이라 해도 과언이 아닌 환궁의 둘째 자리에 어린 열다섯 살의 나이로 뻐근하게 앉아 있는 몸.

마음만 먹으면 무엇이든 황금으로 도배할 수 있는 막강한 금력이 있으며, 일만 명에 당하는 환궁의 정예들은 그 소녀의 그림자만 봐도 허리가 부러지도록 꺾으며 충성을 보였다. 어디 그뿐인가.

몇십 명에 달하는 상승 무공을 터득한 사부들이 그 소녀에게 과외선생처럼 달라붙어 고절한 무예를 개인 교습시킨다. 게다가 환청강기까지 전수받았을 테니 무엇 하나 남부러울 게 없다.

'그런데 저 표정이란 건 뭘까. 평생을 떠나 내세까지도 부귀와 영화가 보존되어 있을 텐데 왜 저런 쓸쓸한 표정을 짓지?

"사실은 나도 너처럼 가끔 청운산 아래를 내려가 보고 싶어."

황연의 음성이 쓸쓸했다.

"모든 사람들은 나를 너무 보호하려 들지. 이곳까지 내려오는 것조차 모두의 안력을 속이고 움직여야 해. 궁주에게 떼를 써보기도 했지만 다른 건 다 들어주면서도 유독 그 한 가지만은 허락하지 않아. 내 나이 이십 세가 되면 그때 강호 유람을 한 번은 할 수 있을 거란 말을 들었을 뿐이야."

소문성이 시선을 푸른 하늘로 향했다.

"그래도 넌 나갈 수 있는 방법이 있군."

황연은 소문성이 눈에 풀어 담고 있는 푸른 하늘을 바라보았다.

"그건 너에게도 마찬가지야. 환경당은 십오 년의 모든 수련 과정이 끝나면 모두를 강호로 내보내어 각자의 세가를 방문할 기회를 주고 강호의 경험을 쌓게 하니까."

"그러니까 결국은 내가 나가려면 환경당에 들어와 살아온 날들보다 살아야 할 세월이 더 남았다는 얘기로군. 자그마치 칠 년이나 살아왔는데. 킬킬… 차라리 나보고 죽으라고 하는 것이 더 쉽겠다.”

황연이 소문성에게 시선을 주었다.

“그러지 말고 천천히 생각해 봐. 언젠가는 나갈 수 있을 텐데 일부러 고생할 필요는 없잖아.”

“……”

“너, 생각나? 내게 빚진 게 있다는 거.”

“……”

“환경당의 곽일 사부가 내려치는 회초리에서 난 널 구한 적이 있어.”

소문성이 픽 웃었다.

“물론 그랬지. 벌목장에서의 매질도 네가 아니었으면 빠져나오지 못했을 거야.”

황연이 잠시 주춤했다.

감쪽같이 숨어서 소문성을 지켜보았건만 자신의 모습을 발견하기라도 했단 말인가.

그렇다면 소문성에 대해서 모르고 있는 한 가지를 자신이 더 깨우치게 된 것이다.

소문성은 늘 주위를 사려 깊게 살핀다는 것.

천부적이며 본능적인 오감(五感)으로 남이 일으킨 변화를 쉽게 알아차린 사실.

소문성이 다시 입을 열었다.

"벌목장 뒤편, 숲 속에 소궁주가 숨어서 날 보고 있다는 걸 알아차렸는데, 얼마 후에 간수장이 다가와 내게 벌목 작업을 중단시키고 그 후로는 매질도 하지 않더군. 난 소궁주의 나타남과 간수장의 행동이 전혀 연관이 없다고 생각하지 않아. 결국 그때의 빚도 모자라 한 가지 빚을 더 지게 된 꼴이 되고 말았지만."

"그래, 정확해. 두 번씩이나 내 신세를 지게 되었지. 그러니까 이젠 네가 내 부탁을 들어줘야 해."

"……."

"넌 재능이 있잖아, 소문성. 그 재능을 환경당에 들어가 맘껏 키워. 그리고 가끔씩 내가 환궁에서 내려왔을 때 말동무가 되어줘. 해줄 수 있겠지?"

소문성의 표정이 무표정해졌다.

입에서는 거친 말이 쏟아져 나왔다.

"지랄! 웃기고 자빠졌네! 네가 뭔데 내게 이래라저래라 하는 거야?"

황연은 생전 처음 들어보는 험한 말에 얼굴이 빨갛게 달아올랐다.

"물론 네가 두 번씩이나 날 구해준 건 고마운 일이다, 소궁주. 하지만 그 정도를 가지고 내 인생에 네가 끼어들 순 없어. 네가 아니더라도 난 얼마든지 그따위 매질들은 견디어낼 수 있었으니까."

소문성이 단단한 눈빛으로 황연을 쏘아보았다.

"알았으면 그만 사라져 줘. 공연히 기분까지 잡치고 싶지 않으니까."

황연의 당황한 눈빛이 다시 슬픔에 잠겼다.

이상하게도 자신의 감정을 언제부턴가 소문성이 쥐락펴락했다.

마음만 먹으면 함부로 지껄이는 입 안의 혀를 도려낼 수도 있고, 심지어는 숨통까지 끊을 수 있는 권한이 황연에게는 얼마든지 있었지만, 소문성을 대할 때면 왠지 그 아이에게 이끌려 가는 느낌이었다.

소문성은 아예 귀찮다는 듯이 눈을 딱 감고 등을 돌린 채 누워버렸다.

황연은 말없이 그런 소문성을 주시했다.

연무장에서는 검술을 익히는 아이들이 큰 소리로 초식을 읊으며 검을 획획 긋고 있었다.

그들이 일으킨 예광이 날카롭게 환경당 전체를 잠식해 가는 것만 같았다.

황연은 모든 이들에게서 고립되어 있는 소문성처럼 자신도 소문성에게 고립되어 있을 거란 생각이 들었다. 그런 소문성에게 일말의 기대를 걸었던 자신이 후회되었다.

고집불통인 소년.

잘난 것도 없으면서 큰소리를 치고, 소궁주란 자신의 신분이 어떤 건지 뻔히 알 텐데도 거리낌없이 자기 할 말을 다하는 소년.

그런 소년에겐 목숨 따위가 두려울 리가 없다.

어떤 협박도 회유도 통하지 않을 것이다.

그제야 왜 엄격한 환경당의 사부들조차 소문성에게 두 손 두 발을 다 들고 방관하는지 알 것 같았다.

황연이 몸을 돌렸다.

괜히 홀로 제 가슴에 생채기를 해낸 것만 같아 속이 쓰려왔다. 그때 갑자기 소문성의 음성이 황연에게 들려왔다.

"잠깐, 근데 말이야."

소문성이 감고 있던 눈을 떴다. 그리고 몸을 일으킨 채 우뚝 서서 황연을 바라보고 있었다.

"만일 내가 너의 말동무가 되어준다면 소궁주는 내게 무엇을 줄 수 있지?"

잠깐 사이에 십 장 이상의 거리를 벌리며 멀어진 황연이 소문성을 돌아보았다.

"뭐라고?"

소문성은 뚫어지도록 황연을 바라보고 있었다.

황연은 돌연한 제의에 언뜻 적당한 말이 떠오르지 않는 데다, 자신을 바라보는 소문성의 눈빛이 너무 강렬하고 진지해서 잠시 주춤거렸다.

소문성은 여전히 뚫어지게 황연을 바라보고 있었다.

"귀 먹었니? 무엇을 해줄 수 있냐고!"

황연은 쌜쭉, 미간을 좁혔다.

"거래라도 하자는 거야? 그렇게 할 정도로 네가 대단해?"

소문성이 시선을 돌렸다.

"싫으면 말고. 나도 내켜서 말동무가 되어주겠다는 건 아니니까."

황연은 마음이 복잡했다.

소문성은 그렇다 치더라도 자신은 누구와 타협을 해본 적이 있던가.

모두들 손가락 하나만 움직여도 되던 일들이었다.

지체 높은 문무백관들도 눈 한 번 찡긋에 알아서 설설 기어주었다. 그런데 그 밑에, 그것도 한참 밑에서 기어 다니기나 하는 소년이 자신에게 타협을 하자고 하다니.

피식.

문득 황연이 미소를 지었다.

당돌한 소년, 소문성.

하지만 그 눈에는 항상 자신을 끌어당기는 어떤 강렬함이 있었다. 때문에 자신이 먼저 소문성에게 눈높이를 맞추자고 제안하지 않았던가.

황연의 미소가 좀 더 짙어졌다.

"네가 원하는 게 뭔데?"

소문성이 다시 황연을 바라보았다. 조금 전보다 더 진지하고 강렬한 눈빛이었다.

"신법."

"신법?"

"그래, 신법. 그걸 네게 배우고 싶어."

“…….”

“그걸 내게 가르쳐 줘. 그럼 언제고 너의 말동무가 되어줄 테니까.”

“난 또 뭐라고… 가르쳐 주는 건 어렵지가 않아. 하지만 현재의 네 몸 상태로는 수십 번 초식과 구결을 읊어도 안 될걸?”

“왜 그렇게 생각하지?”

황연이 연무장에서 열심히 검을 휘저으며 연성에 심취해 있는 아이들을 바라보았다.

“저 아이들을 봐. 하나같이 새벽이면 눈 뜨고 일어나 다리에 모래주머니를 묶고 청운산 정상을 향해 가장 빠른 걸음으로 달려가. 왜 그렇게 하겠어? 그건 기초체력을 단단히 하겠다는 다짐과 동시에 빠른 신법, 아니, 경공술을 배우기 위한 과정을 밟는 거야.”

소문성은 뭔가 깨달은 바가 있어 눈이 저절로 눈을 크게 떴다.

황연은 계속 말을 이었다.

“소림사에도 소화운수(燒火運水)라 하여 무술 수련 기간의 처음 삼 년 동안은 땔나무를 구하고, 물을 긷는 일부터 시작한다잖아. 사용하는 물통과 낫의 무게만 해도 수십 근이 넘지. 물을 긷고 나무를 하기 위해 산을 오르내리는 동안 자연스럽게 균형 감각이 생기고, 지구력과 근력이 갖춰지는 거야. 그렇게 될 때만이 신법을 배울 수가 있어.”

소문성의 표정이 굳어졌다.

황연은 미소로 소문성을 보았다.

"이제 알겠어?"

"……."

"뭔가 깨달은 표정인걸? 그럼 우리 거래는 성사된 것으로 생각해도 되겠군."

소문성이 굳은 얼굴로 입을 열었다.

"체력이 만들어지면 신법의 초식과 구결을 알려줄 거지?"

"물론이지."

황연이 몸을 돌렸다. 이번엔 활짝 웃고 있었다.

"대신 너도 언제고 내 말동무가 되어줘야 해."

쉬이이이.

몸을 돌린 황연이 순식간에 청운산 정상 쪽으로 사라져 가고 있었다.

황연은 그간의 세월 동안 몸만 성숙해진 것이 아니라 신법까지 성숙해진 것이다.

소문성은 우뚝 서서 황연히 사라진 숲을 정면으로 바라보고 있었다.

'고작 열다섯 살에 불과한 소녀의 몸놀림이 저 정도라면 나도 가능성이 있다. 비록 환청강기는 얻을 수 없어서 완벽할 수는 없겠지만, 신법을 익히게 되면 엽용환체를 일으키는 데 많은 시간 절약을 할 수 있게 될 거야.'

줄곧 고독했던 소문성의 눈가에 새로운 의지가 불처럼 활활 타오르고 있었다.

"좋은 거래로군."

三

다음날부터 소문성은 새벽에 눈을 떴다가 감을 때까지 줄창 청운산 정상을 향해 오르내렸다.

장단지에는 아이들의 것보다 서너 배는 더 크고 무거워 보이는 모래주머니를 달았고, 환경당 아래에서 남몰래 들고 온 물통까지 매고 올랐다.

물통에는 항상 물이 가득 담겨 찰랑거렸는데, 내려올 때쯤이면 물통이 텅텅 비어 있었다.

균형을 잡기가 어려운데다가 다리 힘까지 빠져 몽땅 쏟아 붓기가 일쑤였고, 심하게 굴러 깊은 상처까지 입었다. 게다가 급작스럽게 산을 탔기 때문에 날마다 새로운 알집이 생겨 근육통으로 시달려야 했다.

아이들은 그런 소문성과 새벽이면 맞닥뜨려졌다. 그럴 때면 물지게까지 메고 달리는 소문성의 태도에 매우 의아해했다.

"훅훅훅훅."

소문성은 턱밑까지 터져 오는 가쁜 호흡을 몰아쉬며 늘 위태하게 비틀거렸다.

광보는 그런 소문성을 수심에 찬 얼굴로 바라보았고, 모용수와 연미림은 반가우면서도 안타까워했다.

"녀석이 마침내 주제파악을 한 모양이군. 열심히 훈련하는

우리들 모습을 보니 대신해서 똥지게라도 지어야겠다는 생각
을 했나 보지?"

서원호은 여전히 소문성을 업신여기고 있었다.

"킬킬… 소문성, 네놈과 아주 잘 어울리는걸? 네놈이 선택
한 것 중 최고의 선택이야!"

소문성은 서원호 따위의 말장난엔 신경도 쓰지 않았다.

광보와 연미림, 모용수에게도 눈길 한 번 주지 않고 악물고
달릴 뿐이었다.

드디어 효과가 나타나기 시작했다.

처음에는 하루에 한 번 오르내리기도 버거웠던 산행이 보름
쯤 지나자 두 번이 가능해졌다.

다리와 몸에 새로운 근육이 잡혀갈수록 몸은 야위어갔고,
피부에는 상처가 늘어갔지만 소문성의 외로운 산행은 단 하루
라도 중단되는 일이 없었다.

급기야는 하루에 한 시진 정도만 잠을 자고 모든 시간을 산
행에 다 바쳤다.

가끔씩 내려오는 황연의 말동무가 되어줘야 했기 때문에 아
까운 시간을 소진할 때도 있었지만, 대신 신법의 초식과 구결
을 얻을 수 있어서 황연과 둘이 있는 시간은 소문성에게도 무
엇보다 소중한 시간이 되었다.

한 달이 지나자 마침내 황연에게 배운 신법이 발끝에 실리
는 걸 느낄 수 있었다. 몸이 가벼워졌다. 하루에 다섯 번을 오
르내릴 수 있는 속도가 붙었고 체력도 강해졌다.

그럼에도 소문성은 조금도 연성을 거르는 법이 없었다. 눈
뜨고 일어나면 오로지 산을 향해 뛰는 것이 모든 일과의 전부
였다.

탈출에 대한 집념은 언제나 그 아이의 인생을 주도하는 엄
격한 주인이 되어 있던 것이다.

       *   *   *

제위식이 이십 일 앞으로 성큼 다가왔다.

곧 궁주로 제위를 할 황연은 어느 때보다도 빡빡한 일정에
바쁜 나날들을 보냈다.

환궁 전체를 다스리는 만인지상으로서 지녀야 할 예법과 덕
목, 위상을 익혔으며 경호도 예전의 두 배로 늘어나 그녀를 철
통같이 지켰다.

하지만 황연은 언제든 경호를 물리고 남몰래 소문성을 찾았
으며 그와의 애틋하고 오붓한 시간을 누렸다.

소문성 또한 신법이 눈부시게 발전하고 있었다.

제비처럼 날아 몇 바퀴 몸을 돌린 후 지상에 가볍게 착지하
는 연자번신(燕子飜身)을 전개할 수 있게 되었고, 이어타정(鯉
魚打艇)의 보법을 전개하면 이 장 높이까지 제자리에서 위로
뛰어오를 수 있게 되었다.

소문성이 그토록 빠른 진척을 보일 수 있었던 건, 엽용환체
를 연마하다 체력저하로 정신을 잃고 쓰러졌을 때 태상장로

환허 진인이 나타나 그의 입에 신단을 먹여 새 생명을 불어넣어 주었고, 환천강기로 그의 단전을 다스리며 주입시켜 줬기 때문이다. 그러나 소문성은 그 사실을 전혀 모르고 있었다. 오히려 진척이 늦다고 불만스러워했으며, 자신이 익히는 신법에 대해서도 만족하지 못했다.

"확연하게 빨라졌지만 몸이 너무 가벼워. 발끝에 힘을 집중할 수 없다."

소문성은 신법을 익히다가 휴식을 취할 때면 온수곡(溫水谷)이란 계곡을 찾았다.

온수곡은 말 그대로 따뜻한 온천수가 흘러나와 흐르는 계곡이었다.

오월 하순이라고 해도 청운산의 날씨는 아직 쌀쌀하고 밤낮의 기온차도 컸기에 온수의 열기는 그가 쉬는 동안 땀을 마르지 않도록 보호해 주는 역할을 했고, 몸을 씻기에도 적당해서 쉬기에는 안성맞춤이었다.

특히 계곡 위편에 자리한 쌍두암(雙頭巖)은 몇 사람이 누워도 충분할 만큼 너른 데다 숲으로 잘 가려 있었다. 한쪽에는 천연 동굴까지 있어서 밤잠을 청할 수 있었으며, 지천에 바위들이 널려 있어서 신법을 공부하기엔 매우 적합했다.

소문성은 쌍두암에 엉덩이를 걸치고 앉아 방금 자신이 연자번신으로 전개해 날아온 저쪽의 바위를 바라보고 있었다.

"힘을 발끝에 조그만 더 집중할 수만 있다면 더 멀리 날아갈 수도 있을 텐데… 어째서 날로 가벼워진다는 느낌이 드는 걸까?"

소문성의 머리 위에서 낯익은 목소리가 들려왔다. 꾀꼬리 같은 목소리였다.

"네가 익힌 신법은 월영신보(月影身步)라는 것으로 여자들의 신체 구조에 알맞게 만들어진 신법이야."

황연이 언제 나타났는지 소문성 머리 위 높은 나뭇가지를 밟고 서 있었다.

그녀는 한순간에 나뭇가지에서 몸을 날렸는데, 소문성 근처에 착지할 때는 새털과 같아서 소리조차 나지 않았다.

"엄밀히 말해 사내인 너의 체질과는 맞지가 않지. 좀 가볍다는 생각이 들지 않니?"

"맞아."

"그럴 거야. 하지만 나도 더 이상은 어쩔 수 없구나. 가볍다는 건 본질의 문제이기 때문이거든."

소문성이 주춤거렸다.

"전혀 개선의 여지가 없다는 건가?"

"이론상으론 그래. 하지만 모르지."

황연이 웃어주었다.

"넌 불가능조차 가능으로 만드는 힘이 있잖아. 극복해 낼 수 있을걸? 호호, 그러다가 남자에서 여자로 아예 몸까지 변하게 될지 모르겠지만."

황연과 소문성의 사이는 스스럼없는 사이로까지 발전하게 되어서 황연은 가끔씩 소문성에게 농담까지 했다.

소년과 소녀는 관계가 돈독해지면 질수록 두 사람 사이에 벌리고 있던 거리도 그만큼 가까워지고 있었다.

한마디로 발전을 하고 있었는데, 멀리서 보는 자가 있다면 마치 정인 사이처럼 다감해 보일 정도였다.

은신법을 사용해 몸은 숨긴 채 줄곧 두 사람을 살펴보던 음가표의 눈에도 그렇게 보이는 건 당연한 일이었다.

음가표는 한참이나 그 자리에서 소문성과 황연을 바라보다가 황연이 떠날 때쯤 자신도 이동했다.

황연은 환봉전으로 향한 반면, 음가표는 사공승의 환밀동으로 몸을 날렸다.

오늘은 보고해야 할 일이 한 가지 더 있는 것이다.

*　　　*　　　*

환경당의 아이들도 많은 발전을 했다.

남궁룡의 독보적인 질주.

그 아이를 쫓는 왕무근, 광보, 서원호와 모두는 이제 누구도 풋내기라 얕잡아 볼 수 없었다.

발육이 빠른 아이들은 이마에 태양혈이 돋아 자리를 잡았고, 신체 또한 강철같이 단단하게 변해 기초무학을 가르치던 사부들이 실전무예를 가르치는 사부들로 전원 교체되었다.

그들은 이제 자신들이 소망하고 염원하던 세계로 거침없이 달려갔다.

하지만 유독 사공승만은 진척없이 제자리를 감돌고 있었다.

자신이 세운 두 번째 계획의 중심인 소문성이 자신의 뜻대로 움직여 주지 않고 있는 까닭이다.

출감했으면 벌써 탈출했어야 할 놈이 아닌가.

음가표는 다음과 같이 말을 했다.

"소궁주와 소문성은 온수곡 쌍두봉에서 주로 만남을 갖고 있습니다. 그곳에서 소궁주에게 신법을 배우고 있더군요. 빠른 진척을 보이고 있습니다. 벌써 연자번신과 이어타정을 흉내 내고 있으니까요."

사공승은 음가표의 말을 통해 소문성이 움직이고 있지 않은 이유를 가늠할 수 있었다.

분명 소문성은 탈출을 위해 신법을 익히고 있는 중이며, 그 신법을 다 익힐 때까지는 청운산에서 떠나지 않을 거란 사실.

그것은 사공승에겐 큰 위험 요소였다. 소문성이 탈출을 감행하지 않는다면 그의 모든 계획이 수포로 돌아가기 때문이었다.

유월에 접어들었다.

소문성은 아예 쌍두암에 눌러앉으려는 듯 쌍두암 아래에 두었던 자신의 식재료와 침구까지 쌍두암에 있는 동굴로 이동시켰다.

사공승은 초조해졌다. 때문에 애초에 세웠던 두 번째 계획을 바꿔볼까 하는 생각도 해보았다. 그러나 시간이 문제였다.

무엇을 새롭게 꾸미기엔 제위식은 너무 가까이 다가와 있었
다.

 사공승은 생에 처음으로 상대를 잘못 읽었으며, 계획이 엇
갈렸고, 치수를 잘못 잰 빗나간 계산을 하고 말았다. 그에 따른
결과는 분명 엄청난 후유증을 몰고 올 것이다.

 궁주 황백석이 떠오르자 사공승은 두려움이 들었다. 어떡해
든 방법을 찾아야 했다. 그때 연미림이 생각났다.

 비장의 무기, 연미림.

 사공승의 움직임이 빨라졌다.

第六章
가도벌호(仮道伐虢)

탈인 신행

一

삼경(三更)의 야심한 시각.

환앙성의 호법 심광섭은 하루의 긴 책무를 끝내고 그의 숙소로 들어갔다.

그는 빈틈없는 성품과 냉엄함을 지녔기에 숙소로 오는 길에 다시 한 번 담대호의 침실과 주변을 꼼꼼히 살펴 호법으로서의 역할을 다했고, 병참고와 성곽을 지키는 파수 무사들을 일일이 둘러보았는데, 한 치라도 경원시하는 자가 있다면 호통을 쳤고 본분을 다하는 자에겐 격려를 했다.

심광섭은 항상 그가 지닌 책무 이상의 일을 했다.

의욕이 넘쳤으면 책임감은 투철했고 상부의 령에는 철저하게 복종했다. 때문에 환앙상의 모든 이들은 차기 경비대장으로 틀림없이 심광섭이 앉게 될 거라고 단언했다. 그러나 유독 심광섭 자신만은 그 사실을 거부했다.

그것은 자신이 모시는 자를 눈앞에 두고 함부로 바라보아서는 안 될 경망과는 좀 거리가 있던 것이었다.

어린 시절 심광섭은 강호인이라면 누구나 다 그렇듯 환경당을 염원했다. 그런데 뜻을 이루지 못했다.

무엇보다 자질이 안 되었기 때문이다.

판단이 빠르고 합리적인 성격을 지닌 심광섭은 그날로 즉시 환경당을 포기하고 환양성의 경비무사가 되기로 결심했다. 최선을 이룰 수 없으니 차선이라도 선택한 것이다.

환궁 안에서 뻐근한 환궁무사로 살아가는 방법은 도합 두 가지 방법이 있었다. 하나는 환경당을 통해 모든 훈련 과정을 끝내고 살아남으면 자연히 부수적으로 따르는 자격과 나머지 하나는 환양성 생활을 통해 눈 안에 들어 추대받아 들어가는 방법.

사실 환양성과 환궁은 엄청난 지위의 차이가 있었다.

쉽게 말해서 환궁이 계란의 노른자라면 환양성은 흰자에 불과했다.

급여는 물론이고 신분, 명예, 그에 따른 보장에서 비교조차 할 수 없었다.

심광섭은 십팔 세까지 호북검보(湖北劍堡)에서 검을 익혔다.

발군의 기량을 지닌 그는 장차 호북검보를 이끌 후기지수로 각광을 받았고, 그에 따르는 대접도 널널하게 받았다.

하지만 모든 영예를 뿌리치고 환앙성 무과 시험에 응모하여 당당히 등용되었다.

심광섭은 환앙성에 들어온 후, 지난 십 년에 가까운 세월 동안 자신의 목표를 향해 게으름없이 매진했다. 그러나 자신이 최종으로 머무를 수 있는 자리는 호법이었다.

문제는 그가 너무 확실하고 완벽하게 일을 잘하며 능력까지 갖췄다는 것에 있었다.

담대호는 일 잘하는 자신의 수하를 결코 다른 곳으로 보낼 생각이 없었다.

책임감 강하고 일을 잘하며 충실한 종을 남의 집에 파는 주인은 없는 법이 아니던가.

어쩌면 심광섭은 모두의 단언처럼 경비대장의 자리까지 오를 수 있을지도 모를 일이었다. 그러나 그것도 경비대장이 물러날 때나 가능한 일이었다. 게다가 그 자린 만족 또한 되지 않는 자리였다. 때문에 환경당의 아이들을 볼 때면 왠지 모르게 울화가 치밀어 올라왔으며, 위축되기도 하는 자격지심을 느꼈다.

특히 소문성을 볼 때면 그 감정을 통제할 수 없을 정도로 심하게 손상되어서 잔인하다 싶을 정도로 손을 썼던 적도 있다.

심광섭은 하루 온 종일 등에 차고 다녔던 철검을 풀어 검대에 올려놓았다.

피곤이 엄습해 왔고 기분도 울적해졌다. 그럴 때면 심광섭은 항상 스스로 자신에게 타일렀다.

'열심히 최선을 다해 책무를 다하다 보면 누군가 나를 봐주는 사람이 있겠지. 그게 궁주든 이십신환령이든 하물며 환궁의 총관이든… 누구든 좋다. 언젠가는 환궁을 떠받들고 사는 하수인 같은 환앙성의 생활을 접는 날이 있을 거야. 절대로 포기하지 말자.'

심광섭은 각반을 풀었다. 후줄근하게 땀이 묻어 있는 옷도 벗었다.

몸을 씻고 침상에 반듯하게 누우니 안락해져서 울적했던 기분이 녹는 것 같았다.

눈을 감고 잠을 청했다. 그러다 금세 눈을 떴다. 본능적으로 검대에 손을 뻗어 검을 움켜쥐었다.

뭔가 다가오는 물체가 감지되고 있었다.

반쯤 열어두었던 창문으로 전서구가 날아들어 왔다. 전서구는 머리에 붉은 장식을 하고 있었다.

심광섭은 크게 놀랐다. 머리에 붉은 장식이 달린 비둘기를 전서구로 사용하는 건 환궁의 신환뇌 사공승밖에 없기 때문이다.

신광섭은 즉시 전서를 펼쳐 보았다.

전서에 적힌 내용은 네 글자였다.

仮道伐鯱.

　　　＊　　　　　＊　　　　　＊

"가도벌호(仮道伐虢). 그 뜻이 무엇인지 아느냐?"

심광섭은 감히 시선을 들지 못했다.

환궁 궁주의 입이자 실질적인 머리인 신환뇌 사공승에게서 감지되는 위엄은 상상 그 이상이었기에, 눈은커녕 입도 한 번 달싹거릴 수가 없었다.

"너는 제법 영민하다지? 환앙성에선 누구보다 책임감이 강하고 무예도 고강하며, 무엇보다 지엄한 령을 잘 받는다고 알고 있다. 이 모든 사실이 맞느냐?"

심광섭은 여전히 몸이 얼어붙어 있었다.

축시(丑時)에 접어든 밤하늘은 밤이 무르익어 가는 사경(四更)의 시간답게 온통 칠흑의 빛으로 도배되어 있었고, 주변 경물 또한 어둠 그 자체이건만 타고 온 호화로운 교자(轎子)에 앉아 말을 하고 있는 사공승만큼은 태양처럼 빛이 뿜어 나오는 것만 같았다.

두 사람이 있는 장소는 숲 속의 으슥한 관제묘였다.

"환앙성에서 생활한 지 십 년 가까이 되었다고? 너는 환앙성에서 썩기엔 아까운 준재라던데, 그도 맞느냐?"

심광섭은 겨우 입을 열 수 있었다.

"과찬이십니다."

"허허… 마음 씀씀이도 겸양(謙讓)하구나. 하지만 지나친 겸양은 비례(非禮)라 하였으니 그리 자신을 낮출 건 없다."

"황…공하옵니다."

"그런데 아직 내 첫 질문에 답을 주지 않은 것 같구나."

"가도벌호(仮道伐虢)는 위(魏), 진(晉), 남북조(南北朝) 시대 당시 유래된 고사(故事)로 알고 있습니다. 삼십육병계(三十六兵計) 중 혼전계(混戰計)에 속하는 기계(奇計)가 아니옵니까?"

"알고 있다 이거지. 그럼 말이 통하겠구나."

심광섭이 처음으로 부복하고 있던 시선을 들어 사공승을 바라보았다. 눈에는 의혹을 담고 있었다.

"무엇을……?"

"나는 네게 한 가지 일을 시킬 생각이다. 해보겠느냐?"

사공승은 가는 눈을 하고 있었다.

그 눈에는 어떤 절대성이 깃들여 있어서 감히 거부할 수 없는 추상과도 같은 기운이 흘러나왔다. 때문에 심광섭은 권유가 아니라 명령임을 직감적으로 알아차렸다.

"이미 군신지예(君臣之禮)의 도리를 잘 알고 있는 몸. 신하된 자가 어찌 받들어 모시는 분의 지시를 판단할 수 있습니까. 보잘것없으나 령을 주신다면 영광으로 알고 즉각 수행하겠습니다."

"그래, 역시 소문대로 쓸 만한 놈이로구나. 친히 내가 거두어 신환전에서 생활하게 해줘야겠다."

심광섭이 놀라 눈을 크게 뜬 채 떨었다.

사공승의 입을 의심했고, 자신의 귀를 의심했다. 평생 염원했던 일이 갑자기 오늘 밤에 다 이루어지는 것이 아닌가.

환궁이라니… 그것도 신환전이라니…….

사공승이 다시 말을 이었다. 이번에는 목소리에 힘이 들어가 있었다.

"대신 일의 순서는 착오가 없어야 한다. 또한 해야 할 일에 대해선 이틀 안에 전서구를 통해 알리겠다. 물론 그 일은 네 직속상관인 담대호에게도 언질이 갈 것이니 네가 그 일을 하는 동안은 누구의 통제를 받을 필요가 없다. 어떤 경우라도 신념을 가지고 독자적이되 비밀스럽게 수행하라. 너는 이 시각부터 신환전의 식구이니라."

심광섭은 숙소로 돌아와서도 쉽게 잠을 청할 수가 없었다.

꿈인가 하여 몇 번이나 자기 볼과 손등을 꼬집어보았다.

염연한 현실임에 틀림없었다.

문제는 사공승이 자신에게 부여한 임무였다.

지체 높은 그가 사람을 보내지 않고 직접 자신과 독대하며 령을 내렸으니 매우 비밀스럽고 위중한 임무임에는 틀림없어 보였다. 그러자 일에 대한 무게감이 가득 몸을 짓눌러 왔다. 그래도 마음은 기뻤다.

일만 끝내면 졸지에 신분이 몇 단계나 상승해 환궁의 신환전에서 생활하게 되질 않는가.

무엇이든 반드시 해내리라 다짐하고 다짐했다.

산란하게 만들었던 모든 의문과 장애물이 저만치 사라져 가고 있었다.

같은 시각 사공승은 신환전 환밀동 안에 도착해 있었다.

하마터면 수포로 돌아갈 자신의 계획이 다시 완성으로 치달리고 있었기에 입에는 뿌듯한 미소가 떠오르고 있었다.

이제 소문성은 반드시 움직이게 될 것이다.

소문성을 움직이게 하려면 아직 한 가지 남은 일이 있었다. 환경당의 여수사(女秀士) 한 명을 자신의 계획에 개입시키는 일이었다.

하지만 그런 일 정도는 자신이 나서지 않더라도 음가표가 알아서 해줄 것이다.

궁주 황백석의 얼굴이 다시 떠올랐다.

자신이 지금 느끼는 이 희열은 곧 궁주의 희열이 될 것이다.

기분이 최고로 좋아졌다.

*　　　*　　　*

전서구는 이틀 전, 처음 보았을 때처럼 머리에 붉은 장식을 하고 있었으며 삼경의 시간에 맞춰 심광섭의 숙소로 날아들어 왔다.

심광섭은 긴장과 기대가 복합된 마음으로 재빨리 전서를 읽어 내려갔다.

전서를 다 읽었을 때는 매우 놀랐다. 당황스러웠고 믿지 못하겠다는 표정도 지었다.

몇 번이나 다시 읽었다.

임무는 누구를 죽여야 하는 것도, 중요한 물건을 포획해야 하는 것도, 대단한 정보를 갈취해 오는 것이 아니었다.

심광섭은 수치심을 느꼈다. 그러나 자신에게 령을 주던 사공승이 떠오르자 고개를 가로저으며 애써 마음을 추슬렀다.

"너는 이 시각부터 신환전의 식구이니라."

전서는 이미 심광섭의 손에서 활활 타며 재로 변하고 있었다.

그는 각오를 다지고 있었다.

어쨌든 하늘이 도운 이 출세 길을 망칠 수는 없는 노릇 아닌가.

二

날이 밝아왔다.

소문성은 쌍두암에 있었고 환경당의 아이들은 연무장에서 검을 연마했다.

환경당의 연무장은 쌍두암에선 제법 거리가 있는데도 아이들이 검을 뿌릴 때 나는 소리가 매우 날카롭고 크게 들렸다.

하룻밤 사이에도 아이들은 진척을 보이고 있는 게 틀림없어 보였다.

소문성도 신법에 많은 발전이 있었다.

위로 오르는 것은 아직 이 장 정도에 머물러 있었지만 멀리 몸을 날리는 것은 삼 장까지 가능해졌다. 최근에는 경공술도 익혔다.

이런 식으로 연마를 계속한다면 한 달 정도면 어느 정도 자신이 원하는 지경까지 다다를 수 있겠다는 확신이 들었다.

연성한 엽용환체도 분명 예전보다 빠르게 변화를 일으켰다.

마흔아홉 가지의 초식 중 마흔여덟 개를 미리 머릿속에 저장해 두었다가 마지막 초식을 읽으면 그의 몸이 순식간에 낙엽으로 변했다.

모든 것이 완벽해지고 있었다.

원하는 신법의 성취, 경공술, 엽용환체의 묘용. 게다가 스스로 제련법을 터득한 화약까지.

서산에 노을이 지기 시작하자 소문성은 다른 때보다 빠르게 자신이 최근 숙소 대용으로 사용하고 있는 쌍두암의 동굴로 걸어갔다.

화약으로 만든 숯을 지닐 수 있는 요대(腰帶)를 만들 심산에 서였다.

노을이 좀 더 짙어지고 있었다.

*　　　*　　　*

환경당의 연무장에서 검을 논하던 아이들은 모두 땀범벅을 하고 있었다.

요즘은 단순히 초식만을 전개하는 것이 아니라 실전 대련을 하는 탓에 저마다 사력을 다해 검을 그어야 했고, 잠시라도 한눈을 파는 날에는 여지없이 진검에 몸이 베었기 때문에 고도의 집중까지 해야 했다.

실제로 실전 대련에 들어간 첫날부터 네 명의 동료가 진검에 베어 피를 흘렸다.

그중 한 명은 검상을 심하게 입어 치료가 쉽지 않을 거란 얘기가 들렸다. 그러나 이 정도는 큰 문제도 아니었다.

사부들은 모두들에게 진짜 수업은 이제부터라는 말을 밥 먹듯이 했다. 때문에 모든 훈련이 끝나고 환경당을 출당할 때는 남은 이들 중 중 열 명 정도만이 무사히 몸을 보존할 수 있을 거라 했다.

그도 실은 많은 숫자였다.

실 예로 자신들보다 한 기수 빠른 선배들 중 끝까지 살아남아 환경당을 출당한 인원은 고작 세 명밖에 안 되었다. 그보다 앞선 기수들도 마찬가지였다. 대부분이 반병신이 되어 중도 탈락했거나 아까운 목숨을 잃었다.

긴장 때문에 땀은 더욱 몸속으로 흐르며 쌓여갔다.

사부는 모두를 이끌고 환욕당(幻浴堂)으로 갔다.

그곳은 한겨울에도 더운물인 온천수를 받아 몸을 씻을 수 있어 아이들이 가장 좋아하는 곳이었다.

즉시 여탕과 남탕으로 분리되어 모두가 환욕당으로 들어갔
다. 한데, 오로지 연미림만 들어가지 못하고 망설이고 있었다.

　연미림은 열일곱의 나이에 제 나이 또래 애들보다 성숙한 몸
을 하고 있어서 같은 소녀들일지라도 자신의 몸을 보이는 것이
부끄러운 게 이유였다. 때마침 연미림을 발견한 유자영(兪姿
英)이 그녀에게 다가왔다.

　유자영은 환욕당의 여탕을 관리하는 여수사(女水士)로 사십
줄에 접어든 연륜답게 아이들의 마음을 잘 헤아렸으며 너그러
웠다.

　그녀는 연미림이 망설이는 이유가 뭔지 금세 알아차리고 연
미림을 독탕으로 안내해 주었다.

　독탕은 온수곡에 위치한 개방된 노천탕이었지만, 우거진 숲
과 주위를 에워싼 바위들로 인해 외부와는 잘 차단되어진 독
립된 공간이었으므로 연미림은 유수사에게 무척 감사해했다.

　그녀는 유수사가 사라지자 옷을 천천히 풀어 벗기 시작했
다.

　소문성이 만든 화약은 구멍이 많은 버드나무를 여러 개 구
해 분가루보다 미세하게 갈아둔 초석과 유황을 구멍 속에 넣
은 후 도화선을 연결시킨 숯이었다.

　숯은 그 길이에 따라 폭발력을 달리했는데, 백 근(斤)의 위
력을 보이는 두 치(寸)의 길이부터 오백 근의 위력을 자랑하는
여섯 치의 길이로 다양하게 만들어져 있었다.

만든 요대에 숯 열 개가 차례차례로 들어갔다.

요대를 허리에 착용하자 잘 달라붙어서 움직이는 데 수월했고, 뽑는 데도 큰 무리가 따르지 않았다.

소문성으로 자신이 탈출할 탈출로를 머릿속으로 그려보았다.

완벽했다.

옥룡설산과 리장 마을이 눈앞에 펼쳐 있는 것만 같았다. 그러자 해야 할 일을 하나하나씩 꼽으며 세세하게 점검하기 시작했다.

우선은 부친을 대신하여 자신이 마귀토가 되어야 했다.

복수해 줘야 할 놈들도 생각났다.

특히 오른쪽 눈에 입은 검상에다 왼손으로 검을 쓰던 좌수검이 떠오를 때에는 강한 분노가 깊은 마음 속 심연에서 일어났다.

자신을 이렇게 만든 원흉. 부친의 원수이자 리장 마을 사람들의 공적.

숯 하나를 단단히 쥐어 보았다. 그때 갑자기 다급한 비명 소리가 들렸다.

소문성이 흠칫하며 동굴 밖을 내다보았다.

비명 소리는 쌍두암 아래 온수곡에서 들려왔다. 게다가 익숙한 음색의 비명 소리였다.

소문성이 동굴을 박차고 달려나갔다.

연미림은 드러난 알몸의 상체를 양손으로 움츠려 가리고 하체는 온천수에 넣은 채 부들부들 떨고 있었다.

그녀 앞 바위에는 놀랍게도 심광섭이 우뚝 서서 연미림을 직시하고 있었다.

"왜, 왜 이러세요……?"

심광섭의 표정은 음흉해 보이지도, 색에 미친 색귀처럼 보이지도 않았다.

하지만 딱딱하게 굳어 있어서 어떤 경우에도 자신의 뜻을 이루겠다는 의지가 묻어 있었다.

"몰라서 묻나? 이젠 알 만한 나이도 되었을 텐데?"

"네에……?"

연미림은 크게 놀라고 당황해했다.

"이… 이봐요, 심총사님! 다… 당신이 지금 무슨 짓을 하고 있는지는 아나요?"

그녀는 몸을 더 움츠리며 가슴을 감쌌다.

"물론 잘 알고 있지."

심광섭은 여전히 딱딱하게 굳은 얼굴로 말을 이었다.

"그동안 난 계속 널 주목하고 있었다. 과연 벗은 몸을 보니 내 기대를 벗어나지 않는군."

"이, 이러지 마세요! 어서 물러가세요!"

"부끄러워할 것 없다. 너도 남자를 알 나이가 되었잖느냐?"

심광섭이 손을 뻗었다. 내키지 않는 일이었지만 그렇다고 시간을 끌 일도 아니었다.

장심에서 붉은 기운이 일어나더니 폭발하듯 앞으로 장력이
쇄도해 나갔다.

그의 성명장법 중 하나인 맹호탐조였다.

"악!"

맹호탐조가 시전되자 연미림은 외마디 비명을 지르며 즉시
허공으로 떠올라 근처의 바위로 내동이쳐지듯 떨어졌다.

연미림은 고통보다 수치심이 앞섰다.

근처에 그녀가 벗어둔 옷이 있었다. 그녀가 빠르게 옷을 잡
았다. 그러나 심광섭의 발이 더 빨랐다.

심광섭은 연미림의 옷을 힘주어 밟고 버티어 서서 연미림을
굳은 얼굴로 굽어보고 있었다. 순간 연미림이 심광섭을 향해
사력을 다하여 일권을 출수했다.

"비켜……!"

그녀가 펼친 권법은 유성권 중에서도 행권(行拳)의 요결 중
상충권(上衝拳)에 속했다.

초식은 권면(拳面)을 세워 위에서 아래로 찍거나 혹은 아래
에서 위를 노릴 때 가장 위력을 발휘하는 성밀압정(星密壓頂).

심광섭은 자신이 생각하고 있던 것보다 권이 지닌 기세가
패도적이고 막강하여 흠칫거렸다.

만일 조금만 더 지체했으며 턱이 날아갔을 거라고 생각했
다. 그때 연미림이 붕권(崩拳)으로 재차 공격해 왔다.

붕권은 구수(鉤手)와 비슷한 형태로 손목을 구부려 손목 관
절의 둥근 부근인 구정(鉤頂)으로 상대를 타격하는 수법(手法)

인데, 짧은 거리에서 순간적으로 뻗어 치는 쾌속함이 묘용의
요체였다.

이번에도 심광성은 피했지만 스쳐 지난 붕권의 위력으로 코
끝이 찢어지는 고통이 감지되어졌다.

사실 연미림이 전개한 권법은 그리 대단한 게 아니었다.

유성권 중에서도 가장 하초에 해당하는 기본적인 권법이었
다.

하지만 워낙 기초가 탄탄했고 중후한 내력이 실려 있어서
가벼이 대할 수는 없었다.

그녀가 세 번째로 권법을 전개하자 심광섭은 가벼이 대할
상대에서 만만히 볼 수 없는 상대로 정정해야 했다.

연미림의 출수한 횡권(橫拳)은 이미 자신이 피할 수 있는 방
위를 차단하며 압박해 들어왔다.

심광섭은 할 수 없이 손을 쓰기로 했다. 그때 연미림의 횡권
이 충권(衝拳)으로 삽시간에 바뀌며 손을 사용해 만든 자신의
수막을 파훼하며 쑤셔 들어왔다.

쩌엉!

충권을 뻗자 권 주변에 권영이 생성되어 마치 세 개의 주먹
이 동시에 뻗어 오는 것 같았는데, 두 개는 피했지만 나머지 하
나는 거궐혈(巨闕穴)에 정확하게 꽂혔다.

심광섭은 고통을 곱씹으며 두 걸음이나 뒤로 물러났다. 그
러면서 다시 생각을 수정해야 했다.

만만한 상대가 아니라 전력을 다해야 할 상대.

쒸에엑.

심광섭이 즉시 일장을 쏘았다.

맹호탐조보다 상승의 장법인 칠성벽파(七星劈破)였다. 그러자 연환권(連環拳)을 막 전개하던 연미림에게 일곱 개의 패도적인 장력이 동시에 퍼부어졌다.

퍼펑!

연미림은 피를 흘리며 튕겨 나갔다.

운 좋게 다섯 개는 피했는지 가슴 아래, 중정혈(中庭穴)에 선명한 장인 두 개만이 손도장처럼 찍혀 있었다.

"커흑……!"

연미림은 쓰러진 몸을 일으키려고 무던히 애를 썼다.

하지만 숨이 막히고 속이 울렁거리는데다 떨어지면서 어딘가가 잘못되었는지 몸이 말을 듣지 않았다.

그녀의 눈에는 성큼성큼 다가오는 심광섭이 보였다. 이젠 끝장이라고 생각했다.

심광섭은 아주 기분이 더러웠다. 자기가 하는 일에 회의감이 들었고 자그마한 명분을 찾는 것도 쉽지 않았다.

명색이 청운을 품고 강호의 영웅이 되고자 했지만, 분명 지금 하는 짓은 소인배도 하지 않을 짓이었다.

그러나 돌이키기엔 늦었다. 거두기엔 너무 많이 와버렸다. 최대한 빨리 끝내야겠다는 생각만 했다. 바지 끈을 잡고 팍 푸르기 시작했다.

쩌억.

그때 뒤통수로 엄청난 충격이 전달되어졌다.

심광섭의 몸이 크게 요동을 쳤다.

피가 터져 나왔다.

三

소문성은 손에 쥐고 있는 돌로 심광섭의 뒤통수를 사력을 다해 찍었다.

한 번이 아니고 연거푸 세 번을 찍었다.

심광섭은 피를 흘리며 쓰러졌으나 빠르게 원후하수(猿猴下樹) 신법을 전개해 몸을 굴린 후, 중심을 잡고 소문성을 노려보았다.

눈이 샛노랗게 변해갔다. 하지만 얻어맞은 타격으로 아직도 어찔어찔해서 거세게 달려들어 오는 소문성의 모습이 여러 개로 보였다.

심광섭은 혼란스러워서 목표를 제대로 조준할 수가 없었다.

쩌억!

이번엔 심광섭의 안면으로 돌이 박혔다. 코뼈가 무너지며 주저앉았다.

추앙!

본능적으로 검을 뽑았다. 그의 애병인 보원검(報怨劍)이 빠르게 출검하며 빠져나왔다.

전개한 검식은 팔방혼세(八方混勢).

수비와 공격을 동시에 펼치는 절묘한 공수식(攻守式)의 묘용이었다.

과연 그의 뛰어난 팔방혼세는 기대를 저버리지 않았다. 소문성을 몇 걸음 물러나게 하더니 뒤를 이어 수직으로 베어 반으로 갈라지게 하고 있었다.

팔랑.

그런데 소문성은 사라지고 나뭇잎 하나만이 베어 반으로 갈라져 나부끼고 있었다.

심광섭은 자신의 눈을 의심했다.

소문성은 삼 장이나 물러난 곳에 서 있었다.

연미림은 어떻게 몸을 일으켰는지 황급히 옷을 입고 있었다.

심광섭이 재차 검을 그었다.

검봉에서 불똥 같은 빛이 일어나 폭죽처럼 터지며 쏘아져 갔다. 그러더니 여지없이 소문성을 관통했다.

그런데 심광섭의 눈에는 팔랑거리며 날리는 나뭇잎 하나만 소문성이 있어야 할 자리에 보였다.

"또……?"

심광섭은 어이없는 표정을 지었다. 그런 자신의 옆얼굴을 돌이 쑤시고 들어와 통타했다. 이번엔 광대뼈가 무너졌다.

어느새 소문성은 자신의 우측에 우뚝 서서 한 번 찍은 돌을 재차 찍기 위해 거세게 들고 달려들었다.

심광섭은 이를 악물었다. 피가 눈으로 흘러들어 와 앞이 잘 보이지 않았고, 고통은 참을 수 없는 정도로 심했다.

처음엔 어린 놈 하나 손 좀 봐준다 생각했는데, 이젠 살아야 한다는 본능으로 싸워야 했다.

머리끝까지 화가 치밀어 올랐으며 극한의 살심이 돋아 올라왔다.

"죽일 새끼……!"

벼락같이 몸을 일으키며 소문성에게 달려들었다.

콰악.

심광섭의 입 안으로 갑자기 이물질이 가득 쑤시고 들어왔다. 쓰고 깔깔하고 매캐한 맛이 났다.

숯이었다.

치이이익.

연결된 도화선이 타 들어가고 있었다.

심광섭은 기절하듯이 놀랐다. 급히 숯을 뽑으려고 애검까지 내던졌다.

그때 폭발이 일어났다.

심광섭은 몽롱해졌다. 마치 몸이 뜬구름 같다고도 생각했다.

최초 사공승이 자신에게 전서를 통해 보냈던 네 글자의 글귀가 떠올랐다.

가도벌호(仮道伐虢).

사공승이 심광섭에게 가도벌호의 뜻을 아냐고 물었을 때, 그는 위진남북조 시대에 유래가 된 고사하고 말했었다.

그것은 실제로 당시, '진(晉)왕국'의 헌공(獻公)이 '우(虞)나라'와 인접해 있는 '호(鯱)나라'를 치기 위해 보물로 '우나라'의 우공(虞公)을 꾀어 길을 연 다음, '호나라'를 친 것에서 유래되었다.

'호나라'는 결국 '진왕국'에 의해 멸망되었다.

그 후 '우나라'도 '진왕국'에게 침습을 당해 무너지고 말았다.

물론 '우나라'의 신하 궁지기(宮之奇)는 결코 '진'에게 길을 열어주면 안 된다며 거절하길 간청했다. 그러나 우공은 보물이 너무 탐이 났다.

이제와 생각해 보니 사공승이 자신에게 보낸 '가도벌호'의 령은 지금과 같은 사태를 사전에 예견하고 시행한 일인지도 모를 일이었다.

사공승이 제시한 출세는 헌공이 우공에게 준 보물에 대입이 되었고, 연미림은 '호나라'로 가는 길목이었으며, 쳐야 할 '호나라'의 실체는 소문성. 그리고 자신은 지금 우공이 범했던 실수를 치르는 것으로 대입된 공식은 완성되었다.

아마도 만류했던 '우나라'의 신하 궁지기는 자신의 마음이었을 것이다. 망설였던 마음. 그래서 더러워졌던 심상.

심광섭은 얼굴 형체를 거의 알아볼 수 없는 지경이 되어 몸에서 분리된 후, 바위 틈의 숲에 틀어박혔다.

죽어 식어가는 그의 눈에는 의혹이 가득 담겨 있었다.

가도벌호…….

사공승의 계획은 자신을 움직임으로 뜻을 이루었다.

하지만 죽은 것은 정작 자신뿐이고, 연미림과 소문성은 보란 듯이 살아 있다. 둘 다 자신과 같이 죽어야 했는데도 말이다.

그것에 대한 사공승의 대책이 궁금해졌다. 그러나 해답은 저승에 가서나 풀어야 할 일이었다.

심광섭은 이승에 살고 있는 것이 아니라 이미 망자(亡者)의 몸이 되었기 때문이다.

"시, 심 총사가 죽었어……."

연미림은 흉측하게도 목이 달아나 시뻘건 피와 함께 바위에 널브러진 심광섭의 시신을 보며 와들와들 떨었다.

"다… 나 때문이야… 나 때문에……. 이를 어째… 흐흑!"

연미림의 하얗게 질린 얼굴에는 두려움의 눈물이 흘러내렸다.

반면, 소문성은 흔들리지 않는 눈빛으로 그녀 옆에 서 있었다.

"정신차려, 연미림. 넌 여기에 없었어. 그래서 아무것도 보지 못한 거야. 알아듣겠어?"

연미림은 넋이 나가 있었다.

"난……? 난……?"

소문성이 거센 눈길로 연미림을 보았다. 화가 난 듯 보였는데, 실제로 억센 손으로 연미림의 어깨를 잡고 큰 소리로 말하며 흔들었다.

"정신 차리라고 했잖아! 네겐 아무 일도 없던 거라구! 어서 환경당으로 내려가기나 해!"

"누구 맘대로?"

갑자기 뒤통수 쪽에서 차가운 음성이 들려왔다.

소문성이 빠르게 시선을 돌렸다.

숲 속에 하얀 피풍을 걸친 음가표가 서 있었다.

그의 쥐새끼 같은 눈에서 살기가 일어나 번뜩였다.

콰악.

음가표는 어느새 소문성 앞에 다가와 소문성의 멱살을 거세게 움켜쥐었다.

매우 빠른 몸놀림이었기에 소문성은 그의 손길을 피할 수 없었다.

"놈, 이젠 살인까지 해?"

쌔애액.

음가표는 반대 손에 힘을 넣어 멱살 잡힌 소문성에게 날벼락 같은 일장을 전개해 나갔다.

음가표가 자랑하는 복조탈명의 수법이었다.

하지만 날벼락은 손이 아닌 자신의 허리 어림에서 터져 나왔다.

꾸아앙!

소문성은 음가표의 빠른 움직임에 대처할 방법이 없었다.

익힌 신법이라고 해봤자 신법으로 먹고사는 음가표에 비하면 한마디로 새 발의 피였다.

몸 쓰는 걸 보지도 못했는데, 어느새 자신 앞에 다가와 멱살을 쥐어 잡고 있을 지경이었다. 그러나 음가표는 오히려 빠른 신법 때문에 희생양이 되었다.

소문성이 사용하는 숯. 즉, 화약의 사정거리 안에 제 발로 걸어 들어온 꼴이 되었기 때문이다.

소문성은 멱살이 잡히자 얼른 숯을 꺼내 도화선에 불을 붙인 후, 음가표의 허리춤에 꽂았다.

음가표가 감지하고 움찔거릴 땐, 멱살을 잡고 있는 그의 손을 쳐서 풀고, 연미림에 달려들어 잡아채듯 안고 경공술을 사용해 몸을 날렸다.

소문성과 음가표가 있던 현장에는 매캐하게 타는 화약의 잔연과 냄새, 그리고 음가표의 찢어나간 살점들이 피와 함께 덕지덕지 붙어 있었다.

"폭발이다!"

"쌍두암 쪽이다!"

저 아래에서 고함 소리가 들려왔다.

오십여 명의 날랜 무사가 빠른 보법을 사용해 쌍두암으로 올라오고 있었다.

선두에서 달려오는 경비대장 담대호가 눈에 들어왔다.

그는 분노로 눈빛이 이글거리고 있었다.

소문성에겐 선택의 여지가 없었다. 연미림의 손을 잡고 튀어나가기 시작했다.

환경당의 아이들은 두 번의 폭발 소리를 똑똑히 들었다.

최초의 폭발음이 들렸을 때, 대부분은 벌목장의 숯가마가 또 터졌구나 생각하며 몸을 씻고 있었다. 그때 사부들이 달려와 당장 옷을 입고 환경당으로 몸을 피신하라고 했다.

뭔가 심상치 않은 일이 터졌음을 직감했다.

여자 아이들은 여수사 유자영의 인솔을 받았다.

모두가 다시 안전지대인 환경당에 들어와 밖의 벌어진 일에 귀추를 곤두세우고 있었다. 한 사람만 빼면 말이다.

모용수는 벌써부터 연미림을 찾고 있었다. 그러나 그녀의 부재는 계속 감감했다.

쌍두암으로 올라갔던 담대호와 무사들이 다시 아래쪽으로 빠르게 내달려 가고 있었다.

무사 한 명이 고함을 질렀다.

"아래쪽으로 튄다! 살인자 소문성, 이놈! 게 섯거라!"

들리는 말에 광보가 크게 놀랐다.

"계집도 같이 있다! 서라!"

이번엔 모용수의 가슴이 덜컥, 내려앉았다.

연미림의 모습은 아직도 한경당 내에서는 보이지 않고 있었다.

"서… 설마……!"

모용수는 몸을 떨었다.

소문성은 연미림의 손을 잡고 경공술을 전개하며 깊은 숲 속을 달리고 있었다.

머릿속에는 한 가지 의문이 감돌았다.

자신이 기거하는 쌍두암 아래 온수곡에 연미림이 갑자기 나타났다는 점이었다.

연미림은 소문성에게 자초지정을 설명했다.

하지만 심광섭의 존재에 대해선 설명할 수가 없었다.

소문성의 생각은 곧바로 음가표와 담대호를 쫓았다.

분명 도주의 화근은 연미림이었고, 시발점은 심광섭이었다. 그런데 마치 각본이라도 짜진 것처럼 뒤이어 연달아 음가표와 담대호가 나타났다. 우연으로만 치부하기에는 뭔가 연관성과 일관성이 있었다.

갑자기 일이 꼬여간다는 느낌이 들었다.

뎅뎅뎅뎅뎅!

환앙성 전역으로는 비상을 알리는 종소리가 울려 퍼지고 있었다.

소문성은 또다시 생각해 빠졌다.

본래 자신은 한 달 후에 환앙성을 빠져나가기로 계획을 세웠었다.

계획은 완벽했으며 탈출의 경로나 방법은 빈틈이 전혀 없어서 어떤 피해도 환앙성에 입히지 않고 빠져나갈 수가 있었다. 그런데 사람을 둘이나 죽였다.

하나는 환앙성의 호법이고, 또 다른 이는 환궁에 배속된 인물이다. 게다가 살인자로 전락하여 도주하는 몸이니 경우에 따라선 누군가를 죽여야 할 일이 더 생길지도 모른다.

여기까지 생각이 미치자 과연 자신이 사람을 죽여 이득을 보는 자가 누구일까 하는 생각을 해보았다.

도무지 감이 잡히지 않았다. 그러다 덜컥, 하며 심장이 떨어지는 것처럼 놀랐다.

소문성의 놀란 얼굴에는 가장 먼저 음가표가 떠올랐다.

환궁에 배속된 무사가 느닷없이 나타났다는 건 사전에 자신을 숨어서 관찰하고 있었음이 자명한 사실이다. 그러나 자신은 환궁 같은 지체 높은 곳에서 주목받을 만한 사람이 아니었다.

그렇다면 황연밖에 없었다.

음가표는 필시 자신이 아니라 황연을 감시하기 위해 주변에 머물러 있던 것이다. 그건 결국 황연과 자신의 사이를 환궁에서 알고 있다는 얘기가 아닌가.

머릿속엔 이제 일주일 앞으로 다가온 황연의 궁주 제위식이 떠오르고 있었다.

눈앞이 깜깜해졌다. 모든 노림을 알아차린 것이다.

살인자와 놀아난 소궁주 황연. 그녀의 제위식에 커다란 장애물이 될 것이다.

"놈이 저기 있다!"

잠시 발걸음이 무뎌진 틈을 타 담대호와 그 일행이 거리를 좁히며 맹렬한 기세로 달려왔다.

소문성은 퍼뜩 정신을 차리고 주위를 둘러보았다.

다섯 장 앞에 가파른 언덕길이 보였다. 언덕길 아래는 깊은 숲이었다. 즉시 연미림을 끌고 달렸다. 이어 몸을 날렸다. 그러자 가파른 언덕 아래 깊은 숲으로 소문성과 연미림이 감쪽같이 사라졌다.

담대호는 언덕 위에 서서 아래를 굽어보고 있었다.

"놈이 환앙성 성곽쪽으로 내달리는군."

담대호는 분노로 눈빛이 이글거리고 있었다.

"하지만 이번엔 어림없다. 예전에는 네놈을 죽이지 않고 잡아야 했지만 이번엔 죽여도 되기 때문이다."

담대호가 쥐고 있는 참마도를 힘주어 잡았다.

"어서 놈을 쫓아라!"

노기 띤 눈빛이 이글이글 타 들어갔다.

"산 채로 잡아오면 황금 열 냥이지만 목을 베어오면 황금 백 냥을 내어주마."

오십여 명의 무장한 무사가 일제히 가파른 둔덕 아래로 일제히 몸을 날렸다.

날은 저물어 가고 있었다.

새 날이 밝기 전에 소문성의 목은 떨어질 것이다.

第七章

삼수지계(三秀之計)

탈인신행

一

　"첫 번째 계획은 강호에 중심을 맞추는 거였습니다. 천년마교를 움직여 이목을 좀 집중시켜 놀 필요가 있었으니까요."

　신환뇌 사공승이 말을 했다.

　"강호상에 있는 옛 친우(親友)들의 조력을 받았지요. 덜도 더도 아니게, 그저 냄새만 조금 풍기라 했습니다. 과연 예상처럼 환허동의 늙은이들이 민감하게 반응하더군요. 즉시 도염(刀炎) 산청이 정탐을 목적으로 기웃거리며 강호상에 나타났으니까요."

　환천전에는 예의 그렇듯이 웅장한 태사의에 궁주 황백석이 앉아 뒤에 신환검 장익성을 세워두고 사공승이 하는 말을 듣고 있었다.

사공승은 황백석 앞에 서서 담담히 말을 이었다.

"이 일을 통해 한 가지 얻은 수확은 산청과 연결되어 있는 그의 정보망입니다. 사실 환허동이 강호상에 뿌려놓은 지부들은 비밀스러워서 어디인지, 누구인지 자세히 알 수가 없었으니까요. 다시 말해 표면적으로는 산청이 강호를 조사하는 것처럼 보였지만, 실제로는 산청과 환허동이 차고 있는 뒷주머니를 제가 조사한 겁니다."

궁주 황백석은 무표정한 표정을 짓고 있었다. 표정으로 봐서는 분노를 하고 있는 건지 기분이 좋은 건지 판단을 하기가 애매모호했다.

"두 번째는?"

"물론 소궁주의 궁주 제위식을 와해시키는 거였습니다."

"누가 네게 그런 짓을 하라고 했느냐?"

"황감합니다, 궁주. 그저 신하 된 도리를 다해야 한다는 생각이 들자 본능적으로 제 머리가 그쪽으로 움직였습니다."

"……."

"마침 소문성이라는 좋은 발판이 있었습니다. 태상장로 환허 진인이 환경당에 손수 데려다 놓은 아이 말입니다."

"……."

"놈은 환허 진인의 눈에 들었을 만큼 기재임에는 틀림없었습니다. 탁월한 천재성을 발휘하여 탈출을 감행하며 환앙성 전체를 농락했습니다. 그도 모자라 남몰래 엽용환체를 연성하여 환술을 훔쳤고, 벌목장에 수감되었을 때는 화약 제련법을 터득했습니다."

"……."

"신은 사실, 경비 대장 담대호가 그 어린 놈에게 오 년의 형을 줘야 한다고 고할 때, 궁주께서 일 년을 제시하는 것을 보고 제가 행한 판단이 옳다고 확신했습니다. 놈의 출감은 묘하게도 소궁주의 제위식이 얼마 남지 않은 기간에 맞춰져 있었으니까요."

"……."

"한데, 모든 계획은 수레바퀴가 맞물려 돌아가는 것처럼 철저하게 세워졌음에도 한 가지 큰 문제에 봉착했습니다. 출감한 소문성이 제 예상과는 달리 탈출을 감행하지 않더군요. 결론적으로는 그래서 더 큰 기쁨이 생겨났지만, 당시에는 저도 난생처음 큰 고민을 했습니다."

황백석은 무표정한 표정을 풀지 않고 있었다.

"그래서 심광섭을 움직였군."

"역시 궁주께서는 신의 머릿속을 꿰뚫어 보고 계시는군요."

"……."

"놈이 기거한다는 쌍두암으로 심광섭을 보냈습니다. 그런 다음 환경당의 여수사인 유자영을 움직여 연미림이란 아이를 쌍두암 아래 온수곡으로 가게 했지요. 물론 백리복 음가표을 사전에 그곳에 대기시켜 놓았습니다. 때를 맞춰 경비 대장 담대호를 보내는 것도 잊지 않았습니다."

사공승이 황백석을 바라보았다.

"이제 신이 할 일은 다하였습니다. 궁주께선 결단만 하시면 될 일입니다."

황백석은 미간을 약간 좁혀서 고민하는 사람처럼 보였다.

손바닥으로 태사의 팔걸이를 두드릴 때는 뭔가를 생각하는 모습이 되었다.

잠시 침묵이 흘렀다. 그러더니 팔걸이를 두드리던 그의 손이 멈췄다.

"삼수지계(三秀之計)라… 세 가지 뛰어난 계획. 그 첫 번째는 강호상에 존재하는 산청과 환허동의 비밀 정보망을 알아내는 것. 두 번째는 소문성을 살인자로 만들어 황연을 모함하는 것. 그렇다면 마지막 세 번째 계획은 무엇이냐?"

사공승은 연실 담담한 표정을 짓고 있었다.

"태고산 환허동에 있는 태상 진인과 나머지 장로들에게 맞춰져 있습니다. 흠집을 좀 내는 거죠."

황백석이 또렷해진 동공으로 사공승을 바라보았다.

사공승이 엷은 미소를 지었다.

"그러기 위에선 신환검 장익성의 조력이 좀 필요합니다. 그가 잠시 궁주의 곁을 떠나 있어도 되겠습니까?"

황백석은 본래의 무표정한 동공으로 돌아와 있었다.

그의 그림자 장익성은 투철한 눈빛으로 우뚝 서서 사태를 관망하기만 했다.

황백석이 손이 다시 태사의 팔걸이를 두드리기 시작했다.

하늘에 떠오른 달빛이 농밀하게 익어가고 있었다.

　　　*　　　　*　　　　*

　시각은 이경(二更).

　가장 빠른 발걸음으로 내달린 소문성은 연미림을 곁에 두고 숲에 숨어 사태를 살피고 있었다.

　방금 전 인근지역을 수색하던 일련의 환앙성 무사들이 몸을 숨긴 두 사람을 발견하지 못하고 빠르게 물러나고 있었다.

　그들의 모습이 숲 속에서 완전히 사라지자 연미림이 긴장과 초조로 범벅된 얼굴로 입을 열었다.

　그녀는 겁을 집어먹었는지 음색이 떨리고 있었다.

　“어… 어떻게 해, 이젠……?”

　소문성은 표정이 굳어 있었다.

　그의 표정이 굳어진 본질은 황연에게 있었다.

　그녀가 앞으로 입을 피해를 생각하니 가슴이 답답해졌다.

　하지만 무엇 하나 되돌릴 수는 없었다. 일은 벌어졌고, 지금은 오로지 각자 가야 할 길을 가야만 할 때이다.

　그것이 그나마 피해를 최소한으로 줄이는 것이라 생각했다. 그러나 연미림은 자신과 황연, 그리고 이 모든 일을 꾸민 자와 아무런 연관성이 없었다. 돌려보내야만 했다.

　“지금이라도 늦지 않았다, 연미림. 넌 어서 환경당으로 돌아가. 사부들에게 모든 사실을 있는 그대로 밝히면 용서받을 수 있을 거다. 따지고 보면 넌 나와 같이 있었다는 거밖에 없잖아."

"사, 사부들이 그걸 믿어줄까? 왜 같이 도망쳤냐고 추궁하면 어떡하지?"

"심광섭의 얘기를 해. 그놈이 목욕을 하고 있는데 갑자기 나타나 덮쳤다고. 그래서 내가 그놈을 죽였다고. 그런데 갑자기 경비총대장이 무사들을 몰고 달려왔고, 당황한 내가 강제로 널 끌고 갔다고 해."

"주, 죽은 사람은 심총사 한 사람이 아니잖아. 환궁 배속의 무사 한 명도 죽었어."

연미림은 하얗게 질린 얼굴로 부들부들 떨었다.

"넌 죽게 될 거야, 소문성. 그걸 알면서 내가 어떻게 사부에게 말할 수 있겠어."

연미림이 도리질했다.

"난… 못해. 절대 못해."

소문성이 연미림을 바라보았다.

"안 돼. 해야만 돼. 내 말 들어."

"시, 싫어. 설령 사부가 이해해 준다고 해도 오늘의 이 일은 평생 나를 따라다닐 거야."

"이 바보야, 어떻게 환경당을 들어왔는지 한 번 생각해 봐. 너 하나에 걸고 있는 가문의 기대는 생각하지 않을 거야?"

연미림은 고개를 계속, 그리고 강하게 가로저었다. 자신의 가문을 생각하니 더 비참해져서였다.

자식의 정인을 염치없게도 데리고 떠난 부친. 그에 따른 고통으로 스스로 목숨을 끊은 오빠, 연대보.

결코 돌아가고 싶지 않았다. 그렇다고 환경당으로 돌아가 아무 일도 없다는 듯이 생활하는 것도 문제였다.

연미림은 소문성에게 무슨 말을 하려 했다. 순간 소문성이 연미림의 머리를 누르며 납작하게 엎드려서 말을 할 수 없었다.

몸을 엄폐한 두 사람 저쪽에서 숲을 헤집으며 횃불을 든 일련의 무사들이 또다시 나타났다.

"개꼬리 같은 새끼! 대체 어디로 튄 거야?"

"여긴 이미 수색한 곳이잖아. 아래 쪽 잔도 주변을 뒤져 보는 게 좋겠다."

횃불 때문에 들고 있는 칼들이 더욱 번쩍거리며 살벌하게 빛을 뿜어냈다.

"어서 움직이자. 멀리 가진 못했을 거다."

다시 무사들이 숲 속에서 사라졌다.

소문성이 납작하게 엎드렸던 몸을 일으키며 장내를 살피기 시작했다.

"너도 저 무사들을 봤지? 저들의 칼은 너라도 사정을 두지 않을 거다. 나와 있었다는 것만으로도 넌 충분히 죽을 수 있어. 그러니까 어서 돌아가. 기회는 지금뿐이야."

"너, 너는 어떡하고?"

"나는 여길 뜨면 돼. 어차피 탈출하려고 마음먹고 있었으니까."

연미림의 시선이 크게 흔들렸다.

"타, 탈출?"

"그래. 한 달 후로 계획을 세워두었지만 이젠 달리 방법이 없다. 지금 떠나야겠어."

"그, 그럼 나도 데려가."

연미림이 급하게 말을 했다.

"뭐?"

소문성이 놀라는 표정을 지었다.

"환경당에 남으면 난 아이들의 놀림감밖에 안 될 거야. 사부들도 나를 예전과 같은 시선으로 보지 않겠지. 그럼 난 중도에 낙마할 수밖에 없어. 그러느니 차라리 너를 따라 환경당을 떠나겠어."

"무슨 소리야! 너는 지난 세월 동안의 고생이 억울하지도 않아?"

소문성은 어이가 없어 큰 소리로 말했다. 즉시 목소리가 숲 속으로 퍼져 나갔다. 그러자 멀리 물러나던 무사들이 일제히 돌아보았다.

그제야 소문성이 흠칫했다. 즉시 입을 닫았지만 이미 늦었다.

"뒤쪽, 숲 속이다! 그쪽에서 놈의 음성이 들렸다!"

달려오는 선두의 무사는 화살 끝에 불이 붙어 있는 화궁(火弓)을 겨누고 있었다.

"죽일 놈, 이미 발각되었는데도 숨어 있겠다고?"

잡고 있던 팽팽한 화궁의 시위를 놓았다.

"좋아, 불바다 속에서도 그 잘난 재주를 부릴 수 있는지 보자!"

화살이 소문성이 숨어 있는 숲 근처에 떨어졌다. 즉시 불이 일어났다.

또다시 화궁들이 날아들어 왔다.

불이 곳곳에서 삽시간에 전역으로 번져 갔다. 대낮같이 밝아졌으며 뜨거운 열기가 금방이라도 살을 태울 것만 같았다.

소문성은 더 이상 지체할 수가 없었다.

"제길, 환경당으로 돌아가든지 말든지 그건 네 맘대로 해. 난 더 이상 네게 관여할 생각도 시간도 없어."

소문성이 몸을 벌떡 일으켰다.

무사들이 그런 소문성을 보며 움찔거렸다.

소문성은 엽용환체를 일으키려 했다. 그들의 수가 많든 엄청난 무공을 지녔든, 그들이 볼 수 있는 건 하나의 팔랑거리는 나뭇잎밖에는 없을 것이다.

"가, 같이가, 소문성!"

소문성이 마지막 초식을 읊으려는 순간, 연미림이 옷자락을 잡으며 매달렸다.

낭패였다.

"놈이 저기 있다!"

"계집도 같이 있다!"

“몽땅 죽여라!”

무사들은 다섯 장 거리로 좁히며 노도와 같은 기세로 달려들고 있었다.

팟!

소문성이 차고 있던 숯을 빼 들었다. 삼백 근이나 나가는 화약이었다.

쿠아아아왕!

강력한 폭발이 숲에서 일어나고 있었다.

二

“미꾸라지 같은 놈. 또 튀었군.”

“게다가 화약이라니……?”

불과 매캐한 화약 냄새가 번지는 숲 속엔 무사들 다섯 명이 시신이 되어 나뒹굴고 있었다. 세 명은 큰 부상을 입어 부축을 받아야만 몸을 지탱할 수 있었다.

폭발 소리를 듣고 급히 달려온 백여 명의 무사가 진저리를 내거나 분노로 으르렁거렸다.

“우, 우라질……. 이러다 날 새는 거 아닌지 모르겠군.”

“어서 불이나 꺼! 숲을 홀랑 다 태워먹을라! 씨앙, 우리까지 통구이가 될 판이라구!”

두이는 저 위로 불이 진화되는 숲을 보고 있었다.

옆에 서 있는 마삼이 누군가가 숨어 있을 만한 의심스러운 바위 틈 사이를 창으로 쿡쿡 쑤셔보며 구시렁거렸다.

"정말 미치고 팔짝 뛸 일이야. 이젠 좀 조용해서 살 만하다 했더만……."

곽호가 횃불을 들고 마삼을 거들고 있었다.

"게다가 궁주 제위식이 코앞에 다가와 있는데, 이 지랄에 염병을 떨다니……!"

"어쨌든 아직 성을 빠져나가지 못한 건 틀림없어. 독 안에 든 쥐새끼 꼴이다."

두이가 퉁퉁 부은 얼굴로 으르렁거렸다.

"니기미! 눈에 띄기만 해봐라! 내 손으로 직접 육시(戮屍)를 내버릴 테니……!"

어제부터 근무를 선 두이는 하루의 달콤한 휴식이 보장되어 있었기 때문에, 저녁 무렵에 근무 교대를 할 때까지만 해도 마누라의 궁둥이를 떠올리며 오붓한 시간을 보낼 생각을 했다. 그런데 전 병력 동원이라는 비상 근무령이 떨어졌다.

"쉬이발, 대체 이게 몇 번째야? 놈은 꼭 내가 근무가 없는 날이거나 그렇지 않으면 비 오는 날만 골라 개수작을 부리니……!"

으르렁거리는 두이의 음성이 소문성의 귀에 들려왔다.

한 장 정도 위쪽에서 땅을 뚫고 들려오는 소리여서 작았지만, 가득 오감을 끌어올려 집중하고 있었기 때문에 땅속을 기어가고 있는 상황에서도 또렷이 들려왔다.

하수구처럼 뚫린 지하의 좁고 긴 통로.

추위를 피해 겨울을 피해왔던 그만의 공간이었다.

소문성이 이곳을 처음 발견한 건 여섯 번째 탈출을 감행했던 열두 살 때였다. 본래 환앙궁과 그 밖의 세계는 둔중한 담이 다섯 개나 가로막고 있어서 신법이나 경공술이 없는 어린 소문성이 모두의 담을 넘는 건 불가능했다. 때문에 이전에 시도한 다섯 번의 탈출은 첫 번째 성곽을 넘지도 못하고 잡히고 말았었다.

하루하루 실의의 나날을 보내던 소문성에게 어느 날 눈이 확 떠지는 일이 생겼다.

그날도 평소처럼 이십 장 아래로 환경당이 보이는 둔덕에 서 있다가 사부에게 발각되어 줄행랑을 쳤다.

와직.

숲 속으로 막 진입하며 몸을 숨기려 했는데 갑자기 지반이 꺼지면서 아래로 폭삭 주저앉듯 떨어지고 말았다.

흙을 온몸에 몽땅 뒤집어썼다. 자신을 쫓던 사부는 꺼진 지반을 발견하지 못하고 스쳐 지나갔다. 쾌재를 불렀다.

그날 이후로 그곳은 누구도 모르는 소문성만의 은신처가 되었다.

소문성은 날마다 자신이 빠졌던 곳으로 들어와 내부를 살폈다. 일 장 깊이에다 사방이 돌로 꽉 막힌 좁은 웅덩이에 불과했지만, 충분히 다리를 뻗고 누울 수가 있어서 안락하다는 생각을 했다. 그런데 방해꾼이 나타났다.

쥐였다.

쥐들은 막힌 돌 사이의 미세한 틈으로 빠져나와 소문성이 먹다 버린 밤이나 대추 껍질들을 탐닉했다. 또한 쥐들이 들랑거리는 틈새에서는 외부의 공기가 유입되고 있었다.

소문성은 번뜩 정신이 들어 쥐들이 빠져나왔던 부근의 돌들을 치우기 시작했다. 손등이 찢기고 손톱이 빠지는 고통이 수반되었지만, 파면 팔수록 점점 커지는 동굴의 넓이와 통로 형태의 모양 탓에 마음은 흥분되고 기쁘기만 했다.

종내는 자신 하나쯤은 비집고 들어갈 구멍이 만들어졌고, 그 구멍 안으로 들어가자 어딘가로 이어진 긴 지하통로가 나타났다.

쾌쾌한 냄새가 나고 쥐들과 바퀴 같은 것들이 우글거리는 불결한 곳이었으나, 소문성에겐 신이 내린 축복이자 희망의 땅으로 조명되어졌다.

소문성은 그 통로가 네 번째 성곽 안까지 이어져 있음을 알게 되었다.

그 이상은 나아갈 수 없었다. 어찌해 볼 수 없는 단단한 화강암 바위로 막혀 있었기 때문이다.

하지만 여기까지만 해도 어디인가.

틈이 나는 대로 남몰래 네 번째 성곽 안으로 들어와 마지막 성곽 근처까지 다가가 보았고, 담에 접근할 수 있는 날이면 담에 달라붙어 잘 기어오를 수 있도록 홈을 파고 돌출부를 만들었다. 그리고 너끈히 담을 넘었다.

이 모든 것은 환앙성을 빠져나가 성 앞, 마을의 저잣거리까지 진입을 했던 여섯 번째의 탈출이자 그의 나이 열두 살 때의 일이었다.

소문성의 코앞에서는 연미림의 엉덩이가 씰룩거리며 움직이고 있었다.

연미림은 이해할 수 없었고 놀랐으며 한편으로는 기뻤다. 이런 통로가 있다는 게 이해할 수 없는 일이고, 이런 통로를 소문성이 알고 있다는 사실에 놀랐으며, 소문성과 같이 있다는 현실에 기뻐했다.

예전보다 현저하게 몸이 커진 연미림이었기에 좁은 통로에 몸이 끼어 한 발 한 발 기어가는 것은 힘든 일이 되었다.

앞은 칠흑처럼 어둡고, 무릎은 아파왔으며, 가끔은 쥐들이 자신의 어깨를 타고 넘어가는 바람에 소름이 돋았고, 몸 속 곳곳을 스멀스멀 기어다니는 바퀴벌레의 촉감 때문에 오싹 몸을 움츠리기도 했다.

'이런 통로를 소문성은 제집마냥 들락거렸다니…….'
그의 의지와 집념에 연미림은 새삼 감탄했다.
머리 위에서 뛰는 무사들의 발자국 소리가 들렸다.
우수수수…….
그러자 흙먼지가 흘러내려 연미림은 꼼짝없이 눈을 감고 멈췄다. 그 바람에 소문성은 연미림의 엉덩이에 코를 박았다.
"왜 멈춰?"
소문성이 인상을 썼지만 목소리는 최대한 작게 하여 주위에 신경을 썼다.

연미림은 돌아보려 했지만 협소한 공간 탓에 뜻대로 잘되지 않았다.

공간의 협소함은 소문성에게도 마찬가지여서 엉덩이에 박힌 얼굴을 뒤로 빼는 것이 쉽지 않았다.

"이렇게 계속 있을 거야? 난 지금 네 엉덩이에 코를 박고 있다고."

연미림이 다시 기어가기 시작했다.

기는 일에 능숙한 소문성에 비해 연미림은 많이 어설펐다. 그래서 소문성이 앞장서지 않고 연미림을 대신 앞에 세웠다. 나름대로의 배려였다.

연미림의 더딘 움직임 때문에 소문성은 여러 차례나 더 그녀의 엉덩이에 코를 박아야 했다. 그럴 때마다 연미림은 당황했지만 소문성은 더 이상 추궁하지 않았다.

혹독한 상황에서 살과 살이 맞닿으며 부딪기고 있는 두 사람.

가야 할 길은 아직 멀고 탈출을 성공한다는 보장은 그 어디에도 없었다.

한 가지 확실한 것이 있다면 동지애였다.

시련과 고통은 이제 막 싹을 튼 두 사람의 동지애를 더욱 견고하게 다듬어줄 것이다.

한 시진이 흘렀을 때, 연미림과 소문성은 네 번째 성곽 밑을 통과해 울창한 숲 속에 모습을 드러냈다.

숲 밖으로 보이는 전경은 한밤중인데도 대낮처럼 밝았다.

화로와 횃불이 곳곳에서 타고 있었으며, 대충 눈으로 헤아려 보기에도 이천 명은 되어 보이는 중무장한 무사들이 삼엄하게 지키거나 순찰을 하고 있었다.

특히 비밀 통로의 입구가 있는 담대호의 대청 건물에 무사들이 집중되어 있었는데, 아예 겹겹이 에워싸고 있어서 삼백 명도 넘어 보였다.

그밖에 병참고와 성문, 그리고 성곽에도 많은 수의 병사들이 진을 치고 있었다.

방앗간도 보였는데 그곳에는 오십여 명 정도의 무사들이 있었다. 방앗간 근처에는 작은 계곡과 숲이 있었고, 계곡을 따라 위로 올라가면 창고 건물 몇 개가 더 보였다. 그쪽은 한산했다.

"지금부터 내가 하는 말 똑바로 들어."

소문성이 방앗간에 시선을 고정시켰다. 삼십 장 정도의 거리로 보였다.

"저기 방앗간 보이지? 네가 달려가야 할 곳이야."

연미림은 불안한 시선을 했다.

"넌?"

"난 계곡 저쪽의 창고 건물 쪽으로 뛸 거야. 그럼 무사들이 날 발견하겠지. 그들이 날 쫓기 시작하면 넌 그 틈에 방앗간으로 뛰어가. 있는 힘을 다해야 할 거야."

"나 혼자?"

연미림이 놀라며 소문성을 보았다.

소문성의 표정은 결연하고 비장했다.

"날 따라오고 싶으면 질문 따윈 하지 마. 그냥 시키는 대로 해. 알겠니?"

소문성이 벌떡 몸을 일으켰다.

그러자 십오 장 정도 떨어진 곳에서 대열을 맞춰 순찰하던 이십 명의 무사가 멈칫 소문성 쪽을 보았다.

"네가 방앗간에 도착하지 못하면 할 수 없어. 성공 유무와 상관없이 난 계획대로 움직일 거니까."

연미림은 주춤거렸다. 그때 무사들이 소리를 쳤다.

"놈이다! 소문성이 저기 있다!"

"죽일 놈! 어떻게 여기까지 나타났지?"

"지금 그게 문제야! 어서 잡앗!"

무사들이 검을 들고 곧바로 소문성에게 달려왔다.

소문성도 뛰기 시작했다. 목표는 창고 건물이었다.

"놈이 창고 쪽으로 뛴다!"

"개자식, 넌 이제 죽은 목숨이다!"

애초에 이십 명이 쫓기 시작한 것이 금세 무사들 대다수가 쫓는 모습이 되었다.

담대호의 대청을 지키던 무사들 중 백여 명이 달리며 소문성을 쫓았다.

방앗간 쪽의 무사들도 소문성을 쫓기 위해 일제히 튀어나갔다.

연미림은 저만치 무사들을 뒤에 달고 달리는 소문성을 멍하니 바라보다가 모두들 소문성을 쫓느라 무사들이 사라진 방앗간을 향해 달리기 시작했다.

그녀는 죽을힘을 다해 달렸다.

죽을힘을 다해 달리는 건 소문성도 마찬가지였다. 최대한 발에 힘을 넣고 경공술을 전개해 달리자 마치 창고 건물이 자신을 향해 성큼성큼 다가오는 것만 같았다.

뒤에는 수백 명의 무사들이 금방이라도 소문성의 뒷덜미를 잡을 듯 다가와 있었다.

그들이 지르는 고함 소리가 귀를 쩡쩡 울려왔다. 그 속에는 담대호의 성난 목소리가 가장 크게 들리며 압도하고 있었다.

담대호는 세 번째 성곽 안에서 소문성을 쫓다가 네 번째 성곽 안에 소문성이 나타났다는 소식을 듣고 벼락같이 담을 넘어 달려왔다.

"죽여라!"

담대호가 성난 눈을 이글거리며 외쳤다.

그를 쫓던 무사들이 일제히 활을 겨눴다.

쿠앙.

소문성은 창고 문을 어깨로 세차게 박으며 안으로 달려들어갔다.

막 시위를 당기려던 무사들이 멈칫했다. 이내 으르렁거리며 웃었다.

"한심한 놈이군. 사냥감이 오히려 덫으로 달려들어 가다니."

일제히 겨눈 활이 창고를 향해 날아갔다.

금세 창고는 박힌 활들도 인해 고슴도치처럼 되었다.

창과 검을 든 무사들이 곧바로 창고 문을 부수며 안으로 달려들어 갔다. 그때 문 근처에서 팔랑거리며 나뭇잎 하나가 떨어지고 있었다.

소문성은 엽용환체를 일으킨 후, 창고를 빠져나오기 무섭게 방앗간으로 달렸다.

뒤늦게 소문성을 발견한 무사들이 다시 쫓았다.

앞쪽에도 무사들이 나타났다.

숯을 빼 들었다.

하나는 앞을 향해, 하나는 뒤를 향해 던졌다.

거대한 폭발이 일어났다.

그 틈에 소문성이 방앗간 안으로 뛰어들었다.

방앗간 안에는 연미림이 있었다. 그녀는 소문성을 다시 만났다는 반가움과 현재 자신이 처한 두려움에 몸을 떨고 있었다.

"피햇!"

소문성은 달려들어 온 탄력 그대로 벽을 향해 숯을 던졌다.

벽이 굉음을 내며 무너졌다. 무너진 벽 뒤에는 비밀 통로가 보였다.

“어서!”

소문성이 연미림의 손을 낚아채듯 잡고 벽을 넘어 비밀 통로 안으로 달려들어 갔다.

방앗간 안은 매캐한 화약 냄새와 자욱하게 일어나 연기처럼 번지는 먼지들 때문에 앞을 분간하기가 어려웠다.

소문성을 쫓던 무사들이 연기와 먼지 속으로 나타났다.

소문성이 숯 하나를 다시 무사들 쪽으로 던졌다. 오백 근이나 나가는 화약이었다.

꾸꽈꽈꽝!

방앗간이 통째로 날아갔다.

비산된 방앗간의 집기들과 파편들이 다시 제자리를 잡고 주저앉았을 땐 절묘하게도 소문성이 뚫고 들어간 방앗간 벽을 차단하고 있었다.

“비켜라!”

우왕좌왕하는 무사들 속에서 참마도를 들고 담대호가 세차게 달려나왔다.

참마도가 그어졌다.

담대호의 성명절기인 번천칠절(飜天七絶) 중 건곤참(乾坤斬)이 전개되자 도신을 타고 시뻘건 도광이 쉿물처럼 뿜어 나갔다.

그럼에도 쉽사리 벽은 물러날 줄 몰랐다.

담배호가 힘을 주고 세 번을 더 그었다.

그러자 마침내 강한 폭발이 일어나며 잔재들로 막혀 있던 벽이 날아갔다.

"비밀 통로가 뚫렸다!"

"놈을 쫓아라!"

무사들이 일제히 비밀 통로를 향해 달려들어 갔다.

수백 명도 넘는 무사들이 일시에 달려들어 가는 바람에 청운산 전체가 들썩이는 것 같았다.

하지만 청운산을 바라보고 있는 태고산에는 깊은 정적이 무겁게 내려앉아 있었다.

태상장로 환허 진인 황태건은 태고산에 위치한 자신의 집무실이자 숙소인 태상선거(太上仙居)에 앉아 침중한 얼굴로 소란스러운 청운산을 바라보고 있었다.

커다란 월동창문을 통해 청운산 저편이 한눈에 들어왔다.

"오동은 천 년 늙어도 항상 가락을 지니고[桐千年老恒藏曲], 매화는 일생 추워도 향기를 팔지 않는다[梅一生寒不賣香] 했거늘……. 결국 그 아이가 고집을 버리지 않았구나……."

그는 알 듯 모를 듯한 말을 중얼거렸다.

백오십 년 가까이 살아온 그의 미간이 시름으로 깊숙하게 패었다. 그때 누군가의 발소리가 들려왔다.

황태건은 창밖의 청운산에 시선을 두고 입을 열었다.

"왔는고."

어둠 속에는 염라괴장을 든 공손승이 우락부락한 표정으로 서 있었다.

"공손승이 태상장로 환허 진인을 뵈오. 야심한 시각에 웬 호출입니까?"

환허 진인은 말이 없었다.

공손승이 답답하다는 듯 큰소리로 물었다.

"대체 무슨 일이오? 이유가 있을 것 아닙니까?"

三

날이 밝아오고 있었다. 새벽하늘에 희미하게 걸려 있는 달이 우울해 보였다.

그 달을 바라보고 있는 황연의 얼굴은 더욱 우울해 보였다.

황연은 환봉전 안에만 들어가 있을 수 없었다. 그녀에게도 간밤은 힘든 밤이 되었기 때문이다.

앞뜰까지 나왔다.

저 아래로 환앙성이 한눈에 들어왔다. 궁주 황백석이 자신을 찾아와 했던 말이 귀전에 왕왕거렸다.

"소문성이란 아이가 환앙성의 심광섭을 살해한 것도 모자라 편복대의 음가표를 살해하고 달아났다. 그 아이는 도주하면서 환앙성의 무사들 십여 명도 죽였다. 환경당의 동문인 연미림이란 여자 아이를 하나 데리고 떠나면서 말이다."

황연은 무너지고 있었다.

"그동안 황연, 네가 소문성을 각별히 생각하는 것 같아 많은 반대에 무릅쓰고 못 본 척하였건만… 아주 일이 고약하게 되었구나. 더욱이 네게서 배운 신법 탓으로 몸이 날래져 아이를 잡는 데 무척 애를 먹고 있다 한다. 이를 어쩌면 좋겠느냐? 대체 소궁주는 그 아이와 얼마나 연관되어 있는 거지?"

황백석은 계속 말을 이었다.

"소문성은 허락없이 환술도 훔쳤다고 하더구나. 그것 하나만 해도 참수의 대죄를 면키 어려운데, 살인까지라니……. 또한 소궁주가 소문성을 조력해 줬다니……."

황백석은 안타까운 표정을 지었다.

"일이 이렇게 된 이상 나는 더 이상 관망만 할 수는 없구나. 어떡해든 너와 소문성의 연관성을 막기 위해 노력은 해보겠지만, 내 뜻대로 될지는 나도 미지수다. 그러니 소궁주는 당분간 환봉전 안에서 자숙하며 지내거라. 이것은 환궁을 다스리는 궁주 령이라는 것을 명심해야 할 것이다."

궁주 황백석이 한 말은 사실상 가택연금과 같은 조치였다.

흐르는 새벽 공기가 그녀를 답답하게 에워쌌다.

더욱 답답한 것은 소문성이 도망가고 있다는 사실이고, 그의 옆에는 여자가 있다는 사실이었다.

황연은 당장이라도 소문성에게 달려가 자세한 이유를 묻고 싶었다. 그러나 이제 황연은 두 발을 마음대로 움직일 수 있는 자유가 없다.

궁주 령이 떨어지자 환위대(幻衛隊) 암풍각(暗風閣)의 일급

무사들이 푸른 무복을 펄럭이며 황연의 환봉전을 겹겹이 에워싸고 그녀의 출입을 철저히 통제했다.

지난 세월 동안 쌓아올린 소문성과의 우정. 그리고 다가가면 갈수록 알 수 없이 커지기만 했던 갈망.

그것은 혼자 힘으로는 막을 수 없는 거대한 파도와 같은 물결이었다.

그녀는 소문성과의 만남이 항상 위험을 내포하고 있는 발화 물질 같은 거란 걸 익히 잘 알고 있었다.

터지면 둘 다 크게 다칠 것이다. 그런데도 번번이 소문성을 찾았다. 그와 있을 때면 모든 것이 눈 녹듯 사라져서 잊혀지고, 편안해지고, 안정되어졌기 때문이었다.

뇌관만 잘 막고 있으면 될 거라고, 자신이 뇌관의 안전장치 역할을 해주면 될 거라며 스스로를 위로했다.

그런데 터졌다.

터져도 너무 일찍 터지고 말았다. 마음을 정리할 겨를도 없이 한 발 앞서 불행이 눈덩이처럼 불어나며 황연의 앞을 가로막은 것이다.

황연은 우울한 눈빛으로 새벽달을 바라보았다.

소문성은 잡히면 참수를 면치 못하게 될 것이다. 그리고 그의 죽음은 그녀에게 있어 또다시 불행이 될 것이다.

황연은 태어나서 얼마 지나지 않아 부친과 모친을 잃었다. 자신이 사랑하는 모든 것은 자신이 가까이 다가가기도 전에 세상이 앗아가 버렸다.

소문성도 마찬가지가 아닌가.

황연의 눈에 소리없이 눈물이 맺혔다. 어쩌면 그가 떠난 것이 연속적으로 반복되는 불행을 막을 수 있는 유일한 방법일지도 모른다는 생각이 들었다.

"차라리 잘되었어……."

황연은 입술을 깨물었다.

"이렇게 된 바에야 멀리 가."

깨문 입술을 곱씹었다.

"멀리… 아주 멀리……."

*　　　*　　　*

첫 번째 횃불이 다 타 들어가자 소문성은 통로의 벽에 걸려 있는 횃불을 빼서 불을 붙였다.

한없이 아래로 뻗어 있는 비밀 통로의 계단들이 보였다.

뒤를 쫓는 무사들의 소란스럽게 쩔그덕거리는 소리가 저 위에서 메아리처럼 울리며 들렸다.

아직은 한참 거리가 있는 듯한 울림이어서 약간은 안도를 했다.

그도 그럴 만한 것이 통로는 구불구불한데다 계단이었으며, 가파르고 좁으며 미끄러워서 함부로 속도를 냈다가는 낭패를 보기 일쑤였다.

그런 판국에 수백 명이 움직이며 쫓고 있으니 무턱대고 서

두르다간 서로 뒤엉켜 압사당할 것이다.

소문성은 횃불을 밝히며 계단을 조심스럽게 내려갔다. 가죽으로 만든 신발의 발바닥에 계단에서 돌출된 뾰족한 돌이 자극을 주며 찔러왔다.

"피가 나, 소문성."

연미림이 놀란 얼굴로 소문성의 어깨를 바라보았다.

언제부턴가 소문성의 어깨에서는 피가 흐르고 있었다. 화살이 스친 것인지, 숯이 터질 때 생긴 파편 때문인지는 명확하지 않았다.

어쨌든 피를 보자 소문성은 그제야 고통을 자각했다.

연미림이 급히 자신의 옷을 찢었다.

"여긴 습기가 많아. 그런 곳에 상처가 드러나 있으면 악화돼."

찢은 옷으로 소문성의 어깨를 둘둘 감아 싼 후, 당겨서 조여 묶었다.

"이러면 지혈도 되고 상처가 번지는 걸 막을 수 있어."

연미림은 소문성을 위해 처음으로 자신이 뭔가를 해준 것 같아 뿌듯했다. 마음도 많이 안정되었다.

도저히 불가능할 것 같았던 일을 지금까지 너무 잘해온 소문성.

몇 번이나 죽을 뻔한 고비를 맞이했다.

하지만 그의 곁에 있으면 불가능이 가능으로 바뀌었고, 죽음은 삶이 되었다.

자신은 그저 소문성이 하라는 대로 따르기만 하면 됐다. 그러면 언제나 빠져나갈 길이 있었다.

이젠 온전히 자신의 인생에 주체가 되어버린 소문성. 그와 함께라면 못할 게 없어 보였다.

"악!"

연미림이 갑자기 짧은 비명을 질렀다.

소문성이 멈칫하며 돌아보았다.

그녀의 발에서 피가 흐르고 있었다. 요철같이 울퉁불퉁한 계단을 뚫고 송곳처럼 돌출한 뾰족한 돌에 발바닥이 찔려 있었다.

소문성은 연미림이 지금까지 줄곧 맨발이었다는 그제야 알아차렸다. 그건 연미림도 마찬가지였다.

쌍두암에서 심광섭에게 겁탈을 당하던 절대 위기의 순간에 돌연 나타나 준 소문성.

벗어놓았던 옷을 황급히 걸칠 시간은 얻었으나, 당혜까지 신을 여유는 없었다.

사람이 눈앞에서 죽고, 목숨을 위협받았고, 그래서 달렸고, 숨었으며, 또 뛰었기에 발바닥 따위엔 신경을 쓸 상황이 되어주지 못했다.

소문성이 피가 철철 흐르는 연미림의 발바닥을 쭈그리고 앉아 살펴보았다.

연미림은 통로 벽을 잡고 겨우 지탱하고 서서 고통을 곱씹었다. 어지러울 정도로 고통이 심했다.

“상처가 길고 깊어. 지혈을 해도 문제가 생길 거다.”

소문성이 쭈그리고 앉은 채 말을 이었다.

“안 되겠어. 넌 이쯤에서 그만 나를 따라오는 게 좋겠군.”

연미림이 크게 놀랐다. 소문성에 잡혀 있던 발을 본능적으로 뺐다.

“시, 싫어……!”

“고집 부릴 일이 아니야. 사실 이 비밀 통로가 밖으로 나가는 통로라는 걸 나도 확신 못해. 그 끝을 가본 적이 없으니까.”

“소, 소문성……!”

“네 발은 더 큰 문제야. 빨리 치료받지 못하면 위험해.”

“아니야. 난 얼마든지 갈 수 있어!”

“고집 부리지 마. 뒤따라오는 무사들에겐 내가 널 인질 삼아 끌고 갔다고 하면 된다.”

연미림이 굳은 표정을 지었다.

“분명히 말 하지만 난 다시 돌아가지 않아. 널 따라갈 거라고.”

그녀는 표정이나 음색이 모두 단호했다.

“이 바보야, 정말 죽게 될지도 몰라. 창창한 네 인생을 왜 이런 식으로 버리려고 해.”

소문성은 답답해졌다.

연미림이 똑바로 소문성을 바라보았다. 그녀의 얼굴엔 소문성에 대한 무한 신뢰가 담겨 있었다.

“네가 옆에 있잖아, 소문성.”

연미림의 눈빛이 애틋했다.

"너와 함께라면 죽어도 좋아. 그 끝이 지옥이라 해도 난 행복할 수 있어."

소문성이 처음으로 연미림에게 눈길을 던졌다. 무표정해서 무슨 생각을 하는지 읽을 수는 없었다.

연미림이 차분하게 말했다.

"사실 난 널 처음 봤을 때부터 쭉 이렇게 되고 싶었어. 너와 같이 나란히 무언가를 하고 같이 움직이는 거. 너와 같이할 수 없는 미래란 건 나에겐 아무런 의미가 없어. 그 말을 꼭 네게 전해주고 싶었는데……."

연미림이 배시시 웃었다.

"죽을지도 모르는 처지가 되어서야 하게 되는구나."

소문성은 여전히 말이 없었다. 손을 뻗더니 연미림의 발을 잡고 찢은 옷가지로 묶어주었다. 그리고 신고 있던 자신의 당혜를 벗었다.

"이걸 신어."

"시, 싫어! 난 괜찮아!"

연미림이 주춤했다.

소문성은 연미림의 발을 이미 당혜에 넣고 있었다.

"말이라도 잘 들어야지. 그래야 데리고 가는 길이 성가시지 않잖아."

소문성의 당혜는 자신에 발에 비해 컸지만, 그의 체온과 배려가 녹아 있어서 따뜻하고 고마웠다.

연미림은 눈물이 핑 돌았다.

소란스럽게 쩔거덕거리는 소리가 조금 전보다 훨씬 가까이서 들려왔다.

소문성은 일어서서 위를 힐끗 쳐다보더니 몸을 돌려 다시 걸어가기 시작했다. 빠른 걸음이었다.

"조금 빨리 걷는 게 좋겠어. 우린 여기서 시간을 너무 많이 소비했잖아."

계단은 한도 끝도 없이 길었다. 내려가는 도중에 횃불 하나가 다 타 들어가 다른 횃불을 또다시 집어 들었다.

소문성은 뾰족하게 돌출된 돌들 때문에 발바닥에 통증이 심하게 전달되었다. 속도를 더 내는 건 무리가 따랐다.

쫓는 자들의 소란이 이젠 시끄러울 정도로 가까운 곳에서 들려왔다.

이대로라면 얼마 가지 못해 뒷덜미를 잡히게 될 것 같았다.

돌파구가 필요했다.

하지만 오르고 내려가는 길밖에 없는 비밀 통로에는 어떤 돌파구도 없었다.

소문성은 허리에 차고 있는 숯을 은근히 힘주어 잡아보았다. 아직도 세 개가 더 남아 있었다. 위안이 되었다. 그때 물 흐르는 소리가 들려왔다.

"뭐지?"

소문성이 아래를 보며 횃불을 뻗었다.

지루하게 이어졌던 계단이 끝나 있었다.

콰콰콰.

대신 어디론가 거칠게 흘러가는 물이 계단 끝에 펼쳐져 있었다.

"물이다!"

연미림이 소리쳤다.

빠른 유속으로 흐르는 물은 좁은 계단으로 이어졌던 비밀 통로와는 달리 꽤 널찍했는데, 석순과 석주 종류석들이 곳곳에 가득해서 천연동굴 모습을 하고 있었다.

석주들이 기둥처럼 박혀 있는 곳은 흐르는 물과 부딪쳐 작은 포말과 함께 소용돌이를 일으켰다.

"저기 봐! 배도 있어!"

연미림이 다시 소리 쳤다.

어설프지만 계단 한 쪽은 선착장처럼 물 쪽으로 뻗어 있었는데, 그곳에 통나무를 엮어 만든 판선(板船) 하나가 묶여 있었다. 판선 위에는 노도 있었다.

소문성은 빠르게 판선 위로 올라갔다. 연미림이 뒤를 따랐다.

소문성이 횃불을 연미림에게 전해주며 노를 잡았다.

"배와 노가 있다는 건 분명 나갈 길이 있다는 것이야. 그렇지 않다면 이런 게 준비되어 있을 리는 없지."

판선은 빠른 유속만큼 계단에서 빠르게 멀어져 갔다.

그들이 있던 계단 위쪽은 무사들이 횃불을 들고 득달하듯 나타났기 때문에 갑자기 밝아졌다.

소문성은 급히 노를 저었다. 급류의 중간 중간에 박혀 있는 석주에 판선이 부딪칠 것 같았다. 가까스로 방향을 틀어 아슬아슬하게 석주를 피했다.

"어쩌면 청운산 아래에 흐르고 있는 한수와 맞닿아 있을지도 몰라. 이거 생각보다 쉽게 되었군."

또 다른 석주가 장애물처럼 다시 앞에 나타났다. 석주를 피하느라 노를 저어 급격히 방향을 틀자 횃불을 들고 서 있는 연미림의 중심이 크게 흔들렸다.

"악!"

연미림은 엉덩방아를 쪘다. 다행히 횃불은 놓치지 않았다.

소문성이 연미림을 바라보았다. 눈빛이 굳어 있어서 경고하는 것 같았다.

"조심해. 횃불을 잃으면 끝장이야. 칠흑 같은 어둠은 우리를 삼켜 버리고 말 거라고."

연미림은 한숨을 쉬며 횃불을 주의 깊게 잡았다.

계단 끝에 도착한 무사들은 물에 뛰어들지 못하고 안절부절못하고 있었다.

연미림이 시선을 돌려 무사들을 바라보았다. 그들이 개미처럼 작아지며 멀어지고 있었다.

쿵!

갑자기 둔탁한 소리가 들렸다.

이번에는 판선이 석주를 피하지 못하고 정면으로 부딪쳤다.

노련한 수부들도 다루기 힘든 빠른 유속에다, 장애물처럼 곳곳에 박힌 석주를 모두 소문성이 피해 간다는 건 애초부터 무리였다.

판선이 크게 흔들렸다. 충격으로 앞이 들리며 큰 경사가 만들어졌다.

첨벙.

연미림이 미끄러지며 물에 빠졌다. 횃불도 물속으로 사라졌다.

삽시간에 칠흑 같은 어둠이 되었다. 부딪치며 흔들렸던 판선은 요행히 안정을 찾으며 다시 물을 따라 흘러갔다.

소문성이 놀라 어둠의 공간에 대고 고함을 질렀다.

"연미림, 어디 있어?"

"여, 여기! 나는 여기 있어! 괜찮아!"

연미림의 음성이 가까운 곳에서 들렸지만 울리는 메아리 때문에 위치를 가늠하기가 힘들었다.

"판선 뒤를 잡고 있다구!"

다시 한 번 연미림의 목소리가 들렸다. 즉시 연미림을 잡기 위해 뒤쪽으로 손을 뻗었다. 순간 판선이 또다시 석주와 충돌했다.

꾸아앙!

어느 때보다 강한 충돌이었다. 판선은 충격을 이기지 못하고 여러 개의 통나무로 무너지며 갈라졌다.

소문성은 더 이상 버티지 못하고 물에 빠졌다. 다행히 통나무 하나를 잡을 수 있었다. 그는 다시 소리쳤다.

"괜찮아, 연미림? 어디 있니!"

"바로 네 뒤에 있어. 우린 같은 통나무를 잡고 있다고."

어렴풋이 연미림의 존재가 어둠 속에서 보였다. 반 장 거리 정도에 그녀가 있었다.

연미림은 안심하라는 듯 소문성에서 미소를 지어 보였다.

그녀가 소문성을 위해 해줄 수 있는 건 지금 그것밖에는 없었다. 그러나 소문성은 연미림의 미소를 볼 수 없었다. 그러기엔 어둠이 너무 깊었다.

소문성은 중얼거렸다.

'이럴 줄 알았으면 어둠을 뚫고 보는 신안통(神眼通) 같은 걸 배워둘걸.'

물이 흐르는 공간이 갑자기 협소해졌다. 물살을 더 빠르고 거칠었다.

'얼마나 더 가야 한담……'

몸으로 차가운 한기가 오싹하게 전해졌다. 그때 희끗한 물체 같은 것이 그의 눈에도 전해졌다.

"가, 가만……!"

소문성은 본능적으로 손을 뻗었다.

무언가 단단한 게 잡혀왔다. 배를 묶기엔 적당한 크기라고 생각했다.

소문성은 손을 더 위로 뻗었다. 편편한 감촉이었다. 그 감촉은 층을 지며 위로 계속 뻗어 있었다.

'이건 계단이다!'

소문성은 머리가 번쩍하는 것 같았다. 즉시 손아귀에 강한 힘을 주며 몸을 당겼다.

몸을 당겼던 곳으로 오르자 확신했던 것처럼 계단의 모습이 분명히 보였다.

소문성이 뒤들 보며 고함쳤다.

"연미림, 너도 어서 올라와! 여기 계단이 있다고!"

연미림은 대답 대신 비명을 질렀다.

"아아악! 어디로 사라진 거야, 소문성!"

연미림은 미쳐 소문성의 반응을 따라오지 못하고 통나무에 매달려 물살을 따라 빠르게 흘러갔다.

"소문성! 어디 있어! 대답 좀 해봐!"

연미림의 목소리가 점점 작아지고 있었다.

소문성은 크게 놀랐다. 순간적으로 연미림의 존재를 잃고 자신만 계단으로 올랐다는 걸 그제야 감지했다. 주의해야만 했었다.

풍덩.

지체없이 물속으로 몸을 날렸다. 급히 헤엄치며 연미림을 찾았다.

"계속 소릴 질러봐, 연미림! 내가 널 찾을 수 있도록 소리치란 말야! 어디 있어?"

연미림의 목소리는 앞쪽에서 들렸다.

“여기야, 여기!”

다급하고 당황한 목소리였는데, 세찬 물소리에 뒤엉켜 더욱 멀리서 들리는 것 같았다.

“내가 보여? 어디 있니, 소문성!”

통나무에 매달린 채 손을 흔들며 허우적거리는 연미림의 모습이 삼 장 정도 떨어진 곳에 희미하게 보였다. 그녀 뒤쪽에서 약하지만 불빛이 새어 들어오고 있었다.

소문성은 꿈틀했다.

물소리는 더욱 거세졌으며 빛은 조금 전보다 환해졌다.

“아악, 소문성!”

연미림이 거친 물살 때문에 통나무를 놓쳤다. 물속에 얼굴이 잠겨 사라졌다가 다시 나타나며 연신 버둥거렸다.

빛이 더욱 강렬하게 들어왔다. 마치 그 빛이 연미림을 삼키는 것 같았다.

소문성도 거센 물살 때문에 더 이상은 제대로 몸을 겨눌 수가 없었다. 물소리는 마치 천둥이 때리는 것처럼 요란하게 들려서 고막이 찢어지는 것 같았다.

“아아아아아악!”

비명 소리와 함께 연미림이 사라졌다.

콰콰콰콰콰콰!

폭포였다. 어림잡아 보아도 오십 장 길이는 되는 웅장한 폭포.

소문성도 폭포에 휘말려 아래로 사정없이 곤두박질쳤다.

밖은 밝았다.

　지난밤 동안 고단했던 두 아이의 사투를 아는지 모르는지 하늘에는 진시(辰時)를 알리는 영롱한 햇살이 떠올라 있었다.

第八章

입환허동(入幻虛洞)

탈인 신행

一

"죽여주십시오, 궁주!"

담대호는 환천전에 들어가 삼십 장 거리를 두고 앉아 있는 궁주 황백석 앞에 납작하게 엎드려 평복하고 있었다.

궁주 황백석이 만들어놓은 위엄이 대전 전체를 짓누르고 있었다.

그의 몸에서 나온 청강해의 푸르스름한 기운이 더욱 농도를 더해갔다.

담대호는 와들와들 몸이 떨려왔다.

"최, 최선을 다하였으나 결국 소문성을 놓쳤습니다!"

황백석은 말이 없었다.

담대호는 그것이 더 두려웠다.

무엇인가 말을 해야 하는 자가 말을 하지 않는 건 말할 가치가 없다는 걸 뜻했다. 단박에 자신의 목을 날려 버리기 위해 청강해가 쏟아 부어질 것만 같았다.

이마에 식은땀이 가득 맺혔다.

"비, 비밀 통로로 빠져나간 놈을 급하게 추적했으나… 동굴 속을 흐르는 수맥 때문에 더 이상 추적이 불가능했습니다! 이미 이 시각쯤이면 녹각봉(鹿角峰)에 당도했을 것으로 사료됩니다! 하지만… 녹각봉까지 추적대를 보낸다는 것은 이미 의미가 없습니다! 빨리 움직인다 해도 꼬박 하루 이상이 걸려야 도착할 수 있기 때문입니다!"

떨리는 몸으로 고하는 자신의 주위를 푸르스름한 기운이 감싸왔다.

담대호는 마지막이라고 생각했다. 신하로서 주군의 엄명을 지키지 못했으니 할 말은 한 가지밖에 없었다.

"차라리 소신의 목을 베어 죄과를 엄벌하여 주시옵소서, 궁주! 죽여주시옵소서!"

황백석이 입을 열었다.

"어린 놈 하나 때문에 환양성의 모든 병력이 그 소란을 떨고 심광섭과 음가표까지 잃었다. 근데 경비총대장의 목까지 베란 말이냐?"

담대호는 흠칫했다.

황백석은 차분한 얼굴을 하고 있었다. 목소리는 안정되어 있었기에 인자함까지 느껴졌다.

담대호는 떨리는 눈을 슬금 들어 황백석을 살폈다.

황백석은 입가에 엷은 미소를 띠고 있었다.

"경비 총대장은 너무 자책하지 말라."

그림자처럼 늘 궁주의 등 뒤에 붙어 있던 장익성의 모습이 오늘은 왠지 보이지 않았다.

황백석의 미소가 확연하게 짙어졌다.

"사냥은 쫓는 재미로 하는 거니까."

*　　*　　*

녹각봉은 사슴뿔처럼 높은 봉우리가 들쑥날쑥하게 병풍처럼 뻗어 있어서 붙여진 이름이다.

폭포가 그 봉우리와 봉우리 사이를 뚫고 웅장하게 밑으로 떨어졌다.

폭포가 떨어지는 밑은 방대한 호수였는데, 한여름에도 얼음처럼 차다고 하여 한천호(寒川湖)라 불렀다.

호수가 주위로는 갈대들이 가득했고, 갈대를 벗어나면 버드나무들이 늘어진 숲이 펼쳐져 있었다.

"끄으……."

소문성은 축 늘어진 연미림을 부축하고 힘겹게 버드나무 숲으로 걸어가고 있었다.

물기에 젖은 옷과 지친 몸 때문에 몸이 천근만근인 것 같았다. 다친 어깨가 욱신거려서 발걸음을 옮기는 것이 더 힘들었다.

연미림은 희미하게 눈을 뜨고 있었다.

"학학… 난… 괜찮아, 소문성. 혼자 걸을 수 있어……."

소문성은 아랑곳하지 않고 연미림을 부축한 채 계속 걸어갔다. 아무렇게나 떨어져 쌓인 버드나무의 가지들이 소문성의 발바닥을 찔러오고 있었다. 그럴 때마다 소문성은 씰룩이며 고통을 참았다.

연미림은 안타까워했다.

어서 소문성에게서 벗어나 그에게 짐을 덜어줘야 한다고 생각했다. 그러나 손가락 하나 움직일 수조차 없었다.

그녀는 모든 체력이 고갈되어 있었다.

풀썩.

소문성이 더 이상 지탱하지 못하고 무릎을 꿇으며 쓰러졌다.

소문성의 손을 벗어난 연미림은 나뒹굴었다. 얼굴이 바닥에 쌓인 나뭇가지에 스쳤다. 예리한 칼에 베이는 것 같았다.

버드나무 사이를 뚫고 들어온 햇살이 축 늘어진 그녀의 몸을 덮어왔다. 갑자기 졸음이 밀물처럼 밀려왔다.

연미림은 눈을 감았다.

꿈을 꿨다. 연대보 오빠가 환하게 웃고 있었다. 그러더니 소문성의 얼굴로 바뀌었다. 소문성의 얼굴은 왠지 다급해 보였다.

"일어나, 연미림! 어서 눈을 떠!"

소문성이 연미림을 마구 흔들며 깨웠다.

"체온이 떨어진 상태에서 잠들면 생명을 잃어! 어서 일어나란 말이야!"

연미림이 힘겹게 눈을 떴다.

젖은 옷 때문에 한기가 오싹하게 느껴졌다.

얼굴은 창백했으며 입술은 핏기를 잃어 거무튀튀했다. 갑자기 소문성이 연미림의 입술을 덮쳤다.

소문성이 연미림의 입술에 대고 더운 입김을 불어 넣었다. 온기가 입 안에 전해졌다. 연미림의 눈에 눈물이 고였다.

죽어도 포기하지 않는 소년, 소문성.

그에겐 언제나 나이를 뛰어넘는 집념이 있었다.

고비 때는 더 힘을 냈고, 여유가 있었다. 언제나 강했으며, 빈틈이 없었고, 견고했다.

그런 소문성이었기에 누구도 함부로 그의 곁으로 다가갈 수 없었다.

모용수도, 광보도, 자신도, 모두 소문성에게 끌렸지만 주위에서 맴돌 수밖에 없었다.

연미림은 소문성의 품으로 파고들어 가고 싶어졌다. 훨씬 더 깊은 곳으로.

어쩌면 이 무모한 도주의 발로는 그 이유 때문인지도 모른다.

연미림은 손을 뻗어 소문성을 끌어안았다. 그때 소문성이 몸을 떼며 연미림을 일으켜 앉혔다.

소문성은 고개를 들어 전면을 응시하고 있었다. 몸은 경직

되어 있었고 시선은 잔뜩 굳어 있었다.

소문성의 시선을 받으며 십 장 정도 떨어진 바위에 사내 하나가 등에 검을 찬 채 우뚝 서 있었다.

궁주 황백석의 그림자, 신환검 장익성이었다.

장익성의 표정에는 아무런 감정이 실려 있지 않았다. 살기도 느껴지지 않았다. 그런데도 왠지 위험해 보였다.

소문성은 천천히 몸을 일으키고 있었다.

그의 몸동작 하나하나에는 경계심이 잔뜩 들어 있었다.

"네가 소문성이냐?"

장익성이 처음으로 입을 열었다.

음색에는 어떠한 감정도 실려 있지 않았다. 그러나 기세는 감지되어졌다. 바늘 같은 예기가 실려 있었으며, 태산처럼 누르는 장중함이 있었다.

소문성은 몸이 얼어붙는 것 같았다. 발가락 하나 꿈틀거리는 데도 매우 힘이 들었다.

그의 눈과 부딪칠 때는 일부러 시선을 피했지만 아무리 피해도 그의 눈으로부터 달아날 수가 없었다.

소문성은 답답해졌다. 더 이상은 서 있을 수도 없이 곧 허물어질 것 같았다.

장익성은 전혀 움직임을 보이지 않고 있었지만, 오히려 움직이지 않는 그 부동력(不動力)이 자신을 더욱더 지배하고 있는 것 같았다.

소문성이 마침내 몸을 움직였다. 벗어나지 않고 더 이상 지탱하고 있다간 큰 위험이 닥칠 거란 판단을 했다. 누르고 있는 기세가 워낙 강했기 때문에 사력을 다해야만 했다.

도주였다.

하지만 세 걸음 이상을 내딛지 못했다.

장익성은 어느새 소문성의 앞을 차단한 채 우뚝 서 있었다.

소문성이 이번엔 뒷걸음질을 쳤다. 그러더니 연미림의 손을 잡고 다시 내달렸다.

장익성은 소문성을 쫓지 않고 바라만 보았다.

쥐는 잡을 필요는 없다. 궁지에 몰아넣으면 그뿐이다. 그것은 지엄하신 궁주령이 아닌가.

장익성은 잠시 생각을 했다.

'하지만 계집은?'

계산에 없던 아이였다.

장익성이 마침내 한 발을 떼며 움직였다.

버드나무 숲을 빠져나오자 위험한 산세가 나타났다.

벼랑과 벼랑이 이어진 협곡이었다. 예전, 부친을 따라 마방 대열에 끼어 넘던 차마고도의 협곡이 떠올랐다. 새나 쥐들만이 다닐 수 있다는 조로서도의 좁은 협곡.

협곡 아래로 흐르는 한수의 강물이 마치 실개천처럼 보였다.

소문성이 협곡으로 발을 밀어 넣었다. 뒤에는 장익성이 있으니 그가 협곡을 택하는 건 선택의 여지가 없었다.

늘어진 연미림의 무게를 지탱하느라 협곡을 걸어가는 발이 도통 안정되어지지 않았다.

미끄러졌다.

다행히 다섯 장 아래쯤에 튀어나온 반반한 암반이 있어서 더 이상 떨어지지 않고 착지할 수 있었다.

황연에게서 익힌 연자번신의 신법이었다. 문득 그녀를 생각하니 마음이 다시 아파왔다. 순간 그림자 같은 것이 자신의 얼굴을 덮어오는 듯해서 움찔했다.

위를 올려다보았다.

자신이 떨어졌던 좁은 협곡에 장익성이 태양을 등지고 우뚝 서서 굽어보고 있었다.

소문성은 빠르게 앞을 보았다.

전면은 자신이 디디고 있는 암반을 시작으로 또 다른 협곡이 시작되고 있었는데, 처음 자신이 발을 디뎠던 위쪽의 협곡보다는 넓고 길도 잘 닦여 있었다.

소문성은 연미림을 들쳐 멨다. 그리고 달렸다. 하지만 달리던 소문성이 다시 멈췄다.

장익성이 언제 나타났는지 앞을 가로막고 있었다.

소문성이 빠르게 손을 옮겨 허리춤의 숯을 잡았다.

헛일이었다. 숯은 젖어 있었다. 낭패였다.

그때 장익성이 갑자기 오른손을 들었다.

그의 장심에서 붉은 구슬 같은 것이 생성되어 나오는 것 같았다. 그러더니 어느새 붉은 구슬은 자신이 들쳐 메고 있던 연미림 바로 앞으로 순식간에 들이닥쳤다.

퍼엉.

곧이어 쇠북을 두드리는 듯한 요란한 소리가 나더니 자신은 중심을 잃고 쓰러졌으며 연미림은 세차게 튕겨 나갔다.

연미림은 입 밖으로 가득 핏물을 뿌리고 있었다.

"연미림!"

소문성이 쓰러진 몸을 일으키며 사력을 다해 달렸다.

연미림은 협곡의 벼랑 근처에 떨어졌다. 몇 번 굴렀다.

이윽고 협곡 아래로 몸이 떨어져 갔다. 순간 득달하듯 달려온 소문성이 손을 뻗어 막 아래로 추락하는 연미림의 손목을 강하게 움켜잡았다.

콰악.

마침내 추락하던 연미림의 몸이 크게 출렁이며 멈췄다.

그녀의 발아래로는 까마득하게 흐르는 한수의 강물이 보였다. 그곳으로 연미림이 신고 있던 헐렁한 소문성의 당혜가 벗겨져 떨어져 갔다. 당혜가 한수로 떨어지는 데는 긴 시간이 걸리는 것 같았다.

소문성이 고함쳤다. 눈에는 핏발이 서 있었다.

"힘을 써, 연미림! 어서 올라와!"

연미림이 시선을 들어 소문성을 바라보았다. 입에서는 계속 선혈이 흘러나오고 있었는데, 미소가 만들어지고 있었다. 이상하게 편하게 보이는 미소였다.

"됐어. 이것으로 난 충분해."

"무, 무슨 소리야!"

"지금까지 네게 받은 것만으로 나는 과분했어. 이제는 헤어져야 할 시간이야, 소문성."

"헛소리 마! 어떻게 환앙성을 빠져나왔는데!"

연미림이 살랑살랑 고개를 가로저었다.

"아니야. 이제 그만 널 놓아줄게……."

쿨럭.

연미림이 기침하자 붉은 선혈이 입 밖으로 나와 주위를 선홍빛으로 물들였다.

기침하며 일으킨 몸의 파동이 매우 미약했는데도 소문성이 잡고 있던 연미림의 손목이 아래로 미끄러져 갔다.

소문성은 손목을 놓치지 않으려고 사력을 다해 손에 힘을 넣었다.

"이이익……!"

팔에 찢어지는 듯한 고통이 전달되었다.

연미림이 다시 소문성을 바라보았다.

"이제 나는 내 갈 길을 갈 거야. 그러니 너는 네 갈 길을 가."

소문성의 이마에 돋은 핏줄이 터져 나올 듯 굵어졌다.

"닥쳐!"

연미림이 뽀얗게 미소를 지었다. 그리고 눈에는 미소만큼 뽀얀 눈물이 고였다.

"난… 죽어도 행복해. 너와 함께한 것만으로도 충분히 행복했어."

연미림의 손이 소문성의 손에서 천천히 빠져나가기 시작했다.

소문성이 비명처럼 소리를 질렀다.

"안 돼! 연미림, 안 돼!"

그녀의 뽀얀 미소가 짙어졌다. 짙어지는 만큼 맺힌 눈물방울이 커졌다.

"안녕… 내세에서도 너를 만났던 걸 감사하며 지낼 거야……."

팟.

두 사람을 이어주던 선이 마침내 끊어졌다.

소문성이 망연히 중얼거렸다.

"아… 안 돼……."

연미림은 여전히 웃고 있었다.

"안… 녕……."

그녀가 순식간에 멀어졌다.

"연— 미— 림—!"

울부짖는 소문성의 목소리가 녹각봉 주위로 퍼져 나가 크게 메아리로 울렸다.

연미림이 실개천처럼 흐르는 한수의 강물 속으로 사라졌다.

소문성은 후들후들 몸을 떨고 있었다. 이어 충혈된 눈빛으로 장익성을 바라보았다.

장익성은 처음처럼 우뚝 서 있기만 했다.

소문성이 장익성에게 달려들어 갔다. 누가 보아도 무모한 도발이었지만 맹수 같았다.

펴엉.

달려들어 가던 소문성이 왼쪽 어깨 어림에 일장을 맞고 마치 누가 뒤에서 잡아당기는 것처럼 도로 뒤로 날아갔다.

지면에 떨어졌을 때는 일장에 맞은 어깨가 탈골되어 기이하게 꺾여 있었다.

소문성이 다시 장익성에게 달려들어 갔다.

이번에는 옆구리에 통증이 전해졌다.

입 밖으로 가득 피가 뿜어져 나왔고, 체내에 있는 내장 쪼가리들이 목구멍으로 넘어와 씹혔다.

오장육부 중 어딘가가 찢어진 모양이었다.

떠엉.

뒤로 날아가던 소문성이 둔탁한 소리를 내며 지면에 쓰러졌다. 그런데 갑자기 소문성이 사라졌다.

미동도 않던 장익성이 처음으로 동공을 움직였다.

소문성이 사라진 곳에는 나뭇잎 하나가 팔랑거리고 있었다.

장익성은 엽용환체임을 즉각적으로 알아차렸지만 쉽게 몸이 움직여지지 않아서 다음 공세를 전개하지 못했다.

역용환체라니. 어깨가 탈골되고 내장이 찢겨 나간 중상을 입고도 운기를 일으켜 환술을 전개한단 말인가.

이미 내기가 흐트러진 상태에서 운기를 한다는 건 자살행위와 다름이 없었다.

그런데도 소문성은 일말의 망설임도 없이 운기를 일으켰다.

죽음을 두려워하지 않는 소년.

죽음조차 경외시하는 투지를 지닌 소년.

장익성은 비교조차 할 수 없는 어린 상대에게서 어떤 경외감 같은 전율을 느꼈다.

소문성은 고강한 무공 이상의 것을 가지고 있다. 또한 그런 것은 결코 연성한다고 해서 얻어지는 것이 아니다.

엽용환체를 일으킨 후 사라졌던 소문성이 자신의 머리 위에서 악귀 같은 얼굴을 한 채 주먹을 뻗으며 떨어지고 있었다.

이윽고 장익성이 한 걸음 뒤로 물러나며 손을 움직였다.

독룡출화(毒龍出火).

쩌쩌엉!

떨어지던 소문성의 가슴 어림에서 살이 찢어지며 터지는 파육음(破肉音)이 들려왔다. 즉시 실이 끊어진 연처럼 뒤로 풀풀 날아갔다.

독룡출화를 시전한 장익성의 오른손은 기이한 열기 속에 갇혀 있었다.

좀처럼 일으킨 장력의 잔상(殘像)이 사라지지 않는다는 것은 그만큼 상승으로 내력을 끌어올려 사용했다는 반증이다.

장익성은 본래 자신의 무예에 대해 과신도 비하도 아닌 객관적인 기준을 가지고 있는 인물이다. 때문에 상대의 능력에 따라 항상 무공 수위를 조절하여 사용했다. 차지도 넘치지도 않으면서 상대를 굴복시키는 적절한 수위의 무공.

하지만 이번엔 달랐다. 웬만해선 출수하지 않는다는 그의 삼보절장(三寶絶掌) 중 하나인 독룡출화를 시전했다.

장익성은 어린 소문성에게서 본능적으로 적수를 만난 것 같은 기분을 느꼈다. 그것이 세 가지 보물 중 하나를 꺼내게 만든 실체였다.

끊어진 연처럼 풀풀 날아가던 소문성은 협곡을 이탈해 한수가 보이는 강으로 떨어지고 있었다.

장익성은 소문성을 바라보며 생각했다.

별반 무공도 없으면서 자신을 한 걸음이나 물러나게 한 놈이 아니던가.

확실하게 숨통을 끊어줬어야만 했었다.

'궁주령만 아니었으면……'

장악성의 눈빛은 엄밀하게 굳어 있었다.

二

첨벙.

소문성이 한수로 떨어져 강물 속으로 파고들어 가자 떨어진 여파로 인해 거대한 분수처럼 물보라를 일으켰다. 큰 파문이 주위로 번지더니 이내 한수는 다시 평온이 찾아왔다.

지난 칠 년이 넘는 세월 동안 단 하루도 빠지지 않고 탈출을 꿈꾸어왔던 소문성의 집념을 한수의 굽이쳐 흐르는 강물이 삼켜 버렸다.

부글부글.

하염없이 물속으로만 내려가는 소문성의 입 밖으로 마구 물보라가 생성되어 번져 나왔다.

주위는 그가 뱉은 핏물로 인해 붉게 변색되어졌다. 정신이 혼미해졌다. 이젠 고통조차 느껴지지 않았다.

죽음으로써 마침내 꿈에도 그리던 환앙성을 탈출했다고 생각했다. 그때 누군가의 손이 세차게 자신의 뒷덜미를 움켜쥐었다.

손의 임자는 우락부락하게 생긴 늙은이, 공손승이었다.

삐이꺽… 삐이꺽…….

작은 조각배 하나가 한수의 거친 물살을 헤치며 거슬러 올라가고 있었다.

공손승이 우뚝 서서 노를 젓고 있었다. 그의 뒤에는 죽은 송장처럼 푸르뎅뎅하게 얼굴빛이 변색되어 있는 소문성이 누워 있었다.

어깨는 탈골되어 있었고 가슴과 옆구리는 장력에 맞아 오장 육부가 성한 곳이 없어 보였다.

배는 태고산을 향해 거슬러 올라가고 있었다.

공손승이 노를 저으며 투덜거렸다.

"우라질! 다 죽은 어린 시체 놈 하나 때문에 내가 이 나이에 다리품을 팔아야 돼?"

배가 태고산과의 거리를 좁혀갔다.

"환허 진인은 그 오랜 세월을 같이했음에도 대체 속을 알 수 없는 분이라니까."

공손승이 소문성을 탐탁지 않은 시선으로 바라보았다.

"저런 사내놈을 무엇에 쓰려고 환허동으로 데려오라 한 거지? 나긋나긋한 계집이라면 또 모르지만."

배가 태고산의 선착장에 대어졌다.

소문성을 들쳐 업은 공손승이 몸을 날리자 순식간에 깊숙한 태고산의 숲 속으로 모습이 사라졌다.

장익성이 엄밀한 시선으로 그 모습을 놓치지 않고 끝까지 바라보고 있었다.

청양절이 되었다.

제위식은 취소되었다.

당분간일지 무기한이 될지 아직 결정이 안 내려졌다.

환봉전 주위를 겹겹이 에워싸고 있는 푸른 무복을 입은 암풍각의 삼엄한 무사들이 보였다.

한 달이 지났다.

황연의 가택연금은 좀처럼 풀리지 않았다. 감옥 아닌 감옥 생활이 되었다.

제위식이 취소될 거란 건 어느 정도는 예상되었던 일이지만, 가택연금이 언제 풀릴지는 전혀 예상할 수가 없었다. 느낌상 더 안 좋은 쪽으로 흘러가는 것 같았다. 답답했다. 그럼에도 그녀에게 앞으로 전개될 상황을 말해주는 사람은 아무도 없었다. 그나마 들락거렸던 궁주 황백석조차 출입이 없었다.
　그녀는 철저하게 외부와 차단되었다.

　황연은 아침 조반을 들다 갑자기 자신이 벌레 같다는 생각
이 들어 상을 물렸다.
　자유를 갈망하며 떠난 소문성이 머리 위로 떠올랐다.
　그로 인해 자신은 나락으로 떨어졌다. 그래도 소문성이 그
리웠다.
　황연은 고개를 세차게 흔들었다.
　잊어야만 한다. 그러기 위해선 뭔가 일이 필요했다.

　다음날부터 황연은 연공실에 들어가 내공 수련에 들어갔다.
집중이 되지 않았다.
　할 수 없이 내공을 접고 외공을 연마했다. 전혀 진척이 없었
다.
　책을 읽기로 했다. 글씨가 눈에 들어오지 않았다.
　그녀는 뭔가 다른 일에 자신을 자꾸만 끌고 가려 했다.
　그곳에는 항상 소문성이 있었다. 그럴 때마다 황연은 소문
성을 잊기 위해 애를 썼다. 그러나 쉬운 일이 아니었다.
　소문성을 지워 버리고 매일 자신을 잃지 않으려고 노력을
했지만 그러면 그럴수록 더 고독하고 허무해졌다.

　환경당은 환봉전과는 달리 분주했으며 활력이 넘쳤다.

이 무렵에는 외공에 치중된 무공보다 내공에 치중된 무공을 익히는 데 시간이 더 많이 할애되었다.

언제나처럼 남궁룡은 독보적인 존재에 있었다.

훗날 다시 겨뤄보기로 약속했던 권의 여왕 연미림마저 사라졌으니 이젠 그에게는 더 이상 걸릴 것도 없었다.

왕무근은 언제나처럼 피나는 노력을 했다.

그는 선천적으로 경쟁심이 강했기에 스스로를 노력이라는 현상에 묶어두지 않으면 못 견뎌했다.

한 번은 지나치게 내공 공부에 치중하다 단전이 파훼되어 중도 탈락한 위기를 맞이하기도 했다.

의환전(醫幻殿)에 입원하여 몸을 돌보고 있던 왕무근을 문병 삼아 찾아갔던 남궁룡이 말했다.

"너무 무공 연마에만 매어 있으면 우리 나이 때에 중요한 뭔가를 놓칠 수가 있다. 나무만 본 나머지 숲을 보지 못하는 경우라고나 할까. 넌 지금보다는 좀 자유롭고 한가했으면 좋겠군."

"그래, 그건 나도 그렇게 생각해."

왕무근은 자기 자신이 생각해도 한심하다는 표정을 지었다.

"난 모든 일에 너무 집착하는 경향이 있거든. 그 성격을 고칠 수만 있다면 얼마나 좋을까……."

왕무근 한숨을 쉬었다.

"대체 빠져나갈 출구가 있을까?"

왕무근은 남궁룡에게 방법을 알려달라고 애원했다. 그러나 정작 본심은 그것과는 정반대였다.

　사실 그에게 있어 최악의 사태가 있다면 누군가가 출구를 마련해 주는 것이었다.

　내공 수업에 들어가면서 가장 큰 애를 먹고 있는 건 뭐니 뭐니 해도 광보였다.

　한때 신법에서 두각을 보이던 광보는 내공 수업을 시작하면서 다시 제일 아래로 뒤처졌다.

　그가 그 현상을 극복하는 방법은 오로지 노력밖에는 없었다.

　하지만 광보의 노력은 왕무근의 노력과는 기본부터 큰 차이가 있었다.

　왕무근이 하는 노력이 남들과 싸워서 이기려는 배타심 강한 경쟁심에서 나온 노력이라면, 광보는 자신과 싸워 이기려는 성숙한 노력이었다. 그래서 언제나 그의 노력은 정순했으며 진지했고 열정적이었다.

　그즈음 놀라운 사건이 하나 발생했는데 바닥에서 밑돌던 모용수가 단박에 남궁룡의 턱밑까지 쫓아왔다는 것이었다.

　그녀는 석 달 만에 환상삼십육검을 모두 다 성취하여 모두의 입을 벌어지게 하더니 이제 그보다 상승검법인 칠성검진을 바라보고 있었다.

　"모용수, 정말 대단해. 난 네가 언젠가는 독보적인 위치에 오를 거라 확신했다."

광보가 싱긋, 싱그럽게 웃었다.

"내일부턴 남궁룡, 왕무근과 같이 칠성검진을 익힌다지? 도대체 갑자기 놀라운 진척을 보이고 있는 그 실체는 무엇이야?"

모용수가 힐끗, 광보를 한 번 보더니 스쳐 지났다. 쌀쌀맞았다.

"열심히 하면 돼. 그게 전부야."

모용수가 멀어지자 광보는 머쓱해졌다.

요즘 들어서 모용수의 웃는 모습을 볼 수 없었다.

정확히 말하자면 소문성이 사라진 시점부터 모용수는 미소를 잃었다.

오로지 모용수는 검술에만 집착했다. 부쩍 말수가 줄어들었으며 혼자 있는 시간이 많아졌다.

모두에게서 고립되어졌던 소문성의 모습이 모용수에게서 재현되고 있었다.

광보는 그 점이 안타까웠다.

청운산에 여름이 찾아왔다.

언제나 그렇듯 여름은 그 맛만 봬주고 빠르게 물러갈 것이다.

궁주 황백석은 환천전 앞의 너른 정원을 산책하고 있었다.

그의 뒤에는 반 장 거리에서 장익성과 사공승이 따르고 있었다.

황백석이 숲 너머로 보이는 환봉전을 바라보았다.

"태고산의 장로들이 마침내 환궁의 상서에 화답을 했다지?
소궁주 황연의 제위식을 무기한 연기하기로 한 것 말이다."

사공승이 담담히 나섰다.

"신이 약간의 재주를 부렸던 삼수지계의 세 번째 계획이 제
대로 맞아떨어진 겁니다. 소문성을 그들이 기거하는 환허동으
로 데려가는 것을 장 대협이 목격할 수 있었으니 말입니다."

황백석이 고개를 끄덕였다.

"너는 어떡해든 소문성의 일에 환허동이 개입할 거라는 걸
알고 있었구나, 사공승. 그래서 장익성에게 죽이지는 말라고
했느냐?"

사공승이 말을 이었다.

"그 일은 태고산의 열두 장로, 특히 태상장로 환허 진인에겐
가장 큰 결점이 될 것입니다. 또한 그 결점은 궁주께서 영원히
자리를 보존하는 데 결정적으로 기인하게 되겠지요. 대역죄인
소문성을 보호함으로 스스로 명분을 잃었으니까. 환허동의 장
로원은 이제부턴 궁주를 탓하기 전에 자신들의 죄과부터 물어
야 할 판입니다, 궁주."

황백석이 청명한 하늘을 바라보았다.

뭉게구름들이 왕관처럼 모양을 만들며 퍼지고 있어서 하늘
조차 자신에게 감축을 올리는 것만 같았다.

"아주 좋은 날씨로군."

황백석이 웃었다.

"이런 날에 그 놀이가 하고 싶어진단 말이야."

황백석은 탑루 안에 있었다.

여전히 탑루 안의 지하 공간은 쥐들로 부글거렸고 지저분했고, 곰팡이 냄새와 쥐똥이 뒤엉켜 역겨운 냄새를 풍겼다.

하지만 자신이 발 앞에 뚫린 원형 공간을 굽어보고 있는 황백석은 미소를 잃지 않고 있었다.

그는 생포하여 잡고 있는 한 마리의 쥐를 놓아주었다. 즉시 쥐가 원형의 공간으로 떨어지더니 곧이어 의당 그래왔던 것처럼 도망가는 쥐와 그 쥐를 잡기 위해 요란하게 움직이는 소리가 부산하게 흘러나왔다.

황백석이 중얼거렸다.

"그래, 너도 먹고는 살아야지."

오드드득.

괴인이 쥐를 씹어 먹고 있었다.

아직 숨통이 뛰고 있는 쥐는 괴인의 부러진 이빨에 씹히며 붉은 피를 흘리고 있었는데 마구 다리를 떨고 있었다.

꿀꺽.

마침내 쥐가 괴인이 입 안으로 들어가 사라졌다.

황백석이 웃었다.

"잘도 받아먹는군. 하기사 그 세월이면 쥐 잡는 솜씨만큼은 달관하고도 남겠지만."

황백석의 얼굴에는 만족스러움과 음산함이 복잡하게 뒤엉켜 있어서 유난히 섬뜩해 보였다.

"지금부터 내가 하는 얘길 잘 들으라구. 오늘은 네 년 딸년 얘기 좀 하려고 하니까. 황연 말이야."

딸이라니…….

괴인의 동공이 텅 비어지며 쥐가 빠져들어 온 원형의 공간을 올려다보았다.

괴인은 여자였다.

그렇다면 죽었다던 황연의 모친이 살아 있단 말인가.

황백석의 지닌 비밀 중 한 가지가 그의 입을 통해 처음 세상에 나오는 순간이었다.

三

별무리가 아름다웠고, 눈부셨으며, 경외스럽게까지 보였다. 이국의 밤하늘을 수놓은 별무리라 더욱 그랬다.

라싸에서 큰돈을 번 부친 소야송부 소룡산은 마방 일행을 이끌고 리장으로 귀로하던 중 하룻밤을 쉬기 위해 야숙을 택한 건 차마고도에서도 가장 고지대이며 험로인 주목랑마의 험준한 협곡이었다.

만년설산인 주목랑마는 한여름 날씨임에도 한기가 느껴졌다. 밤에는 특히 더욱 그랬다.

소룡산은 마방의 최고 책임자 마귀토답게 길에 매우 밝았다.

그는 날이 저물자 백여 필의 말이 쉴 수 있는 초지를 찾아

안식처를 제공했고, 리장의 전사들에게는 한기를 피해 휴식을
취할 수 있는 공간을 마련해 주어 모두들이 안락하게 잠을 청
할 수 있게 해주었다.

타닥타닥.

소룡산은 모닥불을 쬐며 소문성와 마주 앉아 있었다.

그는 아들에게 라싸의 특산물에 대해 설명을 해주었다.

"우선 튼튼한 말이 압권이라 할 수 있다. 라싸의 말들은 몽
고마의 혈통을 지니고 있어서 지구력이 강하며, 튼튼한 다리
를 지녀 차마도를 언제든 넘을 수 있지. 이번 여행에는 널 위
해 세 마리를 샀다."

"우와!"

"보통 말은 주인의 성품을 닮지. 네놈처럼 엉덩이에 뿔이 나
서는 안 될 텐데 말이다. 하하하."

좀처럼 소리 내어 웃는 법이 없던 부친이 예외를 깨뜨렸다.
농담도 했다. 무척이나 기분이 좋아 보았다.

"돌아가는 길에는 반드시 홍염(紅鹽)을 사야 한다. 말 그대
로 붉은 소금인데 운남으로 돌아가면 큰돈을 주고 팔 수 있는
데다, 차마고도를 넘을 때 말들에게 먹이면 지구력을 크게 향
상시킬 수 있어 필수품목이다. 너도 언젠가는 아비의 대를 이
어 마궈토가 될 테니 알아두면 유용할 것이다."

부친 소룡산은 그밖에도 동충화초, 설련화(雪蓮花) 같은 고
산 특용작물을 돌아가는 길에 캐는 일도 잊어서는 안 된다고
했다. 모두 운남으로 돌아가 팔면 라싸에서 벌었던 수익만큼

이문이 남는 중요한 물건들이라고 했다.

부친이 이문에 이토록 매달렸던 건 리장의 생활이 그리 녹록한 편이 되지 못했기 때문이다.

고산에 위치한 척박한 땅이라 농사를 짓는 일이 수월치 않았으며, 겨울이 긴 탓에 과실 또한 마땅히 따먹을 것이 없었다. 때문에 리장의 사내 형제들은 숟가락 하나라도 더 줄이기 위해 대다수가 공처(共妻)를 두었다.

공처란 형제간에 아내를 하나만 두는 것으로 아내를 서로 공유하는 제도이다.

형제가 둘이 있는 집안이라면 공처는 두 사내의 아내가 되어야 했으며, 셋이 있는 경우엔 세 사내의 아내가 되어야 했다.

물론, 리장의 사내들은 유월이 되면 마을을 비우고 차마도를 넘어 긴 장정의 장삿길을 떠났기에 형제들 중 하나는 집 안에 남아 가족과 마을을 지켜야만 했다.

그렇게 될 경우, 가장의 부재에도 불구하고 또 다른 가장이 남아 지킬 수 있기에 어떤 면에서는 합리적인 혼인제도처럼 보이기도 했다.

하지만 장점보다는 단점이 분명 더 많았다.

소룡산은 마방을 이끄는 마귀토로서, 리장을 수호하는 촌장의 위치로 제일 먼저 그 제도를 바꾸고자 했다.

그러려면 많은 돈이 필요했다. 사내 하나가 여인 하나를 맞이하여 알곡 걱정을 하지 않으며 너끈히 가정을 이끌어갈 수 있는 금액.

소룡산은 적어도 후손들에게만큼은 공처제도의 잘못된 유산을 물려주지 않기를 원했다.

이문으로 남긴 돈으로는 기름진 땅을 계속 사들였으며, 잘못된 관습을 바꾸고 세상의 명리를 터득시키기 위해 리장의 주민들을 교육시키는 일에도 힘썼다.

그 소문은 리장 마을 천리 너머까지 퍼져 스스로 리장 마을로 들어와 귀화하는 사람들도 생겼는데, 반면 시기하는 세력들도 적지 않았다.

특히 대리국(大理國)을 쥐락펴락하는 삼월보(三月堡)의 불만이 가장 컸다.

특산물인 대리석을 캐려면 많은 인부들이 필요했다. 그러나 대리석 채취를 관리하는 삼월보는 워낙 적은 노임으로 인부들을 부렸기에 하루에도 몇 명씩은 그들의 지배에서 벗어나 리장의 소룡산 품 안으로 들어갔다.

소룡산은 어린 아들에게 삼월보를 말할 때는 특별히 신중한 눈빛을 하였는데, 리장의 마을 사람들은 돈을 버는 것만큼 무공에도 각별한 관심을 가지고 연마해야 한다고 강조했다. 그런 면에서 여러 가지 자질을 가지고 태어난 아들을 하늘에 감사한다고도 했다.

밤이 깊어가자 밤하늘의 별빛은 더욱 영롱하게 빛났다.

부친 소룡산이 마지막 말을 맺었다.

"갈 길은 멀고 주목랑마의 아침 태양은 일찍 뜬다. 너도 그만 들어가 쉬도록 해라."

소문성은 부친과 더 있고 싶었지만 어린아이처럼 부친에게 칭얼대는 게 싫었다.

부친 말처럼 아직 갈 길이 머니 언제든 부친과 이런 시간을 가질 수 있는 기회는 많을 것이다.

소문성이 몸을 일으켰다. 순간 한가하게 쉬고 있던 말들이 갑자기 동요를 일으켰다. 말들보다 동요을 먼저 일으킨 건 부친이었다.

소룡산은 본능적으로 만도를 쥐며 앞을 쏘아보았다. 그때 그들이 나타났다.

오른 눈에 검상이 있으며 왼손에 검을 든 좌수검 일행들.

몸은 날랬으면 검은 잔인하고 날카로웠다.

천막 안에서 밖의 살기를 감지하고 튀어나오던 리장의 전사들은 미처 만도를 그어보기도 전에 검에 맞아 양분되거나 목이 날아갔다.

소룡산은 사납게 저항했다. 이리 떼와 홀로 싸우는 대호 같았다. 마침내 검을 긋던 살수들 몇 명이 맹수에게 물린 듯 피를 흘리며 뒤로 물러났다.

소룡산의 쥐고 있는 만도는 시뻘겋게 도광을 빛내고 있었다. 그런데 그가 갑자기 긋던 만도를 멈췄다.

언제나 굳강하며 안정되어 있는 부친의 동공에는 놀람이 가득 배어 나왔다.

소문성의 목에 검이 겨눠진 채 좌검에게 잡혀 있었다.

검은 당장이라도 소문성의 목을 벨 듯 짓누르고 있었다. 짓누르는 날카로운 검의 날에 소문성의 피가 방울방울 맺혔다.

부친이 쥐고 있던 만도를 놓았다. 그럼으로 승부 또한 끝났다.

이미 리장의 전사들은 모두 죽었으며, 전역에는 그들이 흘린 피가 가득했다.

그 피 위로 부친의 피가 덧칠해졌다.

부친은 다섯 명이 찌른 검에 맞아 피를 흘리고 있었다. 죽어가면서 소문성에게 뭔가를 말하려는 듯 피가 울컥울컥 흘러나오는 입술을 애써 움직였다.

소문성이 급히 부친에게 달려들어 갔다.

순간 좌검이 한 발 빠르게 부친에게 달려들어 부친의 목을 베었다.

소문성 자신 또한 강한 타격음을 가슴에 맞고 선불 맞은 멧돼지처럼 뒤로 튕겨 나갔다. 떨어지면서 머리에 큰 상처를 입었다.

베인 부친의 목이 땅에 구르고 있었다.

소문성은 비명을 질렀다.

"으아아아아아!"

좌검이 그런 소문성에게 검을 맞추었다.

"아아아아아아아아—!"

소문성은 짐승처럼 울부짖으며 벌떡 몸을 일으켰다.

몸을 일으킨 아이는 소년 모습을 하고 있었다.

소년과 아이가 동일인이라는 것을 증명이라도 하듯 이마에는 동질의 상처가 보였다.

소년은 몇 번이나 눈을 깜박거렸다.

깔고 앉은 돌 침상의 촉감이 엉덩이를 통해 감지되어졌다.

다리에는 자신이 덮고 있었던 것처럼 보이는 따뜻한 양모가 있었다.

그제야 주변의 전경이 하나씩 눈에 들어오기 시작했다.

"여, 여긴 어디지?"

어지럽게 자라 있는 석순과 석주, 종유석이 먼저 눈에 들어왔다.

더 자세히 보기 위해 안력을 집중하며 몸을 일으켜 세웠다. 현기증이 피잉 일어났다.

소년은 침상 위에 다시 털썩 주저앉았다.

머리를 몇 번 흔들더니 주위를 다시 탐색했다.

하나같이 생경한 풍경이었다.

중앙에는 녹광이 흐르는 삼 장 규모의 연못이 있었다.

연못에서 흘러나오는 녹광이 내부 전체를 은은하며 밝게 비추고 있었는데, 그 뒤에는 옥으로 만든 너른 책상이 놓여 있었고, 사방은 서고인 양 엄청난 책들이 가득 둘러져 있었다.

전체적인 크기는 대충 이백 장은 되어 보였다. 자세히 보니 자신이 누워 있는 침상도 평범한 돌이 아니라 매우 좋은 재질의 옥으로 만들어진 침상이었다.

"이놈! 이제 일어났느냐!"

우렁찬 목소리가 동굴 안을 윙윙 울리며 크게 들려왔다.

소문성이 놀란 눈빛으로 돌아보았다.

공손승이 보였다.

그는 염라두상이 새겨진 염라괴장을 휘적휘적 흔들며 다가오고 있었다.

소문성은 그를 틀림없는 염라대왕이라고 생각했다.

우락부락한 얼굴이 그랬고, 염라의 두상이 새겨진 지팡이가 그 사실을 증명해 주고 있다고 확신했다.

"여, 여기가 어디죠? 제가 극락이라도 온 겁니까?"

"썩을 놈! 네놈이 뭘 잘했다고 극락이냐!"

"그, 그럼 지옥?"

"당연하지. 그런데 재수가 옴 붙는 바람에 이곳에 오게 됐다."

"네?"

"여긴 지옥 굴보다 더 무서운 태고산 환허동이다."

소문성은 좀처럼 감을 잡지 못해 멍한 표정을 지었다.

"그래도 모르겠느냐, 이놈! 환궁의 장로원이 있는 곳이란 말이다!"

소문성은 비로소 깜짝 놀랐다.

"자, 장로원이라구요? 그럼 제가 살아 있는 거예요?"

"그렇다. 네놈은 삼 개월 하고도 보름 만에 깨어났지. 너같이 하찮은 놈 하나 살리려고 태상장로이신 환허 진인께서 얼마나 정성을 드렸는지 아느냐? 온갖 신단으로 널 다스렸고, 그것도 모자라 환청강기까지 몽땅 네놈 몸속에 주입시켰다! 뒷주머니에 감춰둔 마지막 방법까지 전부 꺼내 네놈을 치유했단 말이다!”

소문성은 큰 충격을 받았다.

'화, 환청강기라고……? 오로지 환궁의 내인들, 그중에서도 선택받은 몇 명만이 전수받을 수 있다는 환청강기 말인가!'

공선승이 우락부락한 눈으로 소문성을 굽어보았다.

“어서 벌떡 일어나라! 평생 먹고도 남을 영약을 한꺼번에 죄다 처먹었으니 걷는 건 문제도 아닐 것이다! 빨리 따라와!”

소문성이 주춤 몸을 일으켰다. 머리는 약간 어지러웠지만 몸은 매우 가벼웠다.

탈골되었던 어깨며 장법에 맞아 찢어졌던 옆구리와 가슴에 새 살이 돋아 있었다. 뿐만 아니라 모든 뼈와 근골들이 안정감 있게 자리 잡고 있는 것이 느껴졌다.

소문성은 앞서 휘적휘적 걸어가는 공손승을 급히 따라갔다. 동굴 입구는 웬만한 성문처럼 컸는데 밖으로 나오니 어지러웠던 머리가 사라지고 상쾌해졌다.

“어디를 가자는 겁니까?”

공손승이 소문성을 노려보듯 돌아봤다.

“썩을……!”

소문성은 공손승의 눈빛에 제압되어 주춤했다.

공손승이 으르렁거리듯 입술을 움직였다.

“난 네놈이 청운산에서 무슨 짓을 했는지 잘 알고 있지. 또한 너 같은 놈은 어떻게 다뤄야 하는지 누구보다 잘 알고 있다. 그러니 조심하는 게 좋을 거야. 우선은 질문하는 그 개 버롯부터 고치도록. 알겠나, 썩을 놈!"

　공손승은 소문성을 동굴 밖으로 데리고 나와 태고산 정상에 자리 잡고 있는 장로원에 대해 설명해 주었다.

　"장로원은 태고산 제일 높은 곳에 위치한 태상선거를 기준으로 그 아래 뚫려 있는 여덟 개의 커다란 동굴을 말하는데, 모두는 이곳을 환허동이라 부른다. 두 번 다시 설명 같은 건 없을 테니 잘 새겨두어라. 태상선거란 환허동의 최고 어른이 계시는 태상장로 환허 진인께서 거하시고 계신 곳이다. 그 아래는 태상선거를 보위하는 호법동(護法洞)이 있다. 더 내려가면 열두 장로의 침실이 있는 자운동(紫雲洞)과 환허 진인을 대신하여 모든 장로들을 총괄하는 선인동(仙人洞), 그리고 그 아래 이십 장 아래에는 세 개의 동굴이 있는데 기강을 다스리는 계율동(戒律洞)과 참선동(參禪洞), 네가 방금 나온 선경동(仙經洞)이 있다."

　소문성은 자신 앞에 펼쳐진 세 개의 동굴을 보았다. 동굴들은 나란히 뚫려 있었는데, 동굴마다 거리가 족히 이십 장은 되어 보였다.

　"저 아래를 보아라."

　소문성은 공손승이 굽어보는 곳을 향해 시선을 돌렸다.

　"저 동굴은 강호에 뿌려놓은 장로원 식솔들이 장로들의 부름을 받아 환허동에 올라왔을 때 잠시 머무르고 가는 지객동(知客洞)이다."

　공손승은 쉬지 않고 계속 말을 이었다.

"마지막으로 계율과 참선으로도 다스릴 수 없는 자들을 형벌로써 벌하는 형벌동(刑罰洞)이 지하 이백 장 밑에 있는데 형벌동은 죄과에 따라 세 가지로 나뉜다. 다소 경미하다 판단하여 십 년 동안 수감시키는 아비옥(阿鼻獄), 제법 위중하다 하여 삼십 년에서 오십 년 동안 수감시키는 규환옥(叫喚獄), 그리고 죄과가 매우 위중하다 하여 오십 년 이상을 수감시키는 무간옥(無間獄)이 있다.

공손승은 형벌동 입구 앞까지 소문성을 데려가더니 그 앞 동굴 입구에 서서 소문성에게 으름장을 놓았다.

"이곳을 눈여겨봐 두어야 할 것이다. 수틀리게 나오면 당장이라도 네놈을 처박아놓을 곳이니까."

소문성이 뜨아한 표정으로 공손승을 바라보았다.

"노인께서 무슨 자격으로 절 형벌동에 가둔단 말입니까?"

공손승이 우락부락한 얼굴로 씨익 웃었다.

"곧 알게 되겠지만 나는 계율동을 담당하고 있는 공손승이다. 너 같은 놈들은 수천 명도 넘게 형벌당으로 보내 죄과를 단단히 받게 했지. 이제 알겠느냐?"

소문성은 어이없는 표정을 지었다. 그때 머릿속으로 멀리 추방되어져 있던 하나의 사실이 갑자기 떠올랐다. 예전에 황연이 해주었던 말이었다.

청운산 저 너머로 보이는 곳이 열두 분의 장로가 계신 태고산이라는 것과 그곳에 계신 분들은 일찍이 득도를 하여 하나같이 놀라운 도력을 가지고 계신 분들이라 대부분 성품들이

고매하시고 자애하시다는 것.

하지만 계율동을 다스리시는 장로과 형벌동을 다스리는 장로는 모두들과는 달리 매우 깐깐한데다 무서운데, 그 두 사람의 장로들 중에서도 계율동의 장로가 제일 무섭다는 사실.

공손승이 멍한 표정을 짓고 있는 소문성을 노려보았다.

"환경당에서는 어땠는지 모르겠지만 여기는 다르다. 여기선 규율을 잘 지키는 모범생이 되어야 해."

공손승이 염라괴장을 힘차게 잡았다.

"만일 하나라도 규율을 어길 시는 우선 노부의 괴장이 네놈의 대갈통을 용서하지 않을 테니까."

소문성은 그때서야 뭔가 단단히 잘못되었다는 걸 알아차렸다.

그렇게 자유를 갈망하며 벗어나길 원했던 환궁과 환앙성. 그런데 그곳보다도 더 위험하며 더 갑갑하며 엄밀한 곳에 갇히게 된 것이다.

무심한 하늘의 태양은 오늘도 말없이 흐르고 있었다.

『탈인신행』 제1권 끝